O MAIS ESTRANHO DOS PAÍSES

A marca FSC® é a garantia de que a madeira utilizada na fabricação do papel deste livro provém de florestas que foram gerenciadas de maneira ambientalmente correta, socialmente justa e economicamente viável, além de outras fontes de origem controlada.

PAULO MENDES CAMPOS

O mais estranho dos países
Crônicas e perfis

Seleção
Flávio Pinheiro

Posfácio
Sérgio Augusto

Evocação biográfica
Otto Lara Resende

1ª reimpressão

COMPANHIA DAS LETRAS

Copyright © 2013 by Joan A. Mendes Campos
Todos os direitos reservados.

*Grafia atualizada segundo o Acordo Ortográfico da Língua Portuguesa de 1990,
que entrou em vigor no Brasil em 2009.*

Capa
Alceu Chiesorin Nunes

Foto do autor
Foto sem crédito/ Coleção Paulo Mendes Campos/ Acervo Instituto Moreira Salles

Preparação
Jacob Lebensztayn

Revisão
Ana Luiza Couto
Jane Pessoa

Apoio de pesquisa
Instituto Moreira Salles
Os editores gostariam de agradecer imensamente às pesquisadoras Elvia Bezerra e Katya de
Moraes pelo trabalho de coordenação da datação dos textos reunidos neste volume.

Dados Internacionais de Catalogação na Publicação (CIP)
(Câmara Brasileira do Livro, SP, Brasil)

Campos, Paulo Mendes, 1922-1991
O mais estranho dos países : crônicas e perfis / Paulo Mendes
Campos; seleção e apresentação Flávio Pinheiro; posfácio Sérgio
Augusto — 1ª ed. — São Paulo : Companhia das Letras, 2013.

ISBN 978-85-359-2248-6

1. Crônicas brasileiras 2. Brasil — Crônicas   I. Pinheiro,
Flávio. II. Augusto, Sérgio. III. Título.

13-01486   CDD-869.93

Índice para catálogo sistemático:
1. Crônicas: Literatura brasileira   869.93

[2013]
Todos os direitos desta edição reservados à
EDITORA SCHWARCZ S.A.
Rua Bandeira Paulista, 702, cj. 32
04532-002 — São Paulo — SP
Telefone: (11) 3707-3500
Fax: (11) 3707-3501
www.companhiadasletras.com.br
www.blogdacompanhia.com.br

Sumário

BRASIL BRASILEIRO

Carta a um amigo, 11
O brasileiro tranquilo, 15
Brasil brasileiro, 19
Brasileiro, homem do amanhã, 22
Meu Brasil brasileiro, 25
História do Brasil, 28
Um diplomata exemplar, 31
Burton no Brasil, 35
Baile de máscaras, 38
Dar um jeitinho, 41
Carta a Pero Vaz de Caminha, 44
Minas Gerais, singularidade plural, 51
Minas há duas, 68
Mineirices, 71
O poeta de Minas, 74
Mineiro brincando: fala de Minas, 78

Belo Horizonte, 82

Rua da Bahia, 85

Azul da montanha, 88

Mulheres bonitas, 92

Rio de Janeiro, 95

Rio de Fevereiro, 98

Copacabana-Ipanemaleblon, 102

Recife, 123

Viagem à Amazônia, 127

Música popular, 136

Os mais belos versos da MPB, 139

Pois é (samba), 149

Letra de choro para Lúcio Rangel, 152

Reformas de base, 156

A campeã do feminismo, 160

Carta para depois, 164

Na minha opinião era melhor, 168

Uma revista alegre, 171

O funcionário público, 175

De bico aberto, 178

Um conto em vinte e seis anos, 180

Brasília, 184

Trailer para a Bahia, 187

Cartões-postais, 190

As horas antigas, 193

Nomes de lugares: história do Brasil, 196

Das anotações históricas do crioulo doido, 198

MURAIS DE VINICIUS E OUTROS PERFIS

MURAIS DE VINICIUS

Converso com Vinicius, 207

Cena no ano 2000, 210
Receita de saudade de Vinicius, 213
Casa de Aníbal, 215
Casa do Leblon, 217
Bares, 219
Plic e Ploc, 221
Em Paris, 223
Gostei e não gostei, 227
Deixa o Fernando falar, 231
O pensamento vivo de Moraes, 233
Plim e plão, 240
Soneto a quatro mãos, 251
A garota de Ipanema, 253

OUTROS PERFIS
Di Cavalcanti, painel do Brasil, 259
CDA: velhas novidades, 267
Ari Barroso, 271
Antônio Maria, 281
Meu amigo Sérgio Porto, 287
O bom humor de Lamartine, 294
Djanira, 298
Presidente Prudente, 307
Antônio Houaiss, o homem-enciclopédia, 311
O encontro marcado, 320
Ovalliana, 323
O próprio Ovalle, 325
Assim canta o sabiá, 327

Posfácio O cronista da solidão, Sérgio Augusto, 333
Evocação biográfica Enfim a grota, Otto Lara Resende, 341

BRASIL BRASILEIRO

Carta a um amigo

Meu caro Otto: sei que você está de malas prontas, depois de dois anos e meio na Europa, para retornar ao Brasil, e assim eu não poderia deixar de adverti-lo nesta carta. As coisas aqui em nosso país mudaram muito e de repente; o fito desta é poupar-lhe um choque que até poderia desandar em uma espécie de neurose de situação.

Eu não sei bem o que houve mas o fato é que deu um negócio coletivo que torna as pessoas sempre insatisfeitas com aquilo que faziam habitualmente. Deu uma louca impressionante. Antes de mais nada, nem lhe passe pela cabeça perguntar a um marido pela mulher ou a uma mulher pelo marido. Houve uma troca geral. Sobre isso ficamos conversados, mas se prepare também para outras diversas surpresas, de que lhe dou apenas alguns exemplos. Os velhos tomam novocaína furiosamente, enquanto os moços tomam coca-cola e cocaína. Velhotas irremissíveis trafegam de lambreta pelas avenidas da zona sul, enquanto os mais lindos brotinhos andam de óculos e estudam nas faculdades de filosofia. Ministros aprendem violão e escrevem em colunas sociais, diretores de graves órgãos da imprensa praticam ganzá ou reco-reco, ao passo que os colunistas sociais tratam dos problemas de saúde pública. Não há vedete do Teatro Recreio que não dê, pelo menos uma vez por mês, uma entrevista sobre música clássica e literatura inglesa. A música popular está a cargo dos melhores poetas do Brasil. Os milionários não soltam mais um vintém, mas em compensação os prontos fazem grandes farras. Investigadores de polícia, ganhando dez mil mensais, gastam cento e cinquenta mil, mas não há de ser nada, pois, por outro lado, sujeitos que estão se enchendo de dinheiro não pagam mais nem fogo na roupa. Grã-finos, que eram capazes até de andar malvestidos só para saírem nos jornais, hoje pedem pelo amor de Deus que os deixem em paz. Há muitos intelectuais que tocam bateria e há bateristas que não dormem sem ler um pouco de Heidegger ou Burckhardt. O Exército, de que tanto se falava mal, hoje guarda a dignidade brasileira, não deixando que os entreguistas metam a mão no petróleo. Os violinistas agora cantam, os cantores fazem corretagens, o Escurinho faz o gol, o Quarentinha está jogando o fino, o Botafogo contratou para armar o time um crioulo que tocava gongo muito bem. Em matéria de modas, não há nada mais impossível. Regra geral, as mulheres estão cada vez mais masculinizadas, enquanto as camisarias para homens exibem nas vitrinas aquelas roupas coloridíssimas que a Esther Williams usava nos filmes antigos da Metro. Deputados famosos por sua violência panfletária hoje escrevem sobre rosas. Os aviões nem sempre voam, os lotações voam sempre, outro dia apareceu uma vaca na minha rua.

Antônio Maria hoje é um magro e Vinicius de Moraes, o nosso bom Vinicius, um gordo. Esporte da moda é boxe, apreciado sobretudo pelas damas. Os mais espalhafatosos doutrinadores das práticas democráticas são conhecidos nazistas do Estado Novo. Os humoristas ficaram sérios de súbito, enquanto homens probos dormiram gravemente e acordaram palhaços. Gente rica não tem mais filho, por causa da inflação, mas as favelas estão cheias de crianças. A polícia instalou por contra própria a pena de morte, fuzilando sem mais aquela ladrões e malandros. Está mesmo tudo virado de perna pro ar e é de todo conveniente que você vá se acostumando. Os velhos acabaram com essa coisa de morrer, mas o enfarte come solto entre a gente moça. Há juízes que vivem no Jóquei e há cavalos que vivem no Palácio da Justiça. Quando alguém quer mostrar que uma coisa é boa ou bonita, diz que essa coisa é bárbara. Galanteio hoje se chama curra. O vinho nacional é bom, você poderia tomar algumas marcas sem perigo de dor de cabeça. Em matéria de televisão não lhe digo nada, você verá com os seus próprios olhos: piorou ainda mais. Há padres sem batina, mulas sem cabeça e generais de pijama. Há cães que têm medo de gatos e gatos com medo de ratos e ratos (isso há demais e pertencem todos ao nosso set social) sem medo de ninguém.

O parto agora (dizem elas) é uma delícia. Macaco velho já mete a mão em cumbuca. Mania também nova é estudar dicção: há pessoas que dizem as maiores besteiras do mundo com uma dicção linda. Mulher matando marido diminuiu bastante, ainda bem. Candidatos à presidência da República há dois: um de São Paulo, que nasceu em Mato Grosso, e um aqui do Rio, que nasceu em Minas Gerais. Outro dia, um médico, amigo meu, foi nomeado na prefeitura para uma vaga de "bailarino letra *i*". Em Niterói me disseram que há ópio. O cardeal não quer que o Brasil reate relações comerciais com os países socialistas. Vício novo é homem público aparecer na televisão para ser xingado de todas as maneiras. Gostam. Você conhece o pintor Raimundo Nogueira, não é? Pois outro dia ele foi visto recusando um bife com fritas, alegando que tinha acabado de almoçar; confesso que foi só um instantinho, imediatamente pensou melhor e comeu o bife.

Fico por aqui, de braços abertos, à sua espera. Agora, tem uma coisa: se você por acaso chegar num dia de sábado, vai me desculpar, meu velho, mas eu não posso ir ao cais, porque estarei jogando futebol. Ponta de lança.

Manchete, 15/08/1959

O brasileiro tranquilo

Meu amigo Otto, a quem enviei desta página uma carta, preparando-lhe o espírito para regressar ao Brasil depois de quase três anos na Europa, já está no Rio, e devagar vai tomando posse das coisas nacionais.

As novidades que advertidamente lhe relatei o impressionaram menos do que outros aspectos permanentes do modo de ser brasileiro, e dos quais até certo ponto se esquecera. São estes justamente os aspectos que contrastam o modo de ser europeu, recordando-se portanto com nitidez quando se volta depois de longa temporada fora.

Antes de tudo, o que mais o espantou foi a intensa humanidade brasileira, a doçura da gente dentro de uma perfeita desorganização, a unanimidade do afeto nacional ao meio de condições de vida precárias ou hostis. Dois brasileiros que se desconheciam constituem sempre uma hipótese de íntima amizade depois de dez ou cinco minutos de conversa, sem que seja necessária a formalidade da apresentação. Nada mais violentamente antieuropeu do que isso.

Um silogismo de Otto — e esse ele já sustentava para os boquiabertos belgas — é que a cultura é apenas a arte da convivência. Ninguém convive com mais suavidade do que o brasileiro. Logo, o povo brasileiro é muito culto.

Outra tese sua é a de que somos, ao contrário do que espalham por aí, um povo altamente disciplinado, estribando essa convicção no argumento de que povo nenhum do mundo aturaria com tamanha paciência os dolorosos contratempos de uma cidade como o Rio de Janeiro, notadamente o tráfego diabólico. O carioca já devia estar louco ou ter explodido em virtude do enervamento cotidiano; só a vocação da disciplina impede essa catástrofe mental coletiva.

Outro raciocínio seu: tendo-se em conta que a Alemanha é um país dotado de todos os recursos para facilitar a disciplina, e no Brasil, pelo contrário, nada existindo para permitir um mínimo de disciplina, o brasileiro é incomparavelmente mais disciplinado do que o alemão. Na Alemanha, tudo funciona, não sendo vantagem a disciplina; no Brasil, nada funciona, revelando-se mais forte portanto a nossa disciplina instintiva.

Para dar-me dois exemplos da fantástica capacidade brasileira de organizar-se para a desorganização, Otto apelou para a eloquência do senso comum, conseguindo transfigurar banalidades que todos sabemos. O Rio, me disse, é uma cidade que dispõe, como qualquer outra metrópole, de todas as complexas e dispendiosas instalações para o fornecimento de água à população: nascentes canalizadas em distâncias imensas, estações elevatórias, enormes reservatórios para tratamento, vasta rede subterrânea para a distribuição, hidrômetros, além de pias, tanques, banheiros e chuveiros para a devida utilização da água, representando uma fortuna em investimentos e manutenção. Tudo perfeito, tudo a provar a capacidade civilizadora do homem tropical, faltando exclusivamente um detalhe: a água.

Outro exemplo: o Departamento de Correios e Telégrafos tem de fato uma engrenagem fabulosa, sobretudo tendo-se em vista a nossa imensidade territorial, de índice demográfico rarefeito. Com todos os seus setores modernizados, cobrindo uma superfície de oito milhões e quinhentos mil quilômetros quadrados, um número fantástico de funcionários, equipamentos os mais diversos, trens sulcando os vales e as montanhas, atravessando lonjuras desabitadas, enxames de aviões cortando velozmente todo o país, camionetas carreando a correspondência nos centros urbanos, carteiros prestimosos a carregar os seus fardos como diligentes formigas, o Departamento de Correios constitui, sem dúvida nenhuma, um inestimável esforço administrativo, um serviço público extraordinário, ao qual só podemos imputar um único e pequeno descuido: a carta não chega ao destinatário.

Nada se resolve no Brasil, afirma Otto, mas sem qualquer irrisão ou pessimismo. Para que resolver? Muito melhor do que a solução é a profunda compreensão que todos demonstram pelos nossos problemas, notadamente nos locais encarregados de resolvê-los. Você tem um processo qualquer em uma repartição pública; o mesmo não será resolvido, pelo menos em tempo hábil. Mas que grande e grata simpatia todos ali manifestam pelo seu caso! Que criaturas compreensivas e humanas aqueles funcionários que não despacham o seu processo! Do chefe de seção ao servente, todos estão prontos a prestar-lhe qualquer obséquio pessoal, exceto, naturalmente, a solução (impraticável) do processo. O processo entre nós não existe para ser resolvido, mas para ser compreendido em toda a dimensão de seu conteúdo humano. Tanto maior o desajustamento humano causado pela insolubilidade do processo, mais intensa a solidariedade. Que admiráveis sentimentos humanos, por exemplo, desperta a pobre viúva que há sete, oito, doze meses vem se esforçando para receber seu montepio! Falta apenas um atestado, um papel, uma assinatura, às vezes nem falta nada, apenas um milagre. Mas que beleza o apoio moral com que todos confortam a velhinha! Que criatura de alma delicada o brasileiro!

Outro caráter nacional que muito impressiona o meu amigo é o poder de vincular pessoalmente as mais impessoais relações. Um motorista de táxi que lhe pediu o dobro da corrida justificou-se, contando-lhe em poucos minutos sua vida atribulada. Garante Otto que até os ladrões e assaltantes do Brasil roubam pensando menos no dinheiro, e sim porque não foram com a cara do sujeito.

Tendo também procurado alto funcionário da alfândega, que nunca vira mais gordo, verificou que este nada podia garantir-lhe quanto à liberação da bagagem antes de dois ou três meses, no mínimo. Claro que muita coisa se estragará dentro desse prazo. E daí? Como compensação a seus prejuízos materiais, o servidor público estabeleceu imediatamente com o contribuinte (Otto) uma camaradagem imediata e esfuziante, quase impossível de ser encontrada na Europa, mesmo entre velhos amigos. Esse bom servidor (mais da alma pública do que da coisa pública), sentando em cima da mesa do gabinete, serviu-lhe vários cafezinhos, mandou buscar dois picolés no sorveteiro da esquina, contou-lhe anedotas picantes e aflições domésticas, bateu-lhe amigavelmente na perna e no ombro, pediu-lhe que aparecesse de vez em quando para um papo, prontificou-se a emprestar-lhe uma lancha-automóvel aos domingos, desdobrou-se enfim em gestos, não friamente cordiais, mas sincera e profundamente afetivos. E Otto arremata:

— Se naquele momento um inglês entrasse no gabinete e nos visse nesse perfeito entendimento, cairia em estado lírico, a dizer para si mesmo: Que coisa bela é uma amizade de infância!

Manchete, 03/10/1959

Brasil brasileiro

Uma vez, numa recepção da nossa embaixada em Londres, uma dama inglesa, depois de ouvir "Aquarela do Brasil", estranhou ironicamente a associação dos termos "Brasil brasileiro". A França é francesa, dizia, a Inglaterra é inglesa, o Afeganistão é afegane, sem que se precise dizer... Minha senhora, respondeu-lhe alguém, é que o Brasil é muito brasileiro, é o único país brasileiro do mundo, e só quem nos conheça bem será capaz de entender isso...

Em fase de transição econômica há alguns anos, em fase de reforma desde a mudança do governo, às vezes penso que o Brasil corre o risco de se tornar pouco brasileiro em alguns sintomas essenciais da nossa maneira coletiva de ser. Nem sempre é fácil distinguir as virtudes e os defeitos tipicamente brasileiros, havendo possibilidade de muitos erros de conceituação.

Dentro da relatividade histórica, d. Pedro I foi muito brasileiro; d. Pedro II igualmente. Pois eu acho que o primeiro possuía vários defeitos essenciais ao caráter brasileiro, enquanto o segundo cultivava virtudes que podiam ser banidas da nossa formação, virtudes bastante monótonas ou bobocas.

A impontualidade em si é um mal; no Brasil, entretanto, ela é necessária, uma defesa contra o clima e as melancolias do subdesenvolvimento. Deixar para amanhã o que se pode fazer hoje é outro demérito que não se pode extinguir da alma nacional.

Uma finta de Garrincha, uma cabeçada de Pelé, uma folha-seca de Didi são parábolas perfeitas do comportamento brasileiro diante dos problemas da existência. Eles maliciam, eles inventam, eles dão um jeitinho. Já cuspir no chão e insultar as formas elementares da higiene são também constantes brasileiras, mas devem ser combatidas furiosamente.

Ter terror à pena de morte é um sentimentalismo brasileiro da mais fina intuição progressista; cultivar o entreguismo da saudade já me parece uma capitulação inútil.

"Deixa isso pra lá" é uma simpática fórmula do perdão nacional; já o "rouba mas faz" é uma ignorância vertiginosa. Valorizar em partes iguais a ação e o devaneio (dum lado o trabalho, do outro sombra e água fresca) é uma intuição brasileira que promete uma síntese do dinamismo do Ocidente e da contemplação oriental.

O andar da mulher brasileira, como o café, é uma das grandes riquezas pátrias. Aliás, o café chegou até nós muito brasileiramente: o sargento Palheta recebeu gentilmente as mudas das mãos da condessa d'Orvilliers, mulher do governador da Guiana Francesa. *"Nous étions doublement cocus!"*, exclamou com espírito um escritor francês.

Mas o ostensivo e verboso donjuanismo brasileiro, sobretudo no exterior, é uma praga. Achar-se irresistível é uma das constantes mais antipáticas do homem verde-e-amarelo. O relato impudente de façanhas amorosas, a mitomania erótica, o desrespeito agressivo à dignidade da mulher são desgraçadamente coisas muito brasileiras.

A instituição do "faixa", do "meu chapa", é cem por cento brasileira, desde que seja gratuita; o detestável tráfico de influência não é nosso. Dar um jeito é bom; dar o golpe é mau.

A sagacidade de Minas, a fidalguia do Sul, a combatividade do Nordeste são características brasileiras; o dinamismo organizado de São Paulo não é tão nosso assim, mas é necessário.

Para Capistrano de Abreu, o jaburu simbolizava o Brasil; São Paulo foi o primeiro estado a superar a tristonha fase do jaburu. E Macunaíma ainda representa o brasileiro? E Jeca Tatuzinho? O tempo passou: Macunaíma comprou naturalmente uma lambreta, mas, em compensação, estuda economia ou física nuclear; os filhos de Jeca Tatuzinho são hoje playboys, contrabandistas ou industriais, nesta imensa misturada contraditória que é o Brasil.

Resta por fim como espantalho gritantemente brasileiro, vergonhosamente brasileiro, o pobre, o nosso compatriota de pé no chão, destroçado pelos parasitas, cegado pelo tracoma, morando em casebres de barro, palafitas, mocambos, favelas, coberto de feridas, analfabeto, mal alimentado, vestido de farrapos, pobre criatura humana, pobre bicho humano, pobre coisa humana, pobre brasileiro humano.

Manchete, 08/04/1961

Brasileiro, homem do amanhã

Há em nosso povo duas constantes que nos induzem a sustentar que o Brasil é o único país brasileiro de todo o mundo. Brasileiro até demais. Constituindo as colunas da brasilidade, as duas constantes, como todos sabem, são: 1) a capacidade de dar um jeito; 2) a capacidade de adiar.

A primeira é ainda escassamente conhecida, e muito menos compreendida, no estrangeiro; a segunda, no entanto, já anda bastante divulgada no exterior, sem que o corpo diplomático contribua direta ou sistematicamente para isso.

Aquilo que Oscar Wilde e Mark Twain diziam apenas por humorismo (nunca se fazer amanhã aquilo que se pode fazer depois de amanhã) não é no Brasil propriamente uma deliberada norma de conduta, uma diretriz de base. Não, é mais, é bem mais forte do que um princípio voluntarioso: é um instinto inelutável, uma força espontânea da estranha e surpreendente raça brasileira.

Para o brasileiro, os atos fundamentais da existência são: nascimento, reprodução, procrastinação e morte (esta última, se possível, também adiada).

Adiamos em virtude de um verdadeiro e inevitável estímulo, se me permitem, psicossomático. Trata-se de um reflexo condicionado, pelo qual, proposto um problema a um brasileiro, ele reage instantaneamente com as palavras: daqui a pouco; logo à tarde; só à noite; amanhã; segunda-feira.

Adiamos tudo, o bem e o mal, o bom e o mau, que não se confundem, pelo contrário, que tantas vezes se desemparelham. Adiamos o trabalho, o encontro, o almoço, o telefonema, o dentista, a conversa séria, o pagamento do imposto de renda, as férias, a reforma agrária, o seguro de vida, o exame médico, a visita de pêsames, o conserto do automóvel, o túnel para Niterói, a festa de aniversário da criança, as relações com a China, o pagamento da prestação, adiamos até o amor. Só a morte e a promissória são mais ou menos pontuais entre nós. Mesmo assim, há remédio para a promissória: o adiamento trimestral da reforma, uma instituição sacrossanta no Brasil. Quanto à morte, é de se lembrar dois poemas típicos do romantismo: na "Canção do exílio", Gonçalves Dias roga a Deus não permitir que ele morra sem que volte para lá, isto é, para cá; já Álvares de Azevedo tem aquele poema famoso cujo refrão é sintomaticamente brasileiro: "Se eu morresse amanhã!". Nem os românticos queriam morrer hoje.

Sim, adiamos por força de um incoercível destino nacional, do mesmo modo que, por força do destino, o francês poupa dinheiro, o inglês confia no *Times*, o português espera o retorno de d. Sebastião, o alemão trabalha com um furor disciplinado, o espanhol se excita diante da morte, o japonês esconde o pensamento e o americano usa gravatas insuportáveis.

O brasileiro adia; logo existe.

Como já disse, o conhecimento da nossa capacidade autóctone para a incessante delonga transpõe as fronteiras e o Atlântico. A verdade é que já está nos manuais. Ainda há pouco, lendo um livro francês sobre o Brasil, incluído numa coleção quase didática de viagens, achei no fim do volume algumas informações essenciais sobre nós e a nossa terra. Entre endereços de embaixadas e consulados, estatísticas, informações culinárias, o autor intercalou o seguinte tópico:

DES MOTS
Hier: ontem
Aujourd'hui: hoje
Demain: amanhã
Le seul important est le dernier.

A única palavra importante é amanhã. Esse francês malicioso agarrou-nos pela perna. O resto eu adio para a semana que vem.

Manchete, 14/03/1964

Meu Brasil brasileiro

Parecido com o Brasil sempre fui. Meus espaços vazios. Minhas contradições contundentes. Subdesenvolvidas. Subdesenvolvido. Subdesenvolvido (*com música*). Também virado para o mar e a montanha, fico indeciso entre a gaivota e o gavião. Mato a fome com um pastel descarnado à porta da venda e às vezes me oferecem caviar no céu.

Minhas capoeiras. Meus galináceos vadios. Acordo Paulo, São Paulo, eletrônico, com um furor de epístola aos laodiceus e construções civis; entardeço torto como o Piauí, com meus boizinhos bagunçados no ermo.

Vendi por uma tutameia as riquezas minerais. Não consigo inventar a ordem. Embandeirei-me de estrelas também.

De repente sou silêncio, grande, humilde e pantanoso como o Mato Grosso: aí me esfumo na desolação dos confins. Deixo-me arrastar para a limpeza do oceano.

As superstições abusam de mim. Ando muito, mas sem vontade. A burocracia estraga-me as tardes e contamina as disposições poéticas. Meus pulmões murchos. Minhas baías negras de crucificações douradas.

A pornografia não me larga. Construo minhas brasílias de uma hora para outra mas não moro nelas: resido no fulgor do cabaré, na alienação do auditório, na perplexidade da esquina. Jamais cheguei ao fim dos meus cursos: não pagava a pena.

Sou doce e irritado como o Nordeste. Em nós o principal sempre perde para o supérfluo. Tentamos ainda as comunicações nestas rondônias rudes.

Fui descoberto pela coragem dos portugueses. Minhas tribos alcoolizadas no crepúsculo. Amo a liberdade com timidez e cobiça como se fosse um presente dispendioso demais para a minha resignação. Mas um dia serei livre (*com brio*), ainda que pague o preço da morte.

Quem sou? Não sei. Uma copacabana atulhada de aflições frívolas; uma guarujá de remorsos. Mas são as águas febris que ganham de mim. Emigro muito. Volto de pé no chão, chateado por não possuir um endereço.

Outrora cavei as minas, garimpei nos arroios, juntei moedas, mas nunca tive jeito para as transações. Vender-se, vender-se, mas comercializar dá trabalho.

Meus pratos quentes. Minhas bebidas mal fabricadas. Meus pasmos safados. Amo o azul-turquesa. Amo o pontilhismo dos estádios. Amo os discursos patrióticos. Amo a pátria.

Estas revoluções sem sangue e sem vitória. Esta inveja dos cartazes clássicos europeus. Troquei uma penca de bananas por uma fatia de maçã estrangeira.

Quem manda em mim? Quem me diz aonde vou? Quem me compra? Quem me vende? Sou fraco: minha constituição não presta.

Fumo demais. Sou atrevido quando me provocam. Choro quando não é necessário. Tenho flores silvestres. Faço versos nas ocasiões. Estudei o que dava para passar. Às vezes a mata pega fogo na encosta: é a queimada. Mas nasci para dançar. As trilhas trágicas. Macucos piando. Teus formigões abastados, Brasílio. Meus ninhos de joão-de-barro. Nosso instinto de pelúcias. As importâncias de quando gostam de nós. De repente posso ficar doidinho da silva. E me acabar de verde e amarelo.

Manchete, 24/08/1968

História do Brasil

E o Senhor disse:

Agora criarei o mais estranho de todos os países. E ele será verde-amarelo e atenderá no concerto das nações pelo nome de Brasil. E ele nunca saberá com certeza o motivo de seu nome. Pois com o Brasil pretendo mostrar aos homens que os caminhos do Senhor são desconhecidos.

E erguerei do barro um poeta que dirá: "O Brasil é uma república federativa com muitas árvores e gente dizendo adeus". E o Brasil viverá do improviso, que não é o vento do espírito, mas a mesma força que dormia no caos, antes que a Terra fosse criada.

E darei a esse povo um rei português, ocioso, gordo, incapaz e grande comedor de frangos, mas que irá criar as primeiras coisas importantes, a fim de que o povo do Brasil se acostume a não entender mais nada. E ao filho desse rei caberão duas missões: primeiro, inventar a juventude transviada; segundo, separar Portugal do Brasil. Depois disso farei com que ele embarque para Portugal, onde será rei dos portugueses. Pois é preciso que o povo do Brasil receba com naturalidade aquilo que não tem explicação. Aí, eis que vou criar um terceiro rei. E esse deverá escrever os piores sonetos da língua portuguesa. E amará as línguas mortas. A fim de que se acrescente a confusão. Então, em uma transparente manhã de novembro, criarei de repente a república federativa com muitas árvores e gente dizendo adeus. A meu comando, um soldado triste bradará: "Viva a República!". E a república será vivada. E os barões serão os mais fiéis republicanos. E os republicanos derramarão lágrimas e escreverão muitas cartas com saudade do rei que escrevia sonetos. E a confusão será maior. E o brasileiro será o irmão do vento, que ninguém entende.

E a esse povo darei o açúcar. Depois, por tortos caminhos, farei trazer do outro lado do mundo o café. Pois está escrito que o Brasil deve viver da mistura do branco e do preto, e da mistura do doce com o amargo, para que os escribas possam chamar a esse país de terra dos contrastes.

E criarei para o Brasil oradores eloquentes; a estes darei a ambição, mas não a sabedoria; e criarei uns poucos homens sábios; e a estes não darei nem a ambição, nem a eloquência. A fim de que as discussões se prolonguem e que o povo se perca pela boca dos oradores.

E sobre grandes veios de ouro levantarei montanhas de ferro; mas o povo viverá da cultura da mandioca; e as bananeiras agitarão suas crinas nas tardes morosas dos quintais; e esse país imenso e despovoado só derramará sangue por causa de terra; e o brasileiro não saberá se Lampião foi um flagelo de Deus ou um ótimo sujeito, porque não entende a mais velha das contendas, que é a briga pela terra.

E o povo amará a cachaça e o pastel; e inventará a cuíca e o samba; e bebendo cachaça, comendo pastel, tocando cuíca e sambando, esquecerá que o Brasil é uma pobre república federativa com muitas árvores e gente dizendo adeus.

Então, eis que, em uma ilha frígida, a fim de que os corpos se aqueçam, inventarei o futebol. E o tórrido Brasil amará o futebol acima de pai e de mãe. Então criarei a Copa do Mundo. E um dia o Brasil perderá esse galardão na última batalha, dentro de seus próprios muros, quando lhe bastaria o empate. Quatro anos depois caberá aos comunistas eliminar os brasileiros, para que se aumente a confusão. E para que se aumente a confusão, criarei uma comissão técnica que não entenda nada de futebol. E esta será bicampeã do mundo. E o tórrido Brasil, chorando de alegria, beberá muita cachaça, e comerá muito pastel, e tocará muita cuíca. Aí, eis que farei o Brasil perder o Tri, e a Taça, e a Alegria para Portugal. Pois assim está escrito.

Para que o brasileiro continue na sua confusão, irmão do vento, que ninguém entende.

Manchete, 06/08/1966

Um diplomata exemplar

A cena se passou numa capital nordestina. Os personagens são três: o marido, juiz de direito, cidadão probo e bom pai de família; a mulher, simples, devotada aos filhos e deveres; o tio da mulher, amigo e conselheiro do casal, alma franca e bem vivida.

Deu-se que, num momento de loucura ou fraqueza, o honrado juiz, às cinco horas da manhã, no barraco do quintal, foi apanhado em flagrante, pela própria esposa, em delito de colóquio de amor com a cozinheira da casa. Que miséria, que escândalo, que vergonha! A doce e honesta senhora foi tomada, no local do crime, de uma crise nervosa, com o inconveniente de despertar os vizinhos; e esses espalharam por toda a cidade o pecado nefando. Muito divertido quando acontece com outros.

A mulher, na companhia das crianças, foi morar com os pais; o marido encerrou-se em casa, só abrindo a porta no terceiro dia, para o tio de que falamos. Este, calmo como sempre; o outro, roendo as unhas do remorso, barba por fazer, no mais perigoso estado de desestima por si mesmo.

— Tenho nojo de mim, e preciso lavar o meu erro.

— Lavar como? — perguntou o tio.

— Com o meu próprio sangue — foi a patética resposta.

— Você ficou zureta, rapaz?

— É a única solução: vou matar-me.

— Bonito papel — retruca-lhe o tio. — Depois de fazer a sua traquinagem, você quer retirar-se para o outro mundo, deixando neste uma pobre viúva, sem recursos, com três filhos. Francamente!

— Não vejo outra saída.

— Mas eu vejo.

— Qual?

— O desquite.

— O desquite?!

Sim, argumentou o homem realista, só o desquite era uma solução digna e satisfatória. E, desenvolvendo essa tese, acabou conseguindo o consentimento do pobre marido. Em vez de revólver, desquite.

No dia seguinte, outra visita desse professor de ceticismo e diplomacia.

— Estive pensando melhor. Quer saber de uma? O desquite não é uma boa solução no caso.

— Então, eu me mato.

— Vamos com calma. O melhor é você mudar-se com a mulher e os meninos para uma cidadezinha de Minas ou de São Paulo. Talvez eu lhe arranje um lugar de promotor.

— Mas *ela* não aceitará. E eu viveria humilhado.

— Deixa, que dou um jeito. Quanto à humilhação, isso passa com o tempo.

No dia seguinte, volta o tio para dizer ao infeliz:

— Você é mesmo um sujeito de sorte. A *santa* concordou. Escrevo hoje mesmo a um amigo sobre a promotoria.

Mais uma semana, e o tio volta a trazer-lhe novidades:

— O lugar de promotor está difícil. Além do mais, não creio que você vá se dar bem no Sul. Já pensou nisso?

— Mas não tenho por onde escolher. Viver aqui é que eu não posso. Sou um homem desmoralizado.

— Tolice, meu velho. Nossa capital não é tão pequena assim. Acho, no fundo, que vocês deveriam mudar de bairro, e botar uma pedra em cima de tudo.

— Nunca.

O tio não desistiu da ideia, ele mesmo ajudaria a escolher uma casinha distante, coisa que foi feita uns cinco dias depois. Mas a nova residência, além de muito mais cara, não se comparava à primeira, precisando de reparos, sem quintal e sem jardim. O tio se apegou às razões materiais para raciocinar:

— Vocês querem mudar de casa, não é?

— Eu não, a ideia foi sua.

— Pois é, mas não dá certo.

— Então, vou para o Sul.

— Bobagem.

— Então, me mudo para a outra casa.

— E quem vai sofrer com esse capricho? Sua mulher e, sobretudo, as crianças. Estas é que vão se privar de quintal por sua causa. No seu lugar, agiria diferente. Sabe como são essas coisas: no princípio, parece que o mundo vem abaixo, mas depois passa. Mudar de casa com uma crise dessas! Onde já se viu!

O marido exclama, quase num soluço:

— Mas eu preciso fazer alguma coisa!

— Concordo plenamente.

— Mas fazer o quê?!

— Tenho uma ideia.

— Pode dizer.

— Pinte a casa em que está morando. Mande fazer uma limpeza em regra.

— Mas...

A casa foi pintada de novo, a mulher voltou com os filhos, e aos domingos o tio aparece para o ajantarado.

Manchete, 27/09/1958

Burton no Brasil

Era uma vez um inglês chamado Richard Burton que nunca trabalhou no cinema. Mas que viveu no século passado, ininterruptamente, sequências de aventuras que a tela ainda não teve a ousadia de filmar.

Foi soldado, tradutor, poeta, profuso conhecedor de idiomas, etnólogo, médico diletante, botânico, zoólogo, fabuloso esgrimista e outras coisas mais, tendo inclusive antecipado Freud.

Em 1865, Burton é cônsul em Santos, onde, para melhorar as finanças, especula em café e algodão. Isabel, sua mulher, detesta a cidade (o clima, as pessoas, o cheiro, os insetos), alegrando-se quando o marido compra em São Paulo um convento abandonado. Isabel também não pode parar, galopando com o seu cavalo pelas ruas da capital paulista, às vezes levando na garupa um anãozinho, o Chico. Trançando entre o litoral e o planalto, Burton escreve sobre o comércio e a geografia do Brasil. Com frequência vem ao Rio de Janeiro e costuma subir até Petrópolis, onde, naturalmente, fascina d. Pedro II, que também se interessa pelo sânscrito e o árabe. O imperador recebe esse renascentista tardio com intimidade, comparece às conferências que ele faz, provocando ciúmes nos mais altos funcionários da rainha Vitória. Isabel Burton ganha de presente da imperatriz um bracelete de diamantes.

Entre outras atividades, o adoidado inglês escreve uma gramática tupi-guarani, que nunca foi publicada, e vai traduzindo as obras completas de Camões, poeta feito também de harmonia mental e violência de alma.

É também no Brasil que Burton dá para beber com a mesma energia diabólica de todas as suas atitudes. Depois de citar uma frase do dr. Johnson ("Conhaque é a bebida dos heróis"), anota: "Aqui os homens bebem a sua cachaça heroicamente; o resultado é fígado, hidropisia e morte".

Minas é uma tentação e ele pede licença para uma incursão, alegando a conveniência de estudar as riquezas minerais e escolher o melhor traçado para uma estrada de ferro.

O casal anda por Sabará, desce ao fundo da mina de Morro Velho (*nitidamente dantesca, inferno swedenborguiano*), onde Isabel fere o tornozelo, tendo de retornar, com alívio, ao Rio de Janeiro. Pois o infernal aventureiro havia muito ardia de amor pelo rio São Francisco. Descobrir era a obsessão desse homem com o diabo no corpo. Em tosca embarcação improvisada desce o rio, que o desaponta um pouco, não apresentando o mesmo sortilégio do Nilo. Mas a cachoeira de Paulo Afonso ("Niágara brasileira"), com sua maravilhosa anarquia, com sua força inexorável, enche os olhos e a alma do explorador. O périplo mineiro resulta numa obra de dois volumes.

Quatro meses depois, de volta ao Rio, tudo indica que o explorador está à morte: uma hepatite e complicações pulmonares, somadas aos medicamentos da época, não podem dar muita esperança. Por fim, Isabel apela para um escapulário, relatando que Burton se salvou por milagre. A intervenção mística não converte o infiel, nem ameniza sua hostilidade contra a Igreja, sobretudo contra a educação católica do Brasil, *atrasada de meio século*.

Richard Burton, com quarenta e sete anos de idade, perde a robustez, está fraco e envelhecido. Mas não se faz ermitão; é o diabo nele que se agrava sempre. A mulher regressa à Inglaterra, enquanto o possesso dá uma voltinha pelos campos de batalha do Paraguai, examinando minuciosamente as armas e as táticas usadas, impressionando-se com o selvagem heroísmo paraguaio, abominando a sangrenta guerra de extermínio racial.

Antes de voltar à Europa e ao Oriente, ainda viaja pelos países do sul do continente, faz amizade com Bartolomé Mitre e Sarmiento, espantando os ingleses com seu aspecto andrajoso e a ferocidade das coisas que diz.

É o que nos conta em um capítulo o livro recente e excelente de Fawn M. Brodie: *The Devil Drives*, a vida de Sir Richard Burton, com trezentas e oitenta páginas.

Entre todos os sábios estrangeiros que escreveram sobre o Brasil há outros de valor científico mais extenso e mais harmonioso; nenhum, porém, é mais demoníaco ou interessante.

Manchete, 11/09/1971

Baile de máscaras

Não sei os motivos profundos do fenômeno, mas este existe e se faz cada vez mais forte e espalhado: hoje, no Brasil, é comum o profissional que desconhece da sua profissão as regrinhas mais banais, as habilidades mais elementares à prática desse ofício ou dessa arte. E não é só isso não; já é bastante chique praticar uma profissão sem saber praticá-la. As qualidades negativas, por um imponderabilíssimo segredo, passaram a ser mais recomendáveis que as qualidades positivas.

Por que não dizer mais? Direi mais: houve em nossa terra nesses últimos anos uma sutil e vitoriosa conspiração em favor da burrice, da ignorância e da incompetência. E da desonestidade, poderia acrescentar, não fosse mudar de área. É o que sempre se chamou "inversão de valores"; isso antigamente não passava de figura de retórica; tornou-se realidade.

Imaginemos um santo sacerdote que não soubesse o catecismo, que ficasse embatucado se lhe perguntássemos de repente qual é o sinal do cristão ou que começasse a contar nos dedos as pessoas da Santíssima Trindade. Não, esse padre ainda não existe, mas a analogia nos serve: há muitos sujeitos por aí que, dentro das ciências que professam, ignoram qual o sinal do cristão ou que fazem demorado esforço de memória para dizer quais as pessoas da Trindade.

Estamos vivendo uma divertida comédia social, mas ainda não chegamos à apoteose, isto é, ao momento da guerra de pastelões. Por enquanto, o baile de máscaras continua muito a sério, fingindo todos que estão a acreditar nos personagens travestidos. Aqui do nosso canto, podemos apreciar a grande festa.

Olha ali um pintor, calça de veludo, blusa manchada de óleo, um copo de bebida forte na mão, a dar gargalhadas aprendidas em Paris, dizendo palavrões às damas e demonstrando através de todos os seus gestos que a vida fora da arte não tem o menor sentido. Evidentemente, trata-se dum artista genial. Por isso mesmo, não lhe peça nunca para pintar uma banana, que ele é capaz de fechar o baile. Quem sabe pintar banana (a expressão é dele) é uma besta quadrada. Para não ser besta quadrada, o nosso artista comprou um bonito compasso e pinta círculos pretos sobre fundo branco, semicírculos cinzentos, formas inatacáveis e eternas em sua pureza absoluta.

Perto do pintor há um belo rapaz, alto, robusto, corado, um poeta, naturalmente. Erramos. Pois a crítica mais avançada afirma que esse formidável miúra não é um poeta, mas o poeta, autor aliás dum arquipoema famoso, que só posso citar integralmente: "V". É isso mesmo, leitor distraído, o poema é "V". Os melhores espíritos do país sabem que, nessa consoante labiodental fricativa sonora, o poeta resumiu plasticamente todo o desenrolar da Segunda Guerra Mundial. É o máximo em poesia.

Mas passemos rapidamente a vista por mais alguns fantasiados. Nem todas as fantasias são igualmente sublimes. Vai ali, por exemplo, uma cozinheira que nunca fez um bife com sinceridade, mas todos reconhecem que seria capaz de fazer grandes papéis secundários no teatro.

Conversando com aquela bonita senhora fantasiada de

elegante, vemos um colunista célebre, respeitado e bem pago. Descobriram a sua esmagadora vocação jornalística no dia em que escreveu "sociedade" com Ç. Riram-se dele os colegas. O moço corrigiu logo, trocando o Ç por um S cedilhado. Aí não se riram mais. Um homem capaz de inventar um S cedilhado tem garantido um feérico futuro no colunismo social. Coisa muito séria.

Máscara que dá muito em nosso baile é a de político. Debaixo dessas fisionomias cívicas de papelão pintado existem contrabandistas, cangaceiros, mascates, ex-vereadores etc. Mas não vamos estragar a festa; façamos de conta que eles estão mesmo a salvar o nosso Brasil.

Há mais. Naquele canto, um "médico" diz a uma jovem que o "complexo B" foi uma das grandes descobertas de Freud. O cômico a contar anedotas nunca fez rir a ninguém: bossa nova. Em matéria de ponte, aquele engenheiro só conhece a ponte aérea, mas de avião é que ele não viaja, pois, diz ele, o homem não foi feito para voar. O rapaz falando fino e fanhoso é cantor. O cara de boné de *coach* de *baseball* pensa que é técnico de futebol. O imponente cavalheiro a medir ângulos com as mãos já convenceu a todos de que é o maior cineasta do mês. No mês que vem, demitido pela opinião pública, outro tomará o seu lugar.

Sem falar, porque não há espaço, nos fabulosos técnicos eletrônicos, nos advogados que Deus me perdoe, nas paralíticas vestidas de bailarina, nas respeitáveis vovozinhas brincando de vedetes, nos humanistas que de latim conhecem mal e mal as páginas cor-de-rosa do Larousse, nos sambistas duros de orelhas, nos milionários do papagaio, nos *public-relations* detestados pela cidade inteira etc. etc.

Atrás daquele jarrão, mascarado de cronista, está este seu criado, mas, por favor, não espalhe, não espalhe.

Manchete, 11/06/1960

Dar um jeitinho

Escrevi na semana passada que há duas constantes na maneira de ser do brasileiro: a capacidade de adiar e a capacidade de dar um jeito. Citei um livro francês sobre o Brasil, no qual o autor dizia que só existe uma palavra importante entre os brasileiros: amanhã.

Pois fui ler também o livro *Brazilian Adventure*, de 1933, do inglês Peter Fleming, marido da atriz Celia Johnson, integrante da comitiva que andou por aqui há trinta anos em busca do coronel Fawcett. No capítulo dedicado ao Rio, sem dúvida a capital do amanhã, achei este pedaço:

A procrastinação por princípio — a procrastinação pela própria procrastinação — foi uma coisa com a qual aprendi depressa a contar. Aprendi a necessidade da resignação, a psicologia da resignação: tudo, menos a resignação em si mesma. No fim extremo, contrariando o meu mais justo aviso, sabendo a futilidade disso, continuei a engambelar, a insultar, a ameaçar, a subornar os procrastinadores, tentando diminuir a demora. Nunca me valeu de nada. Não é possível evitá-la. Não há nada a fazer contra isso.

Não é verdade, Mr. Fleming; há uma forma de vencer a interminável procrastinação brasileira: é dar um jeitinho. O inglês apelou para a ignorância, a sedução, o suborno. Mas o jeito era dar um jeito.

Dar um jeito é outra disposição cem por cento nacional, inencontrável em qualquer outra parte do mundo. Dar um jeito é um talento brasileiro, coisa que a pessoa de fora não pode entender ou praticar, a não ser depois de viver dez anos entre nós, bebendo cachaça conosco, adorando feijoada e jogando no bicho. É preciso ser bem brasileiro para se ter o ânimo e a graça de dar um jeitinho numa situação inajeitável. Em vez de cantar o Hino Nacional, a meu ver, o candidato à naturalização deveria passar por uma única prova: dar um jeitinho numa situação moderadamente enrolada.

Mas chegou a minha vez de dar um jeito nesta crônica: há vários anos andou por aqui uma repórter alemã que tive o prazer de conhecer. Tendo de realizar algumas incursões jornalísticas pelo país, a moça frequentemente expunha problemas de ordem prática a confrades brasileiros. Reparou logo, espantada, que os nossos jornalistas reagiam sempre do mesmo modo aos *galhos* que ela apresentava: *vamos dar um jeito*. E o sujeito pegava o telefone, falava com uma porção de gente, e dava um jeito. Sempre dava um jeito.

Mas, afinal, que era dar um jeito? Na Alemanha não tem disso não; lá a coisa pode ser ou não pode ser.

Tentei explicar-lhe, sem sucesso, a teoria fundamental de dar um jeito, ciência que, se difundida a tempo na Europa, teria evitado umas duas guerras carniceiras. A jovem alemã começou a fazer tantas perguntas esclarecedoras que resolvi passar à aula prática. Entramos na casa comercial dum amigo meu, comerciante cem por cento, relacionado apenas com seus negócios e fregueses, homem de passar o dia todo e as primeiras horas da noite dentro da loja. Pessoa inadequada, portanto, para resolver a questão que forjei no momento de parceria com a jornalista.

Apresentei ele a ela e fui desembrulhando a mentira: o pai da moça morava na Alemanha Oriental; tinha fugido para a Alemanha Ocidental; pretendia no momento retornar à Alemanha Oriental, mas temia ser preso; era preciso evitar que o pai da moça fosse preso. Que se podia fazer?

Meu amigo comerciante ouviu tudo atento, sem o menor sinal de surpresa, metido logo no seu papel de mediador, como se fosse o próprio secretário das Nações Unidas. Qual! o próprio secretário das Nações Unidas não teria escutado a conversa com tão extraordinária naturalidade. A par do estranho problema, meu amigo deu um olhar compreensivo para a jornalista, olhou para mim, depois para o teto, tirou uma fumaça no cigarro e disse gravemente: "O negócio é meio difícil... é... esta é meio complicada... Mas, vamos ver se a gente dá um jeito".

Puxou uma caderneta do bolso, percorreu-lhe as páginas, e murmurou com a mais comovente seriedade: "Deixa-me ver antes de tudo quem eu conheço que se dê com o ministro das Relações Exteriores".

A jornalista alemã ficou boquiaberta.

Manchete, 21/03/1964

Carta a Pero Vaz de Caminha

Meu caro Pero Vaz: da frota de Quatro Rodas o capitão
houve por bem ou por mal
que aqui este aturado escrivão
lhe desse as novas da terra de Cabral.

Assim seja.
O sol é grande. Neste mesmo instante,
do turbilhão de luz amante,
por este mar de longo espairecida,
anda a nossa tribo à beira-mar da vida.
Vida que são cousas boas e más, Pero Vaz.
Vamos no entanto, por ora, podar as más;
assim sendo, antes de dar-lhe ciências de tais miudezas,
emendo logo: Tudo, na vida, são belezas.

Na antiga, e nunca assaz louvada, praia em frol,
azagaia em desmancho, zine o sol.
Eis que aí, numa braçada de flores, são elas!

E como são belas, Pero, as mulheres belas!
Bem o sabes: o ar a que se criam as faz tais.
Nem mulheres são, são deusas imortais,
são mais, mais o que quiseres,
mais que mulheres —
são de remoçadas idades
recorrentes divindades.

Certo fico disto: é uma escola para os olhos esta parreira
plástica, este Olimpo carnal em contraponto,
esta universidade do mundo de que reza o Vieira.
Nem te conto. Ou conto.
Despejadamente vão passando de uma vez
as três (graças? garças? tiarcas?):
Talia, Eufrosina e Aglaia.
Cloto, Láquesis e Atropos (as irmãs Parcas)
andam de luto e não curtem a praia.

Com ter sido abandonada por Teseu,
Ariadne dá umas voltas no céu com Prometeu.
(Entra a mitologia pelo cano —
mas é humano.)
Pirra, filha deste ilustre assaltante, erra
num barco há uma pá de tempo: boa ou má, tem a tenção
de povoar a Terra.
Há de ser uma grande explosão.

Num grito do Egito, Ísis e Osíris
— Isisosíris —
hieróglifos enroscados em si como raízes,
estão aqui.
Como o fogo da catleia a queimar dentro do seio,

Odete de Crécy, é claro, também veio.
Na companhia de uma pantera grã-fina
quem se mandou foi Albertina.
Capitu, com seus olhos de ressaca ou ressaquinha,
derrama um oceânico enredo
aos ouvidos da loura moreninha
(Pero, a formosura d'agora não lê o Macedo).

Reveste-se Istar com umas penugens de luz;
logo mais, num inferninho, há de encontrar Tamuz.

Diz que veio de longes brasis a deusa ilhoa
que, apesar de formosa, atende ao nome de Alamoa.
Iansã e Obatalá vieram no ônibus da Bahia.
Macunaíma arrasta asa à d. Janaína —
pela luz que nos alumia!

Hebe baila devagar-quase-parando, apesar das asas de ouro.
Helena (pobre Menelau!) não sabe se vai ou se fica,
enquanto Pasífae se enrola num sonho de touro,
que até Segismundo explica.
Por mim, dou conta do que vejo!
Minerva, muita da indústria e do varejo,
à tanga reduzida, nem parece rica.

Este ele-ela de cabelos enramados
são Eros e Psiquê, mas muito embolados.

Eurídice, já próxima às ardentias,
espera por Orfeu, que tange a lira às Três Marias.
Violentando a nuvem, Palas está na sua,
mas Diana prefere o mundo virgem da Lua.

O ventre de Tellus Mater ou Gaia
é um mar enxuto que se espraia.
E vem o velho Netuno glutão e se espadana
à planta dos pés em flor de Tatiana.
Lá fora, onde os elfos vão surfando, as ondinas,
aquém do bem e além do mal,
vão lambendo piranhas de sal.

Às vezes essas deusas ficam mesmo bem humanas:
com uns jeitos engraçados
de flamingos irisados,
são deusas em pestanas.

Com todo o sentido da falta de sentido,
a vida de Juno dá uma telenovela:
acorrentou o marido
e fez da rival uma vaca amarela!

A conselho de Cibele,
Iracema dos lábios de mel
acabou dourando a graúna com o pincel de Boticelli
Posto o quê, silêncio! Com seu burilado alexandrino de
Racine,
no mar retine agora a Vênus de Bikini.

Mas existem ainda, Pero Vaz, as mulheres minerais.
Geométricas e transparentes — são cristais.
Caras e cintilantes — são diamantes.
Rubras e febris — são os rubis.

E as há também animais:
gazelas e felinas e tubaroas e aves angelicais.

47

Umas vi de boca rasgada e vergonhas cerradinhas
como as andorinhas.
O mais delas lembra as pernaltas,
de pés espapaçados, lindas, muito altas.

Para escapar, Pero, aos assaltos do asfalto,
alça, meu velho, como as trepadeiras, para o alto,
por uma coxa longa qual a madrugada,
por um ventre esguio amorenado,
por um pescoço em talhe de palmeira,
por um rosto floralmente iluminado,
mais alto, onde meneia a bem despenteada cabeleira.

São vestais vegetais,
são deusas primaveris,
mui gentis, mui bacanas,
flores que se esfloram pelas poluições humanas.
Em verdade, do mar um pouco
não há melhor meizinha para o sufoco.
E há raros lêmures malfazejos no litoral
do senhor dom Manuel rei de Portugal.
Contra o mau hálito urbano,
Pero Vaz, do ano em que vamos,
nada como respirar o aroma do mar,
nada como paquerar, digamos,
um rododendro circassiano.

São as flores, Pero, são as flores,
semântica sempiterna dos amores:
a multifólia clássica que é a rosa,
a revirada gloxínia voluptuosa,
a odorata, a umbelata,

48

a hortênsia rotunda,
a tuberosa floribunda,
a rósea dedaleira,
a caseira jardineira,
o cravo remontante,
a lunária, a cinerária,
a viola tricolor,
a marítima candidíssima,
a margarida margaridíssima,
a boreal labiada,
a lobélia empavonada,
a flor da tragédia,
a flor da comédia,
a flor do Transval
e a do mal.

São as flores, Pero, são as flores
com seus humores,
suas umbelas e seus labelos,
suas cotonias, seus terciopelos,
seus pecíolos e seus pistilos,
seus lábios, seu pólen, seus mamilos,
suas miçangas e suas unhas,
seus rococós, suas mumunhas,
suas corolas curvas, suas arestas,
seus hermetismos e suas frestas,
seus xerimbabos e seus perfumes,
suas gracinhas, seus azedumes,
suas abelhas, seu burburinho,
suas galas, seu desalinho,
são as flores
com os seus desdéns e seus amores,

singelas, são perfumadas violetas,
e as mais sutis são filhas da luz com borboletas.

Na praia há que ser feliz,
mas devagar, como quem diz e não diz,
pois, em sua divina inclemência,
Nêmesis pune a insolência
e não nos permite
os desmandos da euforia
(apesar de ser demais a poesia
celta de Brigite).

São elas, as belas, belas demais,
umas menos, outras mais,
uma parada, Pero Vaz, uma parada
em que não nos vai nada —
mas é doce como se nos fosse.

Enfim, em nosso tempo houveras de gostar
de folgar à beira-mar.

A praia que te refiro, à maneira tua e minha,
com ser gentia,
com ser pagão seu mulherio,
falando a frio,
Pero Vaz Caminha,
a praia é o lenitivo do nosso dia,
a praia é a glória do nosso dia.

Quatro Rodas, 192, 1976

Minas Gerais, singularidade plural

Minas Gerais é um castelo lá no alto. O castelo era habitado pelos selvagens. O branco atravessou os fossos, transpôs as muralhas, matou os nativos rebeldes e começou a vasculhar as dependências do castelo, do mais alto torreão ao mais fundo calabouço. Os novos castelões tiveram um relacionamento áspero: era particularmente duro naquelas circunstâncias predatórias amar o próximo como a si mesmo. Mas acabou surgindo o animal político. Com este, relampejou logo o espírito de revolta: contra os fidalgos, que comandavam de longe a soberania e a despensa do castelo. Cristalizaram-se costumes paroquiais. Temperou-se um modo de ser e proceder. Minas arrumou a casa. Ganhou algum dinheiro. Fez as suas artes e as suas letras. O tempo foi indo e Minas continua. Ou Minas não há mais? O renascentista Guicciardini acha que as coisas do passado projetam luz sobre o futuro. Se é verdade, por mais diversos que se apresentem, o passado, o presente e o futuro são imagens correspondentes e integrantes. Um tríptico de comum inspiração.

A CARA DE MINAS

É uma cara imensa estampada no meio do Brasil. O occipital dá para as barreiras atlânticas. O alto da cabeça comprime os tetos do Norte. O queixo faz força para baixo. E o narigão fareja os confins do planalto que se alonga aos contrafortes andinos. Em suma: as paisagens andam e todas as fisionomias geográficas do Brasil passam por Minas.

O carão foi abusivamente castigado pelos deuses e pelos homens. Os primeiros esculpiram com divina paciência escadarias fluviais e peças graníticas fantasmagóricas. Os outros, colocando-se à altura do duro desafio, armaram-se encarniçadamente do ferro e do fogo. Uma após outra, todas as riquezas entrevistas propunham uma briga de foice com a natureza. Não se cogitou de qualquer tecnologia de preservação, mesmo as rudimentares, disponíveis na fase da conquista. O ouro escancarou nas encostas bocas aflitas. As matas tiveram de ceder espaço ao café itinerante. Vales verdes transformaram-se em bruma seca: quem planta uma roça de subsistência queima tudo, sem pensar no ano seguinte. Os pastos foram devorados. Por fim o minério de ferro criou fantásticos agentes abrasivos, desfigurando os perfis orográficos e continuando a depenar a cabeleira vegetal. Com suas pedras agressivas, seus espaços mortos e amarelados, suas cicatrizes, suas rugas, suas marcas vulcânicas, a cara de Minas é dura, imponente, envelhecida. Tem a beleza do cacto do poeta — áspera e intratável.

O CAMINHO

Era tão difícil chegar-se ao castelo que a ciência moderna não conseguiu alterar os primitivos caminhos. Até pelo ar as rotas de Minas continuam a seguir as trilhas bandeirantes. Para atingir a esplanada, o homem do litoral, já escarmentado pela odisseia da travessia atlântica, tinha de transpor duas muralhas que os chineses invejariam: a serra do Mar e a Mantiqueira. Além do impacto topográfico, a fortaleza era defendida por enxames de bugres e insetos. Não se fazia uma correlação entre estes últimos e as doenças, mas estas também destruíam os guerreiros. E os rios, e as piranhas, e as cobras, e as feras, e o puro medo — tudo se repetia com a crueldade sadomasoquista dos velhos contos.

Há desbravadores heroicos pertencentes a todos os outros povos europeus. Mas o heroísmo ibérico — inacreditável — foi em massa. Ninguém como o português e o espanhol para topar os perigos todos e casar-se com a princesa. O casamento sobretudo — dando frutos híbridos — foi o que houve de mais eficaz contra a hostilidade do sortilégio. Precisamos de certo esforço imaginativo para apreender a noção das distâncias e do consequente aniquilamento moral daqueles tempos. O rico precisa ser um gênio para avaliar o que é a pobreza — dizia Péguy. Também o homem de nosso pequeno mundo tem de plantar uma bananeira (espiritual) para fazer ideia da coragem (e do medo) dos antigos lusitanos e primitivos brasileiros.

De Piratininga às Minas Gerais do Cataguás, em marcha forçada, levava-se um par de meses: Mogi, Jacareí, Taubaté, Pinda, Guará, Rio Verde, Boa Vista, Rio Grande, Rio das Mortes, deste às plantações do pioneiro Garcia Rodrigues, daí à serra do Itatiaia, de onde se abriam dois caminhos: um para as Minas Gerais do Ribeirão do Carmo e do Ouro Preto, o outro para as minas do rio das Velhas. Pronto.

Mas acontece que esse incrível Garcia Rodrigues não estava satisfeito: o caminho não era o mais econômico e ele decidiu fazer outro. De sua abençoada loucura lucraram Minas, o Rio de Janeiro, o resto do Brasil e alguns países europeus. Trabalhando por conta própria, esse homem (que mereceria uma capa de *Visão*) varou a estrada que vai do Rio a Sabará e daí a Ouro Preto. Era o Caminho Novo das Minas, louvado em carta régia de 1709. O Rio virou cidade importante à custa de Garcia Rodrigues.

A rede mineira de transportes não teria mudanças substantivas até 1861, quando se fez a União e Indústria; iniciava-se logo depois o assentamento dos trilhos ferroviários. Em termos de comunicação, Minas, durante um século e meio, deveu tudo a Garcia Rodrigues; no Império, se alguém lhe mereceu o chapéu foi d. Pedro II; houve depois uns cinquenta anos de enervante calmaria, agitada enfim pelos *bulldozers*. Era a rodovia que vinha vindo.

Hoje, podemos viajar em estradas pavimentadas, ou só levando aquele susto de encontrar trechos em pavimentação, por todos os lados de Minas, menos o alto Noroeste, onde a baixa densidade demográfica é de doer. Faça-se a ressalva, pois entre a redação de um texto e a impressão de um livro acontecem centenas de quilômetros.

Exemplos principais: a gente pode sair do Rio, cruzar a baixada e a serra fluminense, conversar com os profetas de Congonhas, pedir a bênção às igrejas de Ouro Preto e Mariana, pegar um feijão-tropeiro em Belo Horizonte e seguir para as lonjuras de Brasília, sem deixar o bem-bom do asfalto. Pode sair de São Paulo até a capital mineira e ir a Diamantina ou a Montes Claros. Quem quiser ir para a Bahia de carro pode ter um bom passadio em Governador Valadares. As estâncias minerais estão interligadas de asfalto. Também interligados são os centros industriais e os negócios. Não há ou quase não há solavancos, a não ser que se queira fazer turismo em Janaúba ou Monte Azul. As gerações moças olham para isso tudo com indiferença. É natural. Mas para a minha geração, que veio do pó, a velocidade macia do asfalto dobra o prazer de viajar.

A CIDADE

Falam que a motivação das primeiras entradas foi a caça à mão de obra, ao índio. Valeria a pena ir tão longe? É mais razoável acreditar no seguinte: quem saísse de São Paulo em busca de ouro, por via das dúvidas, iria espalhando que a sua intenção era prear uns indiozinhos. A mineirice teria assim começado no ponto de partida. O garimpeiro é como o historiador que anda no rastro da fonte original: além de nunca dizer a verdade, inventa uma porção de descaminhos.

A sequência de mulatos decisivos para Minas Gerais principia com o primeiro homem que encontrou ouro. Ele enfiou a gamela para beber a água do ribeirão de Ouro Preto (dizem) e viu lá dentro uns granitos cor de aço. O Rio de Janeiro acabou concluindo que era ouro do bom. Foi no finzinho do século XVII. Em Sabará, por sua vez, Borba Gato fazia seus assentamentos cartográficos e dava sumiço em d. Rodrigo de Castel Branco, superintendente das minerações. Bartolomeu Bueno e outros também circulavam pela região. Antônio Dias chegava: era o início do rush.

Os primeiros anos do século XVIII são de povoamento: os aglomerados que se formam nos garimpos são chamados de arraiais. E estes estão sempre caminhando. (É engraçado: chamam sempre de sedentária ou de parada a uma gente — a de Minas — que circulou durante toda a sua história, com motivo ou sem motivo, que sempre emigrou aos magotes, que vai e volta, que continua até hoje a rodar em ônibus e trens, como se não soubesse a que terra pertencesse. Fiquemos certos de uma coisa: o mineiro quieto está matutando para onde deve ir. Mesmo quando não sai do lugar, ele dá voltas, insatisfeito, andarilho imaginário. É o viajar imóvel de Emílio Moura: "Viajas até mesmo ao redor de tua inacreditável imobilidade". O carioca está sempre no Rio; o mineiro está sempre em outro lugar.)

Organizam-se os primeiros povoados e são criadas oficialmente as três primeiras vilas: a de Mariana (vila do Ribeirão do Carmo), a de Ouro Preto (vila Rica de Albuquerque) e a vila de Nossa Senhora da Conceição do Sabará.

Escasseia-se o ouro de aluvião do fundo dos vales e é necessário rasgar os morros, melhorar a técnica, aumentar o número de trabalhadores, fixar-se no local.

A cidade antiga obedece sempre a imposições de meio e momento que os estudiosos de hoje determinam com precisão. O casamento da arquitetura com o meio não é de amor, é de conveniência. *Tant mieux.* As cidades coloniais preservam a sua integridade: e só por isso continuamos a ter acesso ao passado mineiro. São espontâneas, extensões naturais do momento social, isentas de fantasias. Ao contrário de Belo Horizonte, abandonada à pretensão de arquitetos de meia cultura, cidade arlequinal como São Paulo, de góticos e manuelinos liricamente gozados no poema famoso de Mário de Andrade.

A rápida urbanização de Minas durante o período colonial é um prato feito (e sempre saboroso) dos nossos sociólogos. As ciências sociais têm muito disso: descobrem um tema de ingredientes bem casados e bem cozidos e não param de servi-lo, mudando ligeiramente só o condimento. É como o *caol* de Belo Horizonte. *Caol* quer dizer cachaça, arroz, ovo e linguiça. O preço fixo é baratinho. Se lhe acrescentassem um pouco de tutu de feijão, atrapalhariam a sigla, mas o essencial das boas coisas da mesa estaria ali. Pois bem: muito por necessidade, mas também por prazer, o estudante pode fazer todo o curso jantando *caol* sem reclamar. Principalmente se for universitário de ciências sociais.

O municipalismo do mineiro é outro prato típico de muito boa aceitação. Todo mineiro carrega o seu município pelo mundo. Drummond leva um pouco de Itabira no coração e outro pouco nas costas. O bom Emílio, por mais que fizesse ou batesse a avenida Afonso Pena com as suas pernas compridas, jamais saiu de Dores do Indaiá. Guimarães Rosa é Cordisburgo. Cyro dos Anjos toca de ouvido tudo o que se passou em Montes Claros. Otto Lara Resende ainda joga bolinha de gude no adro da matriz de São João del-Rei. Ayres da Matta Machado continua nas catas diamantinenses. Até o *cosmopolitíssimo* Murilo Mendes acabou revelando, com *A idade do serrote*, que Roma jamais fará sombra a Juiz de Fora. O mais inesperado é que o municipalismo do mineiro se transmite por herança. O próprio autor destas linhas levou anos para surpreender um dia, de repente, a responsabilidade sociológica do que sempre ia dizendo, com inocência: Nasci em Belo Horizonte, mas minha família é de Ubá, isto é, de Tocantins, antigo distrito de Ubá, hoje município.

E quando o município não vale nada, o munícipe sente orgulho do seu atraso. "Eta terrinha danada de ruim a minha, sô!" E o brilho de seu olhar direito ofusca Nova York; o outro apaga as luzes de Paris. Mas é de se ver e ouvir quando alguém, modéstia à parte, declara quase em falsete: "Eu sou de Diamantina". Justiça seja feita: os diamantinenses na sua generosidade sabem perdoar os que não são de lá. Afinal, a culpa não é nossa. Há mais setecentos e vinte e um municípios para se nascer em Minas.

QUEM VEM PELO CAMINHO

Quem sabe os caminhos de Minas quando se levantam as vilas e cidades de Mariana, Ouro Preto, Sabará, São João e São João del-Rei, Diamantina, Serro, Caeté, Congonhas? Quem galga os paredões do castelo na esperança de encher um saco de ouro?

O Brasil deve a unidade ao prodigioso jogo de chicotinho-queimado de suas riquezas. No princípio era a madeira. Gritou-se: Açúcar em Pernambuco! — e o Nordeste se povoa. Ouro a Oeste! — e o aluvião migratório espraiava-se no planalto. Borracha ao Norte! — e chegava a hora da Amazônia hostil. Café ao Sul! — e a onda refluía às origens.

Pelos caminhos do ouro desfilam os mais ambiciosos: de São Paulo e do Rio chegam às minas reinóis e paulistas; baianos (eram os nortistas em geral) sobem pelas margens do São Francisco; novas levas lusitanas chegam do Minho, de Trás-os-Montes, das Beiras. Entre eles há lavradores de saco vazio (ou cheio) e numerosos cristãos-novos. Bandeirantes não fazem festas a estranhos: arreganham os dentes. Para o pioneiro, todos esses arrivistas, do norte, do litoral ou de além-mar, são uns emboabas — o nome devia soar como um palavrão.

Minas, estendida nas grimpas, teria caminhado lentamente sem o remoinho do ouro. Vai ter início um relacionamento dificílimo. O castelo não é o de Kafka, mas é kafkiano a seu modo. Os mineiros (damos este nome aos primeiros que cavaram as minas e fizeram as vilas) já não tinham a menor porosidade social. A vida urbana decorreu de uma contingência econômica, quando o ciganismo do paulista já não dava mais nada e só prometia a penúria certa.

O mineiro daquele tempo (e de hoje, até certo ponto) só dá intimidade aos compadres. Mesmo assim suas relações são sempre resfriadas pela ironia: amigo é quem pode caçoar do outro. Vejamos: este homem, que frequenta uma venda e deprecia os fregueses das outras, vê a sua vila invadida pelos forasteiros que também estão à procura de ouro. Conhecemos bem a cara que ele faz através dos filmes americanos, que essas situações são ecumênicas e facilmente representáveis. Aqui, no justo encontro do recém-chegado e do pioneiro, salta a faísca que forja a têmpera mineira.

O MINEIRO BEM TEMPERADO

Quase cem anos antes daquela cena de faroeste, um genial sacerdote inglês pregava a seus irmãos: No man is an island. Todo mineiro é uma ilha, John Donne.

Tudo é antagônico na formação de Minas: paulistas, portugueses, judeus, católicos, nortistas, africanos de tribos diversas, índios de aldeamentos estanques, fidalgos, celerados, ricos, miseráveis, mestiços de todos os matizes.

A decantada, mas verdadeira, singularidade mineira não seria uma decorrência dessa pluralidade cultural?

A classe de artífices, criada rapidamente em Vila Rica, inseria no bolo uma gente nova, instável, suspeita e suspeitosa. A presença do ouro deu fardas e armas aos desocupados, criando mais uma irrisão: eram os *dragões del rei*. O pandemônio era fatal. Doutos elaborados em Coimbra gastavam seu latim entre analfabetos. Ninguém falava a mesma linguagem. Revoltas de escravos fracassaram pela denúncia de negros de tribos inimigas. A caça ao índio era naturalmente orientada por índios de outros grupos. O clero e o cristão-novo se espiavam de banda. Paulistas e emboabas viviam às turras. A interpenetração dos arraiais auríferos, o desvio dos mananciais, geravam desconfiança e violência. O indígena sempre ameaçado de catequese, a que se seguia a servidão, submetia-se, guerreava ou tinha de fugir. Os prepostos da Coroa cobravam com dureza, exigiam o cumprimento dos bandos com arrogância, destruíam as indústrias domésticas dos desiludidos do ouro. Câmaras e governadores não se ajustavam. Nem as autoridades régias andavam afinadas: executivos e judiciários se desentendiam e Lisboa de longe arbitrava os conflitos. Magistrados de pasmosa duplicidade liam Adam Smith e enciclopedistas franceses, mas ordenavam a destruição de humildes teares. Era preciso burlar o fisco; em último caso subornava-se o fiscal. Vila Rica foi um labirinto que ainda não acudiu aos realistas fantásticos. Até pobres e remediados se separavam em dois bandos hostis: *jacubas* e *mocotós*.

Um homem superior como Tomás Antônio Gonzaga era racista e contra tudo: contra o padreco, contra a fidalguia, contra o preto, contra o mulato, contra até a *ligeira mulata* que, *em trajes de homem*, dançava o *quente lundu e o vil batuque*. (Verdade se diga: pelos adjetivos, essa oposição do poeta não parece muito sincera.) E o inconfidente, o homem que possuía na sua biblioteca as obras de Voltaire, xinga o povo de "néscio, atrevido e ingrato".

Não foi esse atrito que interiorizou, por um mecanismo de defesa, o comportamento dos indivíduos e das fragmentadas minorias sociais?

Não se pode imaginar outra comunidade tão entregue a entrechoques humanos mais constantes e mais variados. Para engrossar as rivalidades, havia escassez de mulheres, e o ciúme, como o espírito, sopra onde quer; corrói os grupos mais solidários, dissolve os irmãos, esfarela o que sobra.

É perfeitamente explicável que, numa sociedade assim tão carambolada, tão batida, tão irritada, as rebeliões surgissem com facilidade; mas é também perfeitamente claro o entendimento correlativo: essas revoltas jamais poderiam alcançar (já não se diga uma unanimidade de revoltosos) qualquer consistência revolucionária.

O mineiro alegórico plasmou-se dessa confusão extraordinária. Afinal, quem é o mineiro? O mineiro é o homem que morava em um país no qual, uns aos olhos dos outros, todos os habitantes eram estrangeiros. Afinal, quem é mineiro, o embuçado que foi prevenir Cláudio Manoel contra a polícia ou o embuçado que foi dedo-durar Filipe dos Santos? Se estavam embuçados, ambos eram mineiros. O mineiro foi temperado em um caldeirão onde cabiam todas as mistelas; dele saíram os caldos básicos da mineiridade.

Mineiro é a importância de ser calado, econômico, modesto, engraçado, reservado, tradicionalista etc. São virtudes perigosas: é só abrir um pouco mais o compasso e viram defeitos: o calado costuma virar jururu (vocábulo pré-freudiano); o econômico, pão-duro; o modesto, parvo; o engraçado, chato; o reservado, desconfiado; o tradicionalista, carrança.

Mineiro é um estilo físico: de falar, de apertar a mão, de andar, de gesticular com os olhos, de cruzar as pernas, de encurvar as costas e pender a cabeça, como se escondesse. É principalmente um jeito de olhar de banda. Uma vez morreu o velho garçom de uma taberna escocesa. Os beberrões fizeram uma vaquinha fúnebre e compraram uma lápide para o falecido, com uma inscrição: *God caught him by his eyes at last*. O epitáfio vale para todos os mineiros defuntos.

Ser mineiro — a dica é de Afonso Arinos de Melo Franco — é admirar a imprensa da oposição mas votar no governo.

Mineiro — é a vez de Guimarães Rosa — espia, escuta, indaga, protela, se sopita, tolera, remancheia, perrengueia, sorri, escapole, se retarda, faz véspera, tempera, cala a boca, matuta, destorce, engambela, pauteia, se prepara. Parece até um estudo sobre o futebol de Tostão.

Kipling diz que só inglês é engraçado, dono de uma graça farta, cheia de alusões e sinuosidades. É a melhor graça de Minas, sem tirar nem pôr.

Mineiro costuma levar seu senso do direito ao despropósito de dar a boiada. Na estação de Tiradentes tinha uma inesquecível empadinha de galinha. Nós, meninos de colégio interno em São João, nos embolávamos ansiosos na plataforma quando o trem ia chegando. Uma vez um homenzarrão tomou a frente, agarrou-se aos ferros da escadinha, fechando a passagem. Nós, danados da vida. Mas o trem parou, ele pulou e disse que arrematava todo o tabuleiro de empadinhas. A pobre mulher, magrinha, viu a gente e fez pronta justiça: "Num vendo não: todo mundo tem direito, uai".

O mineiro é sovina? É, mas, como notou Raquel de Queiroz, não esconde o defeito, tem até orgulho dele. Um homem de certa força política em Itaúna conseguiu alterar o espaçamento dos postes de iluminação elétrica: assim a luz pública aclarava a sala dele, que podia ler o jornal todo sem pagar energia. Quem me contou a anedota foi Marco Aurélio Moura Matos. Por sua vez, Fernando Sabino registra um tradicional conselho de pai mineiro: "Meu filho, se sair à rua, leve o guarda-chuva, mas não leve dinheiro. Se levar, não entre em lugar nenhum. Se entrar, não faça despesas. Se fizer, não puxe a carteira. Se puxar, não pague. Se pagar, pague somente a sua".

O mineiro é pudico e encabulado. Nisso se parece aos conterrâneos de d. Miguel de Unamuno: *El más fuerte distintivo del vascongado es la vergonzosidad. En mis paisanos es fortísimo el temor a desentonar, a salirse de la linea media, a singularizarse. Lo qual hace que cuando rompemos esa contención, cuando nos sacudimos de esa vergonzosidad, sea difícil ya detenernos.* É o que acontece também com a nossa gente: *Al sacudimos la vergonzosidad solemos ser bastante desvergonzados.*

Alceu Amoroso Lima foi muito bonzinho para conosco. Os defeitos mineiros lhe parecem fruto dos excessos de suas qualidades. A falta de confiança em si seria um excesso de modéstia; a tendência ao pessimismo seria excesso de *humour*; a indolência, amor à tradição; a desconfiança, um exagero da encantadora reserva; a timidez, um excesso de pudor; até o rigor excessivo do ciúme ou o desdém pela mulher nas classes mais rudes não seria senão o excesso do espírito de família, do sentimento de honra e de hierarquia da vida. Ora, quanto a mim, quando morrer, levarei essa página do admirável pensador católico como carta de apresentação para são Pedro.

O mineiro é um marujo ao qual retiraram o mar. Nessa área, como se vê, tendemos todos para a literatura de má qualidade. Chica da Silva construiu seu marzinho particular em Diamantina, onde até hoje se entoam com nostalgia cantigas oceânicas. *É o vento que nos atrasa, é o mar que nos atrapalha, para no porto chegar.*

Onde fica o porto de Minas? Nas enseadas utópicas da loucura de cada um. E numa reivindicação concreta e teimosa jamais atendida. Já em 1891 Otávio Ottoni, clamando por esse porto sempre negado, ia buscar na infância outra velhíssima canção: *O mar suspira porque está longe de Minas*. Pois é: o mineiro reservado e medido se desmanda em excessos quando fala do mar.

Chama-se truco o jogo de cartas que faz o mineiro sentar-se durante horas. Veio da península Ibérica. Um apaixonado das sutilezas do truco (as regras em si são elementares) é o argentino Jorge Luis Borges. A arte do truco — explica o tortuoso escritor — é mentir, mas seu blefe não é como o do pôquer: é na voz e no semblante que se assenta a mentira. O jogador muitas vezes mente com a verdade, o que é uma astúcia ao quadrado. Borges ilustra a tese com um apólogo que vale por toda a (tortuosa) psicologia do truco e do mineiro. Dois mascates concorrentes se encontram na planície russa (ou na desolação do norte de Minas).

— Aonde você está indo, Daniel? — pergunta um.

— A Sebastopol — responde o outro.

— Está mentindo, Daniel. Só está dizendo que vai pra Sebastopol (ou Montes Claros) pra eu pensar que você vai para Nijni-Novgorod (ou Teófilo Ottoni). Mas você vai mesmo é pra Sebastopol. Está mentindo, Daniel!

ELVIRA, ESCUTA

Saint-Hilaire, quando se hospedava na casa mineira, costumava ser muito bem tratado. Pelos homens. As mulheres eram vultos que vinham espreitar atrás das portas e desapareciam quando notadas. Pareciam os *morlocks* que a máquina do tempo de H. G. Wells revelou no futuro. Só as mulatas pulavam a cerca dos preconceitos; uma, em Vila Rica, dançou para ele um fandango extremamente livre. Gardner, o botânico, achou que as mineiras eram as mulheres mais belas do Brasil. O naturalista Burmeister reparou na falta de limpeza. Johann Emanuel Pohl ficou muito constrangido (no princípio do século XVIII) porque os homens representavam os papéis femininos no teatro ouro-pretano. Minas foi território proibido às mulheres durante muito tempo: era uma zona conflagrada. Até o coral exibia quartetos mistos… sem mulheres, com homens cantando em falsete. O conde das Galveias expulsou da comarca do Serro do Frio as escandalosas todas, prendendo as recalcitrantes e confiscando-lhes os bens. Um ou outro viajante estrangeiro dá notícia de famílias mais liberais, em cujas casas as mulheres podiam conversar com estranhos. Mas o ressentimento sexual do mineiro deixou marcas até hoje. Às vezes por fora a madeira parece sadia, mas por dentro é bicho só. Cupim respeita a casca.

COMIDINHA MINEIRA

Os viajantes em geral também não gostaram da comida, mas neste ponto discordo *de jeito e qualidade* dos grandes sábios que visitaram as Minas Gerais. Também viajei um pouquinho e não encontrei nada melhor do que os nossos pratos. Nem mesmo na França, nem mesmo na China. Apesar de seus hábitos

64

econômicos, o mineiro sempre alimentou-se com um certo luxo; devia ser uma compensação física ao isolamento psíquico. O tema vale por si um livro e, felizmente, este livro está pronto: chama-se *Feijão, angu e couve*, da autoria de Eduardo Frieiro. Só se come um bom tutu, um bom lombo, um bom torresmo, uma boa barriga de dourado, em Minas. Minas faz os melhores queijos do Brasil (oitenta por cento da produção nacional). Além do mais, lutando contra a mediocrização da bebida nativa, ainda é possível achar-se uma boa cachacinha em Minas.

UM MEIO DE VIDA

Oliveira Lima afirmava que o ouro de Minas não teve importância em nossa história econômica. Para refutá-lo, João Dornas Filho escreveu um bom livro. O ouro serviu até para pagar o Tratado de Madri. Sim, o ouro vale muito e sempre sobrou alguma coisa. Mas a riqueza do ouro não existiu propriamente. Esse metal acaba sempre desaparecendo num labirinto complicado, deixando vazias as mãos que o desencravaram da terra.

Ouro é desvario. Em termos econômicos, é o mais volátil dos elementos, só condensando-se nas *altas esferas*. A maior parte do ouro de Minas sumiu. Sumiu por uma rede encanada das grupiaras para as arcas dos comerciantes reinóis, e em torrentes maiores para a corte portuguesa. Ficaram aqui os respingos gotejados das falhas da canalização. Ficaram aqui os templos dourados e as feridas nos flancos dos morros. E não foi Portugal que o absorveu em grande quantidade. Por um imperativo de hidráulica financeira, a Inglaterra chupou o que lhe era devido (a parte do leão), irrigando a industrialização nascente.

Morro Velho, visitada por Richard Burton há cem anos, era um inferno *nitidamente dantesco, um inferno swedenborguiano*.

O inferno aumentou o número de seus círculos: sua profundidade hoje é de dois quilômetros e meio e o túnel se estende por quarenta quilômetros no sentido horizontal. No tempo de Burton, os escravos bebiam cachaça e fumavam maconha para tomar coragem. A lei antitóxicos não permite hoje a segunda *apelação*.

Tirante Morro Velho e umas poucas lavras menores, não há mais ouro na terra do ouro. Delirantes ainda caçam diamantes e encontram uma gema de valor de dez em dez anos. Resta o peito de ferro. E nióbio. São os dois minérios, segundo o professor Magalhães Gomes, que colocam Minas Gerais em posição eminente no mundo. Em segundo plano, há o manganês, o alumínio, o berilo, o zircônio, o zinco, o chumbo, que sei eu.

Minas teve de achar outros meios de vida: a pecuária, a lavoura e a indústria. Mas a seara não me diz respeito.

ROTEIRO DA ARTE

Não é possível atulhar a arte de Minas em tão pouco espaço. Dou portanto ao leitor o itinerário recomendado por um especialista — Sylvio Vasconcellos —, aconselhando a leitura dos livros deste. Coloque também na maleta o *Guia de Ouro Preto* de Manuel Bandeira. O roteiro é o seguinte: Belo Horizonte-Sabará-Caeté-Morro Grande-Santa Bárbara-Catas Altas-Santa Rita Durão-Mariana-Ouro Preto-Cachoeira do Campo-Ouro Branco-Congonhas-Belo Horizonte. Fora desse périplo é ir ao norte conhecer Diamantina, *cidade rococó, feminina, delicada, cheia de requintes, com uma paisagem circundante que talvez não tenha similar em todo o país*. No sul é de se ver Tiradentes e São João del-Rei.

UMA BOA PROSA

João Camilo de Oliveira Torres chamou a nossa atenção para a importância do bacharel, o médico e o viajante, a bater papo à porta da farmácia das vilas de Minas. Afonso Arinos de Melo Franco suspeita que a Inconfidência não deve ter passado de uma conversa fiada nas varandas, nas salas de jantar, nas soleiras preguiçosas.

Ambos devem estar irrespondivelmente certos. Tudo em Minas começou e começa com uma conversinha. É sempre através de uma conversa aparentemente graciosa que se faz e se desfaz tudo em Minas Gerais. Quem vem de fora que apure o ouvido e vá aprendendo as regras infinitas do jogo de truco.

Manchete, 02/09/1972

Minas há duas

Minas há duas: uma nítida, outra sombria e difusa. Uma consciente, outra inconsciente. A primeira cava a galeria, ergue a fábrica, estende o asfalto, abre com satisfação a agência bancária. A segunda é uma ruína permanente, um derruir incessante.

Jeca Tatuzinho, o paulista, depois do milagre da saúde, derrubou os troncos, arou a terra, fez casa de alvenaria, instalou-se enfim na escala do progresso. Mas o Jeca Tatuzinho mineiro é dúplice. Vive simultaneamente na casa e na tapera, entre o ego e o id, vigoroso e arruinado, calçado e de pé no chão.

Minas finge tudo para acreditar no badalado progresso, mas capitula sem parar diante da tentação de que nada vale a pena. Minas Gerais é terra de profetas, e os profetas anunciam as desolações. Os profetas amam as desolações, futuras e passadas. Para eles, a rendição à ordem tecnológica é uma traição à desordem original, à aventura caótica e ligeira que é viver.

Minas Gerais é uma terra dividida entre a ambição do poder terrestre e o gosto de um anedotário de falências. O mineiro gosta de continuar fendido em sua personalidade, irresoluto entre a volúpia de possuir o ouro e a roaz delícia de perdê-lo.

Minas é doida varrida. Uma sequência histórica de desastres, entremeada de pasmosas e estéreis calmarias.

O mineiro identificou-se com as imagens e símbolos das ruínas como as ervas daninhas que se familiarizam com a podridão das cafuas. Nos mineiros mais escovados persiste o sentimento dessa predestinação ao fracasso ou essa nostalgia do fracasso. Só depois de aceitar (inconscientemente) essa premissa desgraçada, o mineiro pode mentir à sua verdade destrutiva e fazer alguma coisa edificante: casa própria, reator, ponte de ferro...

Não falo apenas por mim, conheço Minas direitinho, os mineiros. Conheço os casos sinistros que eles contam humoristicamente nas esquinas gratuitas. Amam todos eles — por uma tortuosa perversão do ódio — construções demolidas, fortunas e saúdes arruinadas, matas engolidas pelo fogo, mananciais ressequidos, erosões físicas e morais. O que foge a essa desagregação da matéria e do espírito foge ao destino. A fazenda entra em decadência e seus farrapos são distribuídos: é a vida. Não vale a pena lutar contra a crueldade da própria vida besta. Tolera-se no máximo o faz de conta, isto é, fazer alguma coisa, edificar. Mas que ninguém chegue à bestice de confiar na casa própria, reator, ponte de ferro... Já que a casa está condenada, pela própria natureza, vamos torcer, rindo e chorando, pelos vermes que lhe roem as entranhas.

Vamos ser mais requintados ainda: façamos dentro de nós um gosto ávido e avaro da propriedade — para que no fim resplandeça melhor a nossa hecatombe, nossa imprudência.

Sejamos usurários — para o melhor desespero de perder nossas moedas.

Finquemos fundo em nós os espinhos de amor à família e ao amigo — para que nos lacerem mais dolorosamente os rancores, as dispersões, a morte. É bom semear as cruzes do caminho.

O poeta de Minas, por exemplo.

Manchete, 13/02/1971

Mineirices

O mineiro é um animal, porém político.

Realismo mágico: noiva de véu e grinalda, linda de morrer, comendo uma banana-de-são-tomé.

Ele é um bom coração a serviço de um mau caráter.

Há trinta anos venho montando em tigres com perigosa frequência, mas, verdade se diga, eles têm pousado no aeroporto.

O poeta quando tem alguma coisa a dizer escreve prosa; o prosador quando nada tem a dizer escreve poesia.

E o índio disse para o sábio Humboldt sobre o curare: "É um veneno que mata baixinho".

E o morubixaba disse para o sábio Montaigne sobre a grande vantagem de ser chefe: "É ir na frente de todos quando há guerra".

Tenho medo, mas deixar que o medo mande em mim é humilhante.

Como fazia o mineiro para conciliar a hospitalidade com os mastins do gineceu?

"Eu não estava brincando, estava agonizando." (Kazantzakis)

Passamos a vida procurando, por medo de achar.

Traduzir poesia é o meu jeito de descansar: carregando pedra.

Velhice começou quando fiquei invisível e tive de comprar lentes para ver no espelho em quem me tornara.

Em mil setecentos e pouco o bispo excomungava quem participasse, mesmo como telespectador, de bailes e serenatas nos quais figurassem homens e mulheres.

Inteligência degenera com a idade; sensibilidade não; inteligência é desonesta; sensibilidade não.

O barroco e a dança flamenca assumem os corações que se desconhecem; e todos os corações se desconhecem.

Há pessoas cujo apregoado talento consiste em não expor ao risco definido da palavra escrita as probabilidades do pensamento.

Nos Estados Unidos a música foi o triste quilombo dos negros; no Brasil foi o alegre coreto dos mulatos.

Não teve sorte no seu nome de batismo: Belo Horizonte. E continuou dando azar nos apelidos: Miradoiro do Céu, Cidade Vergel, Acrópole das Rosas.

Em vez de capela — casa de Deus, casa de quem chega — o mineiro preferiu o oratório, onde também a divindade pode ser particular.

Teófilo Ottoni fez Rondônia antes de Rondon: não atirar contra índio, mesmo quando agredido.

Castidade é investimento; lubricidade já foi investimento.

O detestável pedantismo de quem pensa é homólogo da detestável simploriedade de quem não pensa.

O humanismo mineiro é uma mentira carioca.

Quando o paulista já aprendia técnica agrícola, o mineiro ainda aprendia latim de igreja.

O bom da viagem de avião é quando a gente pisa no tapete dela.

O diabo atenta e o ferro é exportado.

Ecologia à Francis Bacon: a natureza, para ser comandada, precisa ser obedecida.

Manchete, 06/10/1973

O poeta de Minas

Todos os poetas de Minas são o mesmo e único poeta. Representa o psiquismo das Gerais, isto é, a bipolaridade (coexistência de emoções e desejos conflitantes), a abulia (inibição da vontade), a libido (gana sexual), a oniomania (inclinação à barganha), a disforia (mal-estar espiritual), a ambivalência (emoções contrárias de amor e ódio) etc.

Esse poeta único de Minas canta na pauta suplementar, onde se condensam as cristalizações inconscientes. Que canto é esse? Uma nênia de desassossego, de nostalgia pelo demolido, o canto de Minas entalada, frustrada, derrocada.

Minas — é o refrão — não vale a pena. Houve talvez um passado no qual os homens e as coisas pareciam uma boa ilusão. Mas, no *hoje*, só a decadência dá sentido a homens e objetos que se desmancham. Rejubilemo-nos, pois *hoje* atingimos afinal a deterioração que a ilusão de ontem nos prometia.

Cláudio Manuel da Costa mora em Vila Rica e se rebela contra a convivência urbana: "Quem deixa o trato pastoril, amado/ Pela ingrata, civil correspondência,/ Ou desconhece o rosto da violência,/ Ou do retiro a paz não tem provado".

O poeta mineiro toma o nome de Tomás Gonzaga, que sabe a sorte deste mundo mal segura. Canta a decomposição do próprio corpo, depois de ter cantado (ante-Apollinaire) que após os prazeres chegam as desgraças: "Já, já me vai, Marília, branquejando/ Louro cabelo que circula a testa;/ Este mesmo que alveja, vai caindo,/ E pouco já me resta./ As faces vão perdendo as vivas cores/ E vão-se sobre os ossos enrugando,/ Vai fugindo a viveza de meus olhos.../ Tudo se vai mudando".

O místico Alphonsus teme/aspira à solidão do Paraíso: "Se encontro o céu deserto como a terra!".

Ao despontar do dia, a flauta e o violoncelo expiram lentamente no soneto de Augusto de Lima, desfazendo com volúpia a paisagem, o encantamento e o fio de vida. Emílio Moura busca uma eternidade para a casa desmoronada. O mesmo Emílio dobra sutilmente o escorrer de tudo (Heráclito tinha olhos corrosivos de mineiro), ao cantar o rio da serra das Gerais: "Terra e céu, verde e azul, tudo se apaga,/ E há um fluir mais triste que se escuta/ Em mim, mas já sem mim".

Não há poeta em Minas que não se sinta fascinado pela deterioração dos numerosos loucos de Minas, "porque o louco é sagrado", explica com precisão, em nome de todos, Henriqueta Lisboa. Essa própria loucura sagrada interpreta o universo na voz de Murilo Mendes, e só o louco poderia ver com lucidez tal duplicidade: "O meu duplo sonha de dia e age de noite./ O meu duplo arrasta corrente nos pés./ Mancha todas as coisas que vê e toca./ Ele conspira contra mim,/ Desmonta todos os meus atos um por um e sorri".

Dantas Mota é outro nome do poeta de Minas, sempre a cantar os andrajos humanos. Os nomes são muitos, a precisão e a difusão poéticas podem ser variáveis, mas todos se reencontram no mesmo porão escuro dos escombros. Este porão cujo inventariante mais meticuloso é Carlos Drummond de Andrade, repetido há pouco, em outra sistemática, por Afonso Ávila, que escreveu duzentas páginas do *Código de Minas*, isto é, usura, rotina, parentelas gastas, fome, ruína. Drummond, como os demais, quer preservar uma fagulha insensata, que pode conviver mineiramente com a compostura: "Espírito mineiro circunspecto/ Talvez, mas encerrando uma partícula/ Do fogo embriagador, que lavra súbito,/ E, se cabe, a ser doidos nos inclinas".

Mudam-se os tempos, mudam-se as modas de escrever; mas há sempre um condomínio de ruínas na poesia mineira. Aí os poetas mineiros buscam em procissão o caminho áspero e o pé descalço, os doidos, as famílias idiotas, os leprosos, os mendigos, os romeiros imundos, as prostitutas desgraciosas, os ritos fúnebres do catolicismo, os recalques sexuais, os ressentimentos empoeirados, a vida besta, os rios comidos pelas febres, as tramoias pecuniárias, as matronas ridículas, a morte da matéria, os entrevados, as assombrações pedintes, os urubus dos pastos mortos, as tocaias, as anedotas grotescas, o esfarelamento de tudo. O material desses poetas é o que se desfaz; e o que encroa. Nenhum deles aspira a ser palmeira num píncaro azulado.

Minas progride, contudo. A voz firme e sonora do dialeto oficial proclama que Minas Gerais encerra setenta por cento do minério de ferro do Brasil. Há extensos programas de dinamitação e exportação das nossas reservas de hematita. A rede de transportes, dizem, é excelente. A Cemig terá em breve dois milhões de quilowatts. Os cofres do Banco do Desenvolvimento contam com vinte e cinco milhões de dólares. Só não tem carvão e petróleo, mas tem manganês, bauxita, dolomita, ouro, níquel, alumínio, titânio, urânio, tório... E reservas florestais...

Mas este é o lado tudo-azul de Minas, reservado à argúcia ou à malignidade dos técnicos. O interior de Minas é outro. No inconsciente de cada mineiro, Minas é o que acabou. Ou o que vai acabar. Essa predisposição parece coletiva e pode ser capturada até no inconsciente dos chamados espíritos dinâmicos. Não deve ser confundida com o elementar derrotismo: é uma verdadeira e antecipada derrota, uma derrota profunda.

Dos conflitos psíquicos vive o homem e, ainda que centrado no fulcro desse desânimo, o mineiro vai sempre fazendo as coisas edificantes: casa própria, reator nuclear, ponte de ferro. Mas, muito possivelmente, esse transtornado pressentimento de que Minas não está aqui, mas em outro lugar, de que Minas não é agora, mas foi em outro tempo, e de que o ciclo construção-corrosão é incessante, muito possivelmente isso ajudará a explicar as teatrais contradições de Minas. Todos nós, mineiros, cultivamos e repelimos essas brigas internas que nos dramatizam, que nos fazem irônicos, confusos, incertos, recolhidos e audaciosos, capazes de deflagrar instantaneamente em nós qualquer inversão de valores. Passar, por exemplo, a crer, no crepitar de um segundo, que o Jeca Tatuzinho estava certo, e não o homem forte. E vice-versa.

E o nosso herói morreu na forca.

Manchete, 20/02/1971

Mineiro brincando: fala de Minas

Nem perto nem longe. Pode o senhor caminhar um estirão dentro de Minas sem achar Minas. Mas pode também ir por aí, à toa, dobrando uma esquina, ser de repente: Minas Gerais!

Minas é de leve. Olhe só: primeiro de tudo tem de tirar Minas da ideia. Minas salta na frente quando for de gosto.

Dourado, barriga de dourado. Com feijão tombado é principal. Minas pode ser barriga de dourado. Peixe arisco, soberbo. A gente pode ver para nunca mais, a vida é essa. Mas de repente dourado pode nadar quieto na bandeja, com os ouropéis da cor, a inteligência do molho.

Qual o quê! Mineiro é ir embora no rasto da água. Minas tem mania de água. Gaba lagoinha de nada, que o calor vira brejo. Uma coisa: supremo de Minas é o céu. Com a santaria toda, mesmo sem ver, os anjinhos do outro lado. Debaixo, do nosso lado, o azul derramado, sem dó. Azul de igreja respeitável, lápis de cor quando filho faz desenho.

Assim posto, tem antes de olhar o firmamento. Olhar grande, dado. Depois apaga tudo. Depois vai andando. Aí, quem sabe, pode ser que o senhor vá apeando em Minas, de verdade. Então, se quiser, entra na venda, como se residisse na vizinhança; e compra um bolinho de feijão. Espairece em Minas.

Sou pobre: quem sou eu para caçar tudo que vai acontecendo. Minas, deveras, é não explicar. O melhor do vivente, o mais sabido, é arregalar um olho e puxar a cortininha do outro. Mascar um bolinho de feijão. Carro voa depressa; mas estrada, mesmo rodovia alcatroada, vai devagar. Caminho apressado nunca vi. Caminho é antigo; danisca de antiga é a criatura, conformemente.

Minas tem estampas, é estampada. Pode dar-se que um, ou qualquer outro, aprecie as belezas, os *domus aurea* da religião, bordados de jacarandá, o velho bonito. Mas quem disse que Minas não pode ser uma ladeira? Um jeito da noitinha? Pedra é importante, até.

Sabará. Congonhas.

Sabará empacou ali porque esqueceram. Largada no caminho dos dias. Passou a enxurrada, Sabará ficou. Doida, doida de pedra. Parada no encanto, nas miudezas lindas.

Congonhas não. Essa tem a força. Manda em você; e o senhor não entende muito explicado não. Depois de subir o morrinho, no adro, é paz. Paz existe no mundo, ligeira. Mas antes tem de passar pelo sinedrim daqueles homens profetas fortões. Até o azulão do céu congonhês é mais duro, mais ciumento, obriga uma ação, remorso, sei não: uma justiça encravada. Houve já justiça? Congonhas diz não. Penoso. O senhor acaba confessando uma coisa no silêncio: só que não sabe o quê. Um crime seu que nem sabe qual. O aleijadão adivinha onde a gente dói.

Onde a gente dói? Na justiça. Acho!

Ouro Preto é pra quem sabe. Vou só afiançar uma coisa: quando um cidadão de bem conhece Ouro Preto, ele enxerga então aquilo que sabia; que sabia mas não enxergava. O Universo, esse é sério. Mesmo se o senhor está por ali, no largo, tomando um trem de nada, uma gasosa fresca, sério é o Universo. Feito música escrita. Feito o fim. Agora, dá-se o seguinte: Ouro Preto não pode piorar nunca o sentido de quem vai lá. Penso até no contrário. Forra a ideia. Veste os medos da gente. Liberdade. Por que a vida é assim uma briga? O senhor ganha quando perde a ganância de ser só para si; de ir no que-se-dane. Quando larga o medo. Ouro Preto dá coragem. Afasta a gente das cobiças, um pouco. Vida é por dentro igualmente. Ouro Preto, essa Ouro Pretinho engraçada, retumbando no calado, obriga a gente a ficar mais em pé, se não minto. Liberdade! Penso até demais no Alferes.

Tem outro feitio de Ouro Preto, assombrado. Uma janela por onde os falecidos já olharam é olhada pelo senhor: onde é, em qual lugar os dois olhos de cá acham os olhos de lá? O lá ninguém viu. Mas o tempo?! Existe?! Ou é mera ignorância? Onde fica o tempo?

Não pode é me levar gravemente: sou pobre. Mas Ouro Preto atrapalha: uma escada brasileira dentro do coração. Sobe? Desce? Quase todo santo dia a criatura não resolve resolver. Penso até demais no Alferes.

Tem um porém: se engraçar com Ouro Preto, tem de dar um pulo perto: Mariana. O ribeirão, tardonho, estrelas, seminário. Mariana. É seleta, calada. Dá capinzim na pedra, grilo, sombra devota. O arcebispado é a cavaleiro. Cinamomo não conheço, mas andorinha é poemeto. Seleto soneto, caladão. Vi um casal de arcanjos do Paraíso, soprando duas trombetas do Juízo: vi num dia de tarde, mas de muito sossego. Simples, simplesmente. Mariana é minha. Mas pode ser do senhor. É só de quem chega e agarra devagar.

Umas vergonhas não pejo de confessar: nunca pisei na Diamantina. Esperança tenho, pelos retratos. Guardo a Diamantina para uma fantasia madurona. Tenho uma ideia lisa de lá. Bebe-se, dizem. Será que vou querer ficar embriagado na Diamantina?

Sou velho de caçoada fácil, principalmente quando vêm lua e viola. Repare não: Minas não é boa do cocão.

Ah, Minas Gerais!

Bel'zonte muda mais que donzela de busto novo, cheia de meios pensamentos, brincos. Antes, não, só era mais estrelejada. Gozava das roseiras antigas.

Variada de passadio: tem paca, tem tatu, angu, surubi, tem jacaré, torresmo, tutu. O senhor ponha reparo: mineiro é de muitos luxos: só quer o de valor, beleza de lombo, pão de queijo (centenas), linguiça de encomendazinha, excelências. Pinga da purinha, de colar, sincera. Requeijão, uai!

Minas é sombra-sol. Igual, mas desigual. O São Francisco chega a incomodar as poesias nacionais da criatura.

Ferro é despropósito. Boi. Ouro não sei. Vaca. Porco, porco! Burrinho amigo. Lá nas bandas de Goiás é marzão de arroz. Boi. Vaca. Sempre. Montes Claros vale uma prosa. Sul: boi, varzão, riqueza. Milho é doença. Manufatura dá um bocado por aí. Ubá: gente especial. Município ruim mesmo em Minas não tem não: um distrito aqui e ali, quem sabe. São João del-Rei me toca: sino: belo bronze, velho, belo. Jabuticaba feita de Sabará só na Cachoeira do Campo. Linda matriz de Tiradentes. Hospitaleiro Oeste, caladão. Paracatu é cana, caça, confim. Zona da mata: café antes, fumo. Boi. Águas. Triângulo é formigueiro de gente. Feito a Figueira do Rio Doce. Onça meio escassa. Passarada! Passarada! Mais fininho que o ar da Mantiqueira nunca vi!

Dinheiro a mineirada sabe o que vale. Sovina? É. Quem sabe? Minas não é de entender: aconteceu.

Minas é grande. Estica o narigão até lá longe, nos brejos.

Mas ninguém sabe o valor do que acha; quando caça de coração.

Horizontes, primavera de 1968

Belo Horizonte

Como diz Machado de Assis, antecipando uma melancolia proustiana, as cidades mudam mais depressa que os homens. Belo Horizonte é hoje para mim uma cidade soterrada. Em um prazo de vinte anos eliminaram a *minha* cidade e edificaram uma cidade estranha. Para quem continuou morando lá, essa amputação pode ter sido lenta e quase indolor; para mim foi uma cirurgia de urgência, feita a prestações, sem a inconsciência do anestésico.

Enterraram a minha cidade e muito de mim com ela. Em nome do progresso municipal, enterraram a minha cidade. Enterraram as minhas casas, as casas que, por um motivo qualquer, eu olhava de um jeito diferente; enterraram os pisos de pedra das minhas ruas; enterraram os meus bares; enterraram as moças bonitas de meu tempo; os meus bondes; as minhas livrarias; os bancos de praça onde descansei; enterraram-me vivo na cidade morta. Por cima de nós construíram casas modernas, arranha-céus, agências bancárias envidraçadas; pintaram tudo de novo, deceparam as árvores, demoliram, mudaram fachadas, acrescentaram varandas, disfarçaram de novas muitas casas velhas, transformaram os jardins, mexeram por toda parte com uma sanha obstinada; como se tivessem de fato o propósito de desorientar-me, de destruir tudo que me estendesse uma ponte entre o que sou e o que fui. Ai, Belo Horizonte!

Feliz ou infelizmente, ainda não conseguiram soterrar de todo a minha cidade. Vou andando pela cidade nova, pela cidade desconhecida, pela cidade que não me quer e eu não entendo, quando de repente, entre dois prédios hostis, esquecida por enquanto das autoridades e dos zangões do lucro imobiliário, surge, intacta e doce, a casa de Maria. Dói também a casa de Maria, mas é uma dor que conheço, uma dor íntima e amiga. Não digo nada a ninguém, disfarço o espanto da minha descoberta, para não chamar a atenção dos empreiteiros de demolições. Ah, se eles, os empreiteiros, soubessem! Se eles soubessem que aqui e ali repontam traços emocionantes da minha Belo Horizonte em ruínas! Se eles soubessem que aqui e ali vou encontrando os passadiços que me permitem cruzar o abismo do tempo! Eles viriam com as suas picaretas, com suas marretas estúpidas, com as suas ideias de progresso; eles derrubariam sem dó as minhas últimas paredes, arrancariam os meus últimos portões, os marcos das janelas que me impressionavam, as escadas de mármore por onde descia Suzana, as grades do colégio, as árvores e as pedras que ficaram, eles iriam aos alicerces para removê-los, para que não restasse nada, para que eu ficasse para sempre sem cidade natal, sem passado, sem música.

Assim vou eu por Belo Horizonte: mancando. Uma perna bate com dureza no piso do presente; a outra vai procurando um apoio difícil nas pedras antigas. E à noite, no fim da caminhada, quando me deito, vou repondo de novo tudo no lugar: as árvores copadas da avenida, os bares simpáticos da rua da Bahia, as rosas da praça da Liberdade, as lojas tradicionais, as casas com jardins na frente e quintais no fundo. Chegou a minha vez de demolir. Derrubo tudo que eles edificaram e vou reconstruindo devagar a cidade antiga. Às pessoas velhas devolvo de novo a mocidade; às pessoas mortas devolvo o sopro da vida. Aí telefono para o Hélio, para o Otto, para o Fernando; e vamos para a praça da Liberdade puxar angústia, isto é, descer ao fundo escuro do poço, onde se acham as máscaras abomináveis da solidão, do amor e da morte.

Manchete, 02/12/1965

Rua da Bahia

A vida é esta, descer Bahia e subir Floresta. Quem não morou em Belo Horizonte, ao ouvir o mineiro suspirar num momento de cansaço e bobice — a vida é esta, descer Bahia e subir Floresta — não há de entender, perdendo-se em noções de selva e estado. Nada disso. A vida é descer a rua da Bahia, que tinha dois ou três quarteirões de cidade grande, de prazer; depois que se atravessava o estirão da avenida Afonso Pena, a rua da Bahia caía em declive desagradável para o vale das estações da estrada de ferro, ficava desolada, comprida, estéril, acabando por subir sem fôlego e sem esperança o bairro da Floresta. Era a vida.

Mas a rua da Bahia, com seus dois quarteirões comerciais, era a rua. Sem a vastidão da avenida, onde a alma provinciana ainda não se acomodava, contentando-se de admirá-la, a rua da Bahia era naquele trecho o lado feérico dos habitantes, a fantasia, a inquietação. Quem desejasse um cigarro de fumo fresco, ou a extravagância dum charuto, ia para lá. Quem desejasse um bilhete de loteria — você ainda era criança e Giacomo já vendia sortes grandes — ia para lá. Quem sentisse um súbito desejo de sorvete, uma tentação de chope, um alvoroço de empadinha quente, um arrepio de moça bonita, um abismo de mulher casada, uma nostalgia de livro francês, ia tudo para lá. Todos iam para a rua da Bahia. Todos a subiam ou desciam, disfarçando a ansiedade, na esperança dum olhar, um encontro, uma aventura, um pecado, o mundo. Pois pela rua da Bahia desfilava o tédio de Belo Horizonte, mas só o tédio que ainda reagia, o tédio vital de Madame Bovary, o tédio que aguarda o toque do anjo capaz de transformar essa *fade et morne existence* em deslumbramento e delícia. Desconfio que raras vezes o anjo deu o ar de sua graça na rua da Bahia a fim de arrebatar uma alma e levá-la numa euforia às esquinas celestiais. A mim, pelo menos, o anjo quando muito me serviu umas vagas promessas de felicidade, trocadas pouco depois por alguns cálices de madeira R, uma empadinha de camarão, outra de palmito.

Mas, como todo mundo, enquanto vivi, nunca deixei de percorrer a rua da Bahia, única rua de Belo Horizonte que dava a impressão de poder conduzir-nos para fora do espaço moral de Belo Horizonte — uma chateação colante e quase indolor naqueles tempos. Contam mesmo a história patética dum repórter maduro que, fechado o jornal, subia devagar a rua da Bahia, seus passos ocos ressoando no *silêncio espetacular de Minas Gerais*, seus olhos de dromedário espreitando as casas todas, na esperança de que uma janela se abrisse e uma senhora deslumbrante o convidasse para entrar. Pois durante anos a fio as janelas da rua da Bahia permaneceram herméticas como a virtude. No cemitério do Bonfim o jornalista repousa de suas andanças. A vida é esta.

Mas tinha uma coisa na rua da Bahia diferente e indescritível. Esta reluz na minha memória com as mil perturbações do mistério. É a Suíça. Ficava do lado direito de quem desce, depois do Trianon e antes do Café Brasil. Era uma loja pequenina de balas, bombons, chocolates. Tudo ali (falha-me o advérbio) era sacrossantamente limpo. Era o asseio do asseio. A inocência materializada numa loja de doces. A castidade da matéria. Menino turvo, não reconhecia em mim a limpidez, a inocência, a castidade. Sendo assim, que fazer para comprar um bombom? Eu parava na porta intimidado. Depois violentava meu sentimento de culpa e pisava com meus sapatos sujos os ladrilhos imaculados da Suíça. Se não tivesse me carregado à força para dentro, que teria sido de mim? Teria sem dúvida ficado à porta da limpeza que disfarça e suaviza a brutalidade do prazer.

Como me fascinava a Suíça com seus vidros nítidos, as madeiras lustrosas, os ladrilhos encerados, o aroma que só podia ser o da candura! Como eu me contrastava atropeladamente com a linguagem daqueles objetos purificados! Transpunha aquelas portas como o pecador entra no Paraíso: confuso, humilhado, mas impelido pela certeza de que todos nós buscamos o céu em tudo.

As proprietárias eram duas senhoras suíças, duas ou três, ainda mais limpas do que a própria casa, gordas, coradas, os olhos dum azul filtrado pelos séculos. Os cabelos, esses eram duma alvura que só existia em bonecas... suíças.

E eu lá. Diante das duas, ou três, senhoras de idade mais iluminadas que jamais encontrei. Não digo espiritualmente, porque disso nada entendia, mas apenas que aquelas bonecas maduras eram materialmente iluminadas, vestidas duma carne que já nos faz pensar na leveza da alma. E eu lá. Com a minha carne carne, complicada de gânglios e glândulas, entranhas, artérias latejantes, instintos sombrios, joelhos escalavrados, vigoroso e triste. Saúde eu tinha, mas era um menino contagiado pela própria força que os outros bloqueavam. Por isso mesmo vivia subindo e descendo a rua da Bahia.

Manchete, 13/06/1964

Azul da montanha

Não é fácil nem simples amar Belo Horizonte. É natural amar Ouro Preto, Recife, Salvador, Rio... Nessas cidades há um estilo de amá-las, que se transmite. Mas em Belo Horizonte cada habitante tem de inventar o seu amor (eu chamo amor uma complicação de sentimentos), como quem inventa uma lenda ou um poema. Nela não temos nem mesmo o rio e o mar, elementos através dos quais as crianças se põem em contato com o mundo imaginário, em que preferem viver. Menino de Belo Horizonte, de um lado, tem o programa traçado pelos adultos: estudo, educação, ordens; de outro lado, uma cidade riscada a régua, sem idade e sem mitologia, sem muitos estímulos para a aventura lírica de todo dia. Os mitos fazem o espírito funcionar e o alimentam de amor. De repente uma pessoa se surpreende adulta e sente a compressão do tempo: esta pessoa amará o seu passado pelos incidentes que fizerem dele um acontecimento romanesco, uma fábula, uma promessa de mistério.

Mas não há somente três ou quatro maneiras de viver a infância e encantá-la; são tão numerosas essas maneiras quanto as crianças. O menino criado no deserto há de ter lembranças emotivas e inquietas, apenas não poderá explicar-se com a mesma espontaneidade de um menino criado no Rio. A experiência vivida por ele não encontra pronta e fácil ressonância nos outros, a linguagem que ele fala é mais ou menos desconhecida. Quem nasceu à beira-mar ou à beira-rio, quem nasceu em cidade velha, esses têm muitos irmãos na terra, e toda uma literatura a interpretar seus sentimentos. Mas quem nasceu em Belo Horizonte leva consigo um lastro de emoções que dificilmente se exprime. Emoções que, para mim, se exprimem por exemplo nos versos de Carlos Drummond de Andrade. *Alguma poesia* e *Brejo das Almas* constituíram um tratado de gíria sentimental e irônica para a minha geração mineira. Por meio desses poemas comunicávamos nossas vivências de modo rápido e preciso. Expressões como "há uma hora em que os bares se fecham e todas as virtudes se negam", "noite estrelada de funcionários", "a bailarina espanhola de Montes Claros", "as pensões alegres dormiam tristíssimas", "uma namorada em cada município", e tantas outras, enunciam coisas belo-horizontinas, momentos belo-horizontinos do meu antigamente. Subindo a pé de madrugada a avenida João Pinheiro, murmurávamos:

Perdi o bonde e a esperança.
Volto pálido para casa.
A rua é inútil e nenhum auto
passaria sobre meu corpo.

O primeiro verso relata um contratempo muito belo-horizontino — a perda do último bonde noturno — e uma capitulação muito mineira — a perda da última esperança. O pálido do segundo verso é magnífico. Essa perplexidade, essa tibieza, esse desalento, essa palidez, esse vago desejo de suicídio — coisas muito mineiras em certa fase da vida.

* * *

O que me seduz e aflige em Belo Horizonte é mais de foro emotivo que realidade explicável. Aí nasci, aí me criei. Não posso precisar até onde andei pondo na curiosidade que me vem de fora as imaginações que respiram dentro de mim. Um coração atribulado.

Certamente, alguma coisa a razão percebe e distingue e relaciona; mas não me satisfazem os informes da história e da sociologia. Gostaria de saber coisas que não pesam na balança dos estudiosos.

O azul de Belo Horizonte, por exemplo. Que significação tem o azul da minha montanha?

À maioria, minha preocupação parecerá frívola ou pretensiosa. A outros, entendedores dos truques da prosa, parecerá um jeito desastrado de tentar elevar liricamente este meu discurso. Assim, se contar com meia dúzia de pessoas solidárias comigo na indagação desse azul-celeste, não me sentirei sozinho. Sete pessoas procuram compreender o azul do céu de uma cidade, tarefa inútil ou ridiculamente preciosa aos olhos dos outros, mas verdadeira e emocionante para elas.

Que transformações singulares ele traz para os habitantes da cidade? Que tonalidade de sentimento insinua nos espíritos? Que linguagem é o azul?

Por mais que respeite a erudição dos homens concretos, no plano social me oriente por ela, qualquer inquirição sobre o temperamento mineiro será incompleta para mim, caso não admita a influência do azul no povo de Minas.

Em mim, dado a comparações livrescas, o azul de Belo Horizonte é puro azul de Mallarmé. Azul mallarmaico não define, antes amplia o segredo, enriquecendo-o de nuanças emocionais, tão mais abstratas quão mais real o seu vigor encantatório.

Assinalai do mestre francês todas as passagens referentes ao azul, e chegareis a um estranho conhecimento da aridez, do fracasso, do terror da experiência absoluta. Conquistareis para sempre um susto novo, um medo inédito. Mais do que isso, roçareis a sabedoria divinatória do azul, o que é mais completo, indizível e perfeito.

Coisas de poeta, dirão; coisas de poeta, repetirei com tristeza. Porque a minha dor e o meu despeito é não ser bastante poeta para contar com estilo de homem a verdade desse e dos outros mistérios.

Manchete, 07/05/1960

Mulheres bonitas

No meu tempo de menino, em Belo Horizonte, havia de moças bonitas duas dúzias e mais três. Três que a gente não tinha muita certeza de escalar no time de cima. O número é estimativo, mas a verdade era concreta. Minas ainda se espreguiçava na renda agropastoril. Confinada à montanha, precariamente educada e vestida, anemizada por sete mil preconceitos, a moçada mineira gozava uma juventude curta, sem brilho.

Moças bonitas, é claro, surgiam, raramente embora, nos mais imprevisíveis distritos, alumbrando as regiões. Em São João del-Rei, por exemplo, luzia uma garota meio pálida e quase triste, como convinha aos sonetos de Ibsen e Domingos, mas suavemente linda na aristocracia do perfil. Para os lados do Triângulo, em Uberaba ou Uberabinha, falava-se de tempos em tempos em novas beldades despontadas. Do norte, do sul, da zona da mata, Varginha, Carmo do Paranaíba, Diamantina, Montes Claros, Três Corações, Figueira do Rio Doce, de qualquer município, próspero ou emperrado, podia chegar a notícia duma estrela de primeira grandeza.

Uma constelação esparsa iluminava a província de Marília. As jovens se casavam, com uma pressa natural e financeira, a ansiosa expectativa tornava, outras moças bonitas começavam a brilhar aqui e ali por todo o áspero e melancólico território mineiro. Em suma, a beleza feminina era um acidente individual gratuito, raro e generoso como o talento; não havia era condição social para a existência numerosa e permanente de mulheres belas. O milagre acontecia ou não acontecia; quando acontecia, o rapaz solteiro arregalava os olhos aflitos na esperança privilegiada de desposar a donzela de *peregrina* beleza. Não o conseguisse, durante um ano e tanto era o rapaz venerado localmente como portador duma paixão magnífica e incurável. O cultivo de dor de cotovelo alheia pelas populações substituía a leitura de romances. Depois, o incurável se curava e, moderadamente feliz, casava-se também com qualquer prendada e feinha, fecundando as Gerais.

Drummond diz que Minas não há mais. De fato, mudou muito. Fábricas, piscinas, campos de esporte, rodovias, aeroportos foram modificando depressa o regime social. Exercícios físicos, dinheirinho e dietas nutritivas cumpriram rigorosamente o seu dever: entre as gentes mais favorecidas já se distingue uma média de beleza e saúde, um fato coletivo.

Na fase poética da feiura, o mineiro descia para o Rio como a alma do Purgatório ingressa no clarão do Paraíso: arrebatada pela quantidade e qualidade dos anjos. Já quando o trem noturno ardia sob o sol de Cascadura, os olhos de Minas desfrutavam as premissas dum andar diferente, ancas largadas ao ritmo do corpo, formas que não se ocultavam sob as vestes, pernas fornidas e nuas, timbre de voz sem timidez — a carioca. Às moças montanhesas faltava (se me entende, por favor) um vago toque de obscenidade, que é a raiz do magnetismo animal. Era o Rio uma cidade fascinante e perigosa, feita de braços, coxas, seios, cabeleiras, lábios…

Copacabana doía de tanta mulher linda. Nós, mineirões, disfarçávamos o terror (que terror?), esse que a mulher bela e desenvolta provoca nos homens sombrios e desconfiadamente virtuosos. Nem só o céu, diz o mestre, talha a bondade, mas também a timidez: éramos bonzinhos. Os grandes pecados públicos não são para Minas Gerais, e o Rio pecava às escâncaras, sem pudor, com alegria e confiança. Oh, Minas Gerais!

Manchete, 25/11/1961

Rio de Janeiro

1. E a cidade que se chamava Rio de Janeiro, sem ter conhecido a penúria da guerra dentro de suas portas, ou a desolação de bombardeios inimigos, começou a arruinar-se.

2. E chamada com sarcasmo e amargor de Velhacap, começou a virar folclore.

3. E os seus moradores foram expostos a muitas provações, e as suas aflições, multiplicadas; e os donos da cidade, apelidados vereadores, de acordo com os donos da vida, não se compadeciam de seus sofrimentos, nem por eles se interessavam.

4. Muitos juntaram dinheiro, terras e casas, e não com direito; estes viviam das mágoas da cidade.

5. Quem saía ao campo encontrava os animais a engolir vento como os dragões; quem ficava na cidade testemunhava em toda parte a incúria ou a indiferença.

6. Pela desolação de tudo, confundiram-se os homens e ficaram tristes; e a esses homens era pedida uma inútil paciência.

7. Em Rio de Janeiro sobravam as tristezas e tudo faltava; mesmo o mar, grande generoso, trazia agora às praias excremento

e óleo; e às vezes lançava pedras e paus contra os que passavam pelas ruas.

8. E o povo, que era chamado carioca, foi contaminado de um exaspero mudo, um povo que outrora vivia descuidado, a trazer nos lábios palavras de alegria e amor.

9. A água era escassa, e mesmo a de beber era pouca. E também sobre esta aflição não puseram os olhos; porque para os donos da cidade bastava a soda que tornava o uísque mais leve, e nas grandes festas bebiam com fartura uma água espumante, comprada em terras estranhas, chamada champanhota.

10. Escasseavam na feira os legumes, as hortaliças e os cereais; e custavam os olhos da cara; e desapareciam quando uma coisa chamada Cofap procurava torná-los mais fáceis.

11. Em Rio de Janeiro não houve poder humano contra a carestia; porque a mão dos homens era fraca e débil o entendimento.

12. O povo comeu aflições como ervas daninhas; e os preços subiam; e o dinheiro fraco do pobre não comprava mais nada digno de valor.

13. E a carne desapareceu, e poucos pedaços apareciam nas trevas da noite como os ladrões; e para comprá-los as filas estendiam-se pela madrugada, e o Sol chegava para denunciar em vão esta miséria.

14. Havia muitos crimes na cidade porque a fome se arma de uma faca; e um homem, antes de matar-se, matou a mulher e os filhos, escrevendo um poema de sangue nas paredes de sua pobre casa.

15. Mas as riquezas aconteciam como sempre ou de repente; e foi preciso inventar uma linguagem nova para se descrever os prazeres e ociosidades daquilo que se chamou intrusivamente *café-society*.

16. Como o látego no lombo do asno, o Rio de Janeiro teve intensamente o seu castigo; e os vícios de homens públicos

agravavam dia a dia a conturbação do povo; e esses homens eram coisas vãs e vaidosas, e as obras deles dignas do riso, não fosse a propagação da miséria e da injustiça.

17. E a carência de alegria ensombrecia as caras e hostilizava os gestos; e nos morros o nascimento e a morte eram indiferentes.

18. O Rio de Janeiro tornou-se em desolação e em vaia perpétua; e todos que passam por suas ruas ficam espantados e meneiam a cabeça; porque o Rio de Janeiro se quebra como uma vasilha de barro; e os donos da cidade não percebem os clamores de sua ruína.

Manchete, 28/11/1959

Rio de Fevereiro

No Rio de Janeiro o calendário não pegou. O ano letivo carioca tem a duração de nove meses. É o máximo de tempo-responsável que a nossa tribo suporta. Depois de nove meses, as cucas dos nossos tamoios perdem a consistência e diluímos as cabeças no éter da gratuidade.

Ninguém segura o Rio quando acaba novembro. Dezembro é fogo e é nesse fogo que a gente da ex-Guanabara esquece a produtividade, a gravidade, o compromisso, dando férias à alma. É no fogo de dezembro que o nosso clã desamarra o burro aristotélico e vai brincar nas pastagens da fantasia. O carioca só é de fato carioca durante três meses; no resto do ano é um cidadão cônscio de seus deveres, quase um paulista.

Dezembro é o mais adolescente dos meses: sem juízo, turbulento, imortal. Gasta-se nele o dinheiro que não se tem, a saúde que se economizou. Assim sendo, quando janeiro já está engrenado, há uma espécie de remorso coletivo, há um desejo forte de se descansar das farras de fim de ano, uma necessidade de não se fazer nada. Sejamos sutis: em dezembro a alma carioca entra em férias, mas férias ativas, divertidas, agitadas; janeiro é o descanso do descanso. Nada acontece então na paisagem espiritual do carioca, nenhum desejo, nenhuma inclinação para o bem ou para o mal, para o trabalho ou para a dissipação; é o repouso contemplativo, a sensação biológica de que a vida flui e faz um calor danado. Quando janeiro já vai estrebuchando, o carioca sente um susto. O mesmo susto que me esfriava todo, quando mamãe, de repente, como se me detestasse, começava a dizer que já estava na época de providenciar os uniformes novos para o colégio. Quando vejo um jovem reclamar contra as asperezas e o tédio da vida de estudante, costumo dizer-lhe que há uma única vantagem em envelhecer: não ir ao colégio, não ter de fazer provas.

O carioca no finzinho de janeiro sente exatamente o repelão de que as férias vão terminar, é preciso arrumar uniforme novo, enfrentar os professores, os horários cruéis.

Aí, dá uma louca no Rio.

Fevereiro é um mês torto e adoidado. Não se encaixa de modo algum no compasso anual. Falo de experiência profunda, pois tive a predestinação de vir ao mundo no último dia de fevereiro, e sei à saciedade que isso implica desvarios, incongruências e instabilidade de emoções, ideias e comportamento. Há um certo encanto dionisíaco em ser de fevereiro, mas posso afiançar que não é fácil de se levar a marca desse mês truncado e destituído de bom senso. Fevereiro é a ovelha negra do zodíaco. Apesar disso, tenho a convicção de que no abismo pré-natal sentia eu o medo pânico de chegar atrasado, de não nascer em fevereiro. Tivesse nascido a primeiro de março, seria um outro homem, mais consequente, mas teria fugido ao meu destino indesculpavelmente.

Fevereiro é o sumo do Rio. O carioca funciona os nove meses efetivos, joga tudo para o alto em dezembro, põe-se em sossego em janeiro, para reflorir e dar tudo de si em fevereiro. É como se a população tirasse a roupa e ficasse nua. O que também acontece — mas estou me referindo às roupagens convencionais que nos escondem e falsificam.

Quem mora no Rio, por ciência ou por instinto, sabe que no mês de fevereiro pode acontecer tudo: o calor de rachar passarinho e o aguaceiro desatado; as calmarias de um amor firme e divino e os emboléus de um amor caótico e infernal; quem pretende ir à cidade conversar com o gerente costuma acabar na Barra da Tijuca; quem pretende matar o trabalho e ir comer ostras na Barra da Tijuca costuma acabar comendo ostras em Pedra de Guaratiba — porque no mês de fevereiro as disposições honestas são contrariadas e as disposições vadias são sempre respeitadas.

E quem não mora no Rio?

Ora, quem não mora no Rio deve aprender o seguinte: o Rio é praticamente o mês de fevereiro; quem vive aqui os dias quentes de fevereiro viveu tudo (ou quase tudo) da graça, da euforia carioca. É desamarrar a gravata, meter o calção e sair por aí; tudo acontece. É embeber-se de fevereiro, pois o mês vai terminar de repente, como o chão que falta, e é preciso viver intensamente quando nos sentimos emaranhados na armadilha do efêmero. Fevereiro é um resumo da existência carioca: curto, agitado, sensual, encalorado, colorido, dourado, irreal, fevereiro tem todos os adjetivos da fantasia. Machado de Assis estranhava que, por obediência à tradição, se fizesse o Carnaval no verão abrasador. Ora, estou certo de que o Rio inventou um Carnaval próprio porque, por uma boa coincidência, a tradição mandava que se celebrasse o rito carnavalesco em fevereiro. O nosso Carnaval é que se modelou pelas condições especiais de fevereiro, tornando-se uma espécie de simbolização em carne viva duma cidade que se despede das férias. Tudo é carnaval em fevereiro, mesmo quando tamborins e pandeiros não desfilam. Para captar isso, apure as sutilezas do olhar, do tato, do ouvido, do paladar: nas praias, nos bares, nas ruas, nos homens, nas mulheres — é tudo carnaval.

Quando o carnaval cai em março, o carioca perde muito de seu rebolado: é como festejar o aniversário duma criança dois dias depois, só por ser mais conveniente. Março, não! Em março todo mundo sabe que a vida civil, comprometida e chata, começou. Março é o fim.

O pintor Manet adivinhou o feitiço do fevereiro carioca. Ele era um garoto de dezessete anos quando o navio (do qual era grumete ou coisa parecida) entrou na baía de Guanabara em 1849 — trinta anos depois de Debret ter sido apresentado ao Carnaval do Rio. Manet, que se sentia *quelque peu artiste* naquela época, não se entusiasmou muito com os homens portugueses e brasileiros (*des gens mous, lents, et je crois peu hospitaliers*), mas as cariocas já eram em geral muito belas (a travessia do Havre ao Rio durou dois meses). Quando chegou o Carnaval (que tinha um *cachet particulier*), o jovem aderiu à porfia dos limões de cera. Manet viveu assim a vida carioca em sua essência: o mês de fevereiro. E em março, levando café, o navio partiu naturalmente.

Jornal do Brasil, 05/02/1989

Copacabana-Ipanemaleblon

No princípio era Copacabana, a *ampla laguna* dos poetas, dos pintores e das prostitutas, três *pês* que parecem andar juntos há muito tempo e por toda parte. O Alcazar do Posto 4 era tudo em nossa vida: o bar, o lar, o chope emoliente, a arte, o oceano, a sociedade e principalmente o amor eterno/casual. A guerra se liquidava, o Estado Novo não podia assimilar a glória da Força Expedicionária, o sorriso era fácil e todos exalavam odores revolucionários, dos mais líricos aos mais radicais.

Augusto Frederico Schmidt, que habitava o décimo andar do edifício do Alcazar, com janelas abertas para os ventos atlânticos, uma noite desceu do enorme automóvel, cravo na lapela, charuto entre os dedos, e proferiu com dramaticidade: "Caiu como um fruto podre".

Getúlio Vargas fora deposto.

A partir daí, Copacabana, começando a perder o espaço e o charme, foi adquirindo uma feição anônima de formigueiro tumultuado.

O grande cisma se deu em 1945. Foi em dezembro desse ano que Copacabana e Ipanema se desentenderam. A batalha foi marcada para as dez da manhã, mas começou com uma hora de atraso. Era nas areias de Ipanema. Mais uma vez o poeta Schmidt desceu do enorme automóvel, dessa feita metido num calção preto e trazendo nas mãos uma bola branca e virgem. Marcaram-se os gols com as camisas coloridas. O time de Ipanema contava com Aníbal Machado (tão calvo e simpático quanto a bola), Lauro Escorel (que trazia para o nosso meio o timbre paulista), Vinicius de Moraes (que já gostava de uísque), Carlos Echenique (que gostava de dar um jeito nos problemas dos amigos), Carlos Thiré (tão calvo quanto Aníbal) e um médico também calvo e de óculos, que entrou de contrabando e foi o melhor da partida. Do time de Copacabana faziam parte o dono da bola, Di Cavalcanti, Rubem Braga, Fernando Sabino (campeão de natação mas perna de pau em futebol), Orígenes Lessa, Newton Freitas, Moacir Werneck de Castro, o escultor José Pedrosa e eu.

A torcida, composta de senhoras e senhoritas, em vez de chupar picolé, devorava melancia. O centroavante Schmidt, ao dar início à partida, tentou fazer uma firula, furou a bola parada, deslocou o centro de gravidade e caiu sentado. Reiniciado o jogo, já estávamos esgotados pelo riso.

Pouco a registrar: Vinicius (também conhecido por Menisco de Moraes) saiu capengando para a companhia das mulheres aos dois minutos de jogo; Braga deu uma traulitada no médico, deixando-nos meio encabulados; para Di Cavalcanti, esfuziante goleiro, toda bola que passava era alta, acima do inexistente travessão.

No final Copacabana venceu por três a um; mas foi uma vitória pirrônica; enamorados da graça mais viçosa de Ipanema, escritores e pintores começavam a desquitar-se da ampla laguna.

LIBIDO VERSUS BATATAS

Uma das nossas contradições fundamentais é a gente desejar viver na cidade grande e levar no inconsciente a intenção de criar em torno de nós a aldeia natal. Essa complicada operação mental explica o prestígio dos bairros parisienses da margem esquerda, do Chelsea de Londres, do Village de Nova York e da vila de Ipanema. Sabemos que a tranquilidade e a solidariedade da vila são imprescindíveis à respiração normal do psiquismo; mesmo assim, no dia do destino enfiamos as roupas do baú e partimos para a cidade, onde as aflições são certas, mas podem vir misturadas com o prazer. É por sensualidade (gula, luxúria, soberba) que trocamos a paz preguiçosa da vila pelo festival demoníaco da metrópole.

Não sei se algum psiquiatra, da linha freudiana ou herética, já tentou explicar o êxodo rural através do impulso libidinoso. Quanto a mim, creio com simplicidade e sem ciência analítica que o cartaz sexual da urbe é um fator de peso no despovoamento do campo. O processo de racionalização é simplório: a terra de meu pai está cansada para as batatas; talvez na cidade eu melhore de vida. E os jovens lavradores descem aos magotes para os grandes centros, agravando a poluição humana e deixando perplexo o ministro da Agricultura.

VILA IPANEMA

Os índios diziam *ipanema*, ou seja, água ruim, água tola. Havia cajueiros nos areais da futura Vieira Souto; o caju era a fruta predileta dos indígenas, ao qual atribuíam, com uma previsão científica de séculos, qualidades medicinais. Mais tarde as margens da lagoa Rodrigo de Freitas viram chegar os canaviais. A urbanização ainda rude de vila Ipanema começou com os caminhos abertos pelo barão e coronel José Silva.

Duas chácaras na rua do Sapé (hoje Dias Ferreira) resumiam o Leblon. Numa delas, o comerciante Seixas Magalhães escondia escravos fugidos, que levaram camélias para a princesa Isabel em 1888. A avenida Vieira Souto é do fim do século passado. Seu prolongamento foi feito quando terminou a Primeira Grande Guerra. Os bondes foram chegando morosamente. Mas o local continuava um acaba-mundo, onde nada podia acontecer. Uma vez aconteceu: foi nas areias de Ipanema que Pinheiro Machado, em 1903, feriu levemente Edmundo Bittencourt com um tiro de pistola, quando o prestígio romântico do duelo já se estrebuchava.

Na revolta de 1935, Ipanema surge nos noticiários: Luís Carlos Prestes se refugiava na rua Barão da Torre, e na rua Paul Redfern morava Harry Berger, comunista alemão.

A avenida Bartolomeu Mitre de hoje pretendia dar acesso a um balneário que não deu certo. Anos depois, durante a Segunda Guerra, já as areias do Leblon serviam de tépido colchão aos alienados, os inocentes do poeta, que não viam o navio entrar, mas passavam um óleo suave nas costas e esqueciam.

Aí está, em pílula comprimida, a história de Ipanema-Leblon até o fim da Segunda Guerra, quando o portão da casa de Aníbal Machado se abre para os amigos.

Amigo de Aníbal Machado era quem chegasse, de qualquer país, de qualquer idade, de qualquer cor, de alta ou reduzida voltagem intelectual. Pela casa do escritor mineiro passaram algumas das figuras mais interessantes do mundo contemporâneo e alguns dos panacas mais exaustivos do sistema solar.

Servia-se batida, de maracujá e limão. Ficou-me de todas as reuniões de sábado uma ideia aglutinada, mais ou menos assim: a pintora portuguesa Maria Helena Vieira da Silva e o poeta

Murilo Mendes conversam sobre Mozart; Carlos Lacerda fala em francês com um general iugoslavo; Jean-Louis Barrault, o surrealista Labisse e Martins Gonçalves discutem teatro; Rubem Braga, com um ar chateado, que pode passar a eufórico de repente, sorve o cálice devagar; Fernando Sabino faz mágicas para um grupo de crianças; Oscar Niemeyer, meio escondido pela bandeira da janela, fala em voz baixa; um pletórico poeta panamenho, chamado Roque Javier Laurenza, conversa com um metafórico poeta panamenho chamado Homero Icaza Sánchez; Michel Simon está à procura de Anibál (com acento na última); ninguém sabe quem é o americano, nem o africano, mas os três rapazes tchecos, pelo menos de cara, são conhecidos; há duas moças lindas que chegaram de Pernambuco, mas falam português com sotaque germânico; o poeta Paulo Armando está querendo briga com um cientista quadrado de Alagoas; a bonita jovem de olhos azuis é bailarina e se chama naturalmente Tamara... D. Selma, a anfitriã, serena, de olhos bondosos, parece estar à varanda de uma fazenda, a olhar um rio passando, e não a confusão humana. Numa saleta os brotos dançam o boogie-woogie da moda; como nos filmes de Ginger Rogers, de repente param e formam um círculo em torno de um único par: o Fred Astaire é Vinicius de Moraes, sempre.

Era uma boa casa de dois pavimentos, na rua Visconde de Pirajá, com um pequeno jardim na frente e um estúdio nos fundos, sufocada pelos arranha-céus. Os vulpinos das imobiliárias procuravam Aníbal e ofereciam-lhe a felicidade, em dinheiro. Ele resistiu com a dignidade de quem passou a infância num casarão de Sabará. Sua família resistiu quanto pôde, mas acabou vendendo a casa, prometendo entretanto continuar mantendo na nova, também em Ipanema, sua tradição de hospitalidade. Representantes de todas as províncias brasileiras e de quase todas as nações do mundo passaram por ali e conheceram o estilo de vida de Ipanema. Até então, *a casa de Aníbal* era tudo que Ipanema podia oferecer de singular. Com a exceção de Tônia Carrero, que para nós era a Mariinha.

Há uma famosa canção de Lupicínio Rodrigues em torno duma personagem feminina que iluminava mais a sala do que a luz do refletor. Tônia Carrero, casada com o desenhista Carlos Thiré, iluminava Ipanema, as salas, a praia, as ruas. Jamais vi uma beleza tão clássica coexistir com um temperamento tão esportivo e descontraído. Quando Mariinha entrava na sala, só por um denodado esforço de compostura social a gente podia olhar para outra pessoa.

A CASA DE VINICIUS

Casado com Tati, mãe de Suzana e Pedro, Vinicius também tinha uma casa, mas no Leblon, na atual rua San Martin, entre Carlos Góis e Cupertino Durão. (Quem quiser decorar pela ordem as ruas transversais do Leblon, diga PAG CC JJ BUVAGAR JA, iniciais das ruas a partir do Jardim de Alá: Pereira Guimarães, Afrânio de Melo Franco, Guilhem, Carlos Góis, Cupertino Durão, José Linhares, João Lira, Bartolomeu Mitre, Urquiza, Venâncio Flores, Artigas, Guilhermina, Aristides Espínola, Rita Ludolf, Jerônimo Monteiro, Albuquerque.)

Também com dois pavimentos, era uma casa menor, arranjada com muito jeito pelas mãos hábeis de Tati, que só não era capaz de compor uma decoração diplomática para o cônsul (de segunda classe?) Vinicius de Moraes. O poeta foi o único membro dos corpos diplomáticos do globo que não conseguiu adquirir ou manter os excelentes artigos manufaturados pelos quais distinguimos (e invejamos) os homens da *carrière*. Nunca nos apareceu com lãs inglesas espetaculares; com gravatas e sapatos italianos de fazer babar o elegante aborígine; com malas de couro argentino; com máquinas de escrever, vitrolas, câmaras e os demais *gadgets* caprichados da indústria americana; creio mesmo que até as canetas dele sempre foram dessas comuns que a gente compra no balcão do charuteiro.

Outro dramalhão era colocar o cônsul no caminho que conduz ao Itamaraty: não há ninguém que fique acordado com tanta facilidade durante a noite e que sinta uma repulsa tão cataléptica pelo dia. Sei disso por ter sido hóspede do casal durante algum tempo. E não falo em tom de superioridade, pois quase sempre também eu só despertava quando a mão de obra para colocar o poeta nos trâmites burocráticos atingia a barreira do som.

Na sala de Tati e Vinicius (com um belo retrato do poeta, feito pelo menos convencional dos retratistas, Portinari) estavam sempre Rubem Braga e Zora, Carlos Leão e Rute, Fernando Sabino e Helena, Otto Lara Resende e Helena, Lauro Escorel e Sara, Moacir Werneck de Castro, Otávio Dias Leite. Aí Pablo Neruda leu para nós, em agosto de 1945, um longo poema sobre as alturas incaicas.

Bebia-se com destemor, é verdade, mas naquele tempo o uísque era sempre do melhor e os nossos fígados jovens ainda podiam transformar o álcool etílico em arroubos de amor e poesia.

Quando comecei, timidamente, a falar para Neruda que conhecera em Belo Horizonte dois chilenos que se diziam grandes amigos dele na juventude, o poeta colocou a mão no meu ombro: *"Todo es verdad"*. Não precisei dizer mais nada; as histórias fantásticas de brigas e noitadas boêmias eram verdadeiras. É um alívio saber que o fantástico existe e que os forasteiros que passam pela nossa província nem sempre estão mentindo.

A casa de Vinicius de Moraes foi demolida. Entrou para o Livro do Tombo da doce-amarga memória, que é uma constante mental de todos os homens de letras, sejam eles os Dantes de uma época ou doces e ridículos fabricantes de trovinhas. O edifício que pretenderam construir no terreno não vingou; há vinte anos que o esqueleto de cimento envelhece na chuva, na corrosão da maresia, na amarugem do tempo. No segundo andar dessa ruína precoce posta-se sempre um vigia de cor escura; só os olhos dele brilham na penumbra; é uma sensação esquisita. Sei disso porque ainda sou no espaço vizinho daquele tempo removido.

O bar e restaurante Zeppelin era diferente, com cadeiras de palhinha e paredes revestidas pelo verde mais arrogante e desentoado que já existiu: o verde-Oskar.

Oskar, que chegou ao Brasil com o circo Sarrazzani, era forte, bonito e alemão. Era e é, mantendo ainda hoje o Zeppelin de Friburgo.

Outro alemão, o diretor de teatro Willy Keller, não entrava no restaurante porque uma vez deparou lá com uma mesa grande, cheia de alemães e brasileiros; era na época do Estado Novo; no centro da mesa estava colocada uma torta enorme, decorada por um desenho feito de camarões graúdos; os camarões formavam a cruz suástica e o Keller avermelhava-se de santa ira com o nazismo. Só não lembro se o bródio comemorava uma vitória da *Blitzkrieg* ou o aniversário de Hitler.

Mas o Oskar era um bom sujeito e creio que sua ideologia não ia além dos pitus simbólicos. Uma noite, um bêbado de calção de banho deu uma cadeirada no Zé Montilla, o garçom mais feio da zona sul. Oskar levantou o agressor nos braços e o colocou fora, na calçada. Acontece que começou a chover e o rapaz continuava no chão, olhando indiferente para dentro do bar. Oskar levantou o bêbado nos braços e o trouxe de novo para dentro, dando-lhe o aquecimento moral e físico de um cálice de cachaça. É muito difícil, para um brasileiro, entender alemão.

Formávamos uma mesa comprida no Zeppelin antigo. Um dos seus frequentadores diários foi uma das figuras mais queridas de Ipanema, o paraense Raimundo Nogueira, pintor de qualidade, tocador de violão, espirituoso, pescador de largo sorriso, Flamengo de chorar, amigo de todo mundo, arquiteto autodidata e bom de boca. Para ele, tucunaré, mesmo frito, era ótimo; o pato era uma dádiva de Deus na cozinha paraense; gambá era uma beleza; os queijos que andam dentro do embrulho eram os melhores; arroz puro era das coisas mais gostosas da vida; era um árabe perto de uma cebola; não havia nada como carne-seca, a não ser galinha ao molho pardo; pirarucu era ainda melhor do que jacaré; quiabo no caruru era genial; churrasco bem-feito era sério; com cinco mil anos de tradição a comida chinesa só podia ser o fino; de doce de coco não é vantagem gostar; italiano sabe o que faz, e daí por diante.

Raimundo Nogueira acrescentava: "Gosto muito de comer, o que me atrapalha é o medo". E caía de olhos reluzentes na lentilha garni, que era também o prato preferido de Stanislaw Ponte Preta, só que este mantinha um princípio culinário: "Dois ovos não atrapalham prato nenhum".

Foi no Zeppelin que ouvimos a Copa do Chile e celebramos a vitória final do Brasil, com uma "louca" querendo beijar os homens depois de cada gol nosso. O moço ficou tão excitado que teve de ser expulso de campo.

CHILDREN'S CORNER

Encostado ao Zeppelin, fica um bar menor, de soberbos pastéis, o Calipso. Ari Barroso, Caymmi, Vinicius e Tom Jobim preferiam o primeiro; Lamartine Babo vinha da Tijuca para tomar seus uisquinhos no Calipso. Telefonou-me de manhã, muito cedo, aflito, precisava falar urgentemente comigo. Negócio era o seguinte: Rubem Braga na véspera o apresentara a uma linda americana chamada Maureen; os olhos verdes da moça e o uísque entraram de parceria na mesma hora para que ele compusesse um fox cujo refrão era Maureen. Esta, encantada, queria a partitura da música.

"Imagine só agora o meu drama", dizia-me Lamartine, constrangido, "ao acordar hoje. Fui trautear o fox, e o mesmo é de cabo a rabo uma canção americana de 1928. Estou desmoralizado! Que é que eu faço?" Respondi: "Antes de mais nada, assovie o fox". Ele começou, parou, olhou para cima, recomeçou, parou de novo e exclamou: "Que bandido, o americano também roubou o fox inteirinho duma sinfonia de Tchaikóvski!". E assoviou o movimento da sinfonia. Era uma criança o bom Lamartine.

Ari Barroso era um pé de vento, audível antes de tornar-se visível, pois antes de aparecer à porta já vinha contando uma história, que geralmente começava assim: "Vocês não imaginam a coi-sa fa-bu-lo-sa que acabou de acontecer!".

Revelou-me que sempre fazia tanto zum-zum, ao chegar a um local cheio de gente, por ser um tímido; para conquistar normalidade do comportamento, nada melhor, para o tímido, do que interromper a conversa dos presentes e contar uma aventura um pouco fora do comum, mesmo que fosse inventada.

A Copa da Suécia foi ouvida e festejada no Calipso. (Ari Barroso, até então, implicava muito com o futebol de Garrincha, que ele considerava um driblador maluquinho. Eu, fã do jogador, chiava.) O bar era uma explosão de alegria quando a voz aguda de Ari penetrou na massa de barulho como um punhal. Gritou meu nome, juntou as mãos em prece e continuou gritando: "Venho aqui, Mendes Campos, para penitenciar-me: o maior jogador do mundo chama-se Garrincha!".

Ipanema era o nosso *children's corner*. Brasileiro que não brinca pelo menos duas horas por dia acaba no consultório do psiquiatra, pois está contrariando a índole de uma raça variada, colorida e pueril como um caleidoscópio.

Havia ainda, na praça General Osório, que já foi Marechal Floriano Peixoto, defronte do chafariz das Saracuras (relíquia do velho convento da Ajuda), o bar Jangadeiros. Era uma caixa acústica, que obrigava uma pessoa a berrar para o companheiro de mesa; mas o chope era fresco e não amargava. O tumulto natural frequentemente era decuplicado em decibéis pelo bumbo de Rui Carvalho e pandeiros e tamborins do resto da corriola. Não quer dizer que fosse proximidade do Carnaval ou feriado nacional: o bumbo de Rui Carvalho simplesmente acontecia, como acontecem o trovão e os outros fenômenos da natureza.

Uma tarde, Lúcio Rangel e Lulu Silva Araújo tiveram a boa intenção de deixar o Jangadeiros e voltar para casa, no Leblon. Os táxis tinham sumido por encanto. Ora, logo ali na esquina estacionavam esses carrinhos planos, para pequenas mudanças, conduzidos invariavelmente por bravos lusitanos, que o carioca impiedosamente chama de *burros sem rabo*. O português jamais havia conduzido carga humana, mas o preço da viagem foi ajustado. Um sentou-se mais à frente, o outro atrás, e lá foram eles — como os pioneiros Gago Coutinho e Sacadura Cabral — em desfile pela rua Visconde de Pirajá, atirando beijos à multidão espantada e divertida, como fazem aquelas mulheres de seios opulentos a cavaleiro dos carros alegóricos. Foi um momento de festa (*children's corner*) na rua atarefada.

Havia cavalos noturnos em Ipanema e no Leblon. Perambulavam nas horas mortas, misturando relinchos aos ruídos de bondes e ondas, comiam as plantas dos nossos minúsculos jardins. Os cavalos noturnos povoavam a imaginação do inglês Jim Abercrombie, que durante anos tentou extrair de mim um poema sobre os mesmos. Fiz o que pude, mas as minhas estâncias não prestaram e foram atiradas no caos. Até hoje Jim costuma perguntar-me: "Você se lembra, Paul, dos cavalos?". Seus olhos claros relampejam um poema sem palavras. Acabei concluindo que o poeta era Jim e o cavalo era eu. Eu é que andava pelas ruas do bairro a mastigar o capim da pedra, eu é que não tinha competência para verbalizar o animal da noite e o destino.

E havia burrinhos e carneirinhos, que levavam as crianças a passear.

Tarzã é um português ainda mais forte do que o apelido insinua. Quando cavalgou o burrico que pastava na avenida Ataulfo de Paiva, o animal arriou. Tarzã pôs o burro nas costas e deu um trote com ele: "Já que não me aguentas, seu filho duma égua...".

Leblonipanema tem um folclore. Para os moradores antigos estas histórias ilustram muito mais o bairro (ou os dois bairros gêmeos) do que as vedetes que se exibem para o sol na praia da rua Montenegro. Nara Leão, Gal Costa, Maria Bethânia, Elis Regina, Odete Lara, chegaram e merecem brilhar, mas o que o ipanemense gosta de contar para todo mundo são as histórias do Cabelinho, do Tarzã, do Rubi, do Gagá, do Almirante Botequim, do Ugo Bidê, confinados à paisagem, rebeldes a qualquer tentativa de locomovê-los.

No máximo, os ipanemenses ortodoxos são capazes de locomover-se com o bar que se muda de lugar, como aconteceu com o Jangadeiros. Ou de ficar, mas protestando, contra o bar que se assenta no mesmo local, mas muda de nome, como aconteceu com o Veloso, que passou a chamar-se Garota de Ipanema. Apesar de o Tom Jobim ser admirado por todos eles, prefeririam que se conservasse o nome antigo.

Ipanema mudou (e continua mudando) tão celeremente que há por parte do morador uma necessidade ansiosa de se agarrar a um hábito, a uma tradição, a um nome, por mais precários e recentes que sejam.

Ninguém passa pelo rio heraclitiano duas vezes. Nem pela rua Visconde de Pirajá: há sempre uma casa que sumiu, um edifício que arrancou os tapumes e se mostrou, um restaurante que virou banco ou um banco que engoliu o açougue. É uma alarmante mutação o que nos faz apegados a uma tradição que se esfuma a todo instante. Nosso raciocínio (dentro do coração, não dentro da cabeça) é forçosamente quadrado: Ipanema está passando, não como um rio, como um fusca a jato; ora, se Ipanema está passando, também eu estou indo aos emboléus.

É por isso que os mais sensíveis e cândidos andam procurando recantos mais estáveis nos remansos da Barra da Tijuca. Principalmente os músicos, que a existência deles tem um ritmo ainda mais apressado que o nosso. A Barra virou assim a esperança inconsciente de se erguer uma barragem contra a velocidade da vida.

O FAZENDEIRO DO AR

Quem anda depressa nas ruas, mas passa muitas horas vagarentas na rede, é Rubem Braga. É nosso *fazendeiro do ar*. A *fazenda* localiza-se na rua Barão da Torre, atrás da praça General Osório.

A varanda fronteira dá para o oceano Atlântico, que o poeta costuma vasculhar com uma luneta poderosa, como se fora um lobo do mar aposentado (tenho a impressão de que o personagem existe num conto de Conrad). As janelas do fundo dão para o morro. Na frente, à direita, pode-se ver a olho nu uma colmeia de consultórios médicos e dentários. À esquerda, com o auxílio da luneta, é possível ver Millôr Fernandes em seu estúdio, às vezes trabalhando.

O arquipélago das Cagarras está bem na frente, com a laje da Cagarra, a Cagarra, a Palmas e a Comprida; atrás ficam a Redonda, a laje da Redonda, a Filhote. Mais para a esquerda, a ilha Rasa, com o farol triste que entrou com um ponto de exclamação num verso de Carlos Drummond de Andrade.

Há muitos anos, o próprio Braga, depois de visitar a ilha Rasa, obteve para o triste faroleiro uma geladeira e uma televisão, ou seja, uma sobrevivência mais dilatada e olhos. Robinson voltou a ver o mundo que o exilara na cegueira da ilha em troca de salário. E podia conservar o leite que ordenhava das cabras. Se não me engano, foi Paulo Bittencourt quem financiou um desses presentes reais.

Rubem, como disse, é hoje o único lavrador de Ipanema. A gleba está situada num décimo terceiro andar. A área construída não é muito espaçosa, mas as alas laterais dão para um plantio respeitável, o que foi feito há algum tempo pelo mestre Zanine. Há pitangueira, mamoeiro, mangueira, cajueiro, goiabeira e outras espécies frutíferas. Flores e plantas de folhas carnudas. A grama veio da Índia. A horta fica no fundo, perto da cozinha.

Como o Braga não é nada vegetariano, costumo ir lá fazer a minha feira, e volto para casa com as couves, as alfaces e os tomates mais legais da zona sul.

Na safra de pitangas, entretanto, jamais a minha empregada vem dizer que o dr. Rubem Braga está ao telefone. Ele mesmo come tudo, receoso de que um amigo vidrado como eu em pitanga possa surgir e compartilhar dessa rascante frutinha, que, infelizmente, como a jabuticaba, é de se comer no pé.

O cronista vai de embalo na rede maranhense. Os amigos em torno sugam os copitos, enquanto os beija-flores sugam o néctar dos rubros capuchinhos. Os profetas do Aleijadinho, em vão, gesticulam para Ipanema em miniaturas de bronze. Rubem diz, com a voz sonolenta, que só agora entende de fato como dá praga em lavoura: é inacreditável a quantidade de lagartas, de insetos alados, de pulguinhas e pulgões que também comparecem à cobertura, mal informados de que a reforma agrária chegou a Ipanema.

Uma voz de mulher quer saber se ele está. Deve estar, minha senhora, no alto de um cajueiro de Cachoeiro do Itapemirim.

Sempre foi de dormir em rede e com muita gente em torno conversando.

ONDE TODOS SE ENCONTRAM

Ipanema encerra o Country Club, o mais fechado do Brasil, dizem. Sei que, a não ser a fazenda de Rubem, é o único espaço ainda aberto no bairro, e já lambido pela língua untuosa dos imobiliários. Mas, apesar do proclamado hermetismo, o Country não quis ou não pôde fugir à comunicabilidade de Ipanema. Basta dizer que seus frequentadores mais assíduos e típicos são boêmios de excelente cepa, como o Aluízio Sales, o Nelsinho Batista, o Miguel Faria, o Zé Luiz Ferraz. O bar, com o pianíssimo piano de Raul Mascarenhas, sim, é que é dos mais simpáticos do Brasil.

O outro clube de Ipanema, o Caiçaras, fica numa ilha cinematográfica da lagoa Rodrigo de Freitas. A ilha tem crescido muito. Mas, quando dizem que cresce durante a noite, o comodoro sorri com aquela segurança de quem conhece a sua rota.

Como o tráfego de Ipanema faz uma zoeira sólida, quando as pessoas querem conversar qualquer coisa mais amena ou mais séria procuram os bares e restaurantes do Leblon. Que, é claro, possuem suas clientelas habituais.

O mais famoso é o Antonio's, na avenida Bartolomeu Mitre, que foi presidente da Argentina e um bom tradutor da *Divina comédia*.

A solicitude dos proprietários, os espanhóis Florentino e Manolo, supre a angústia de espaço e um aparelho de ar refrigerado que jamais cumpriu seu dever.

O Antonio's é a terceira (para alguns, a segunda) casa do pessoal da tv Globo: Walter Clark, Boni, Borjalo, João Luís, Armando Nogueira, Roniquito... É lá que o Chacrinha despe a farda de velho guerreiro e come um filé com fritas. É lá que se encontram os musicais, o Vinicius, o Tom, o Chico Buarque, o Toquinho. E os de cinema: o Joaquim Pedro, o Glauber, o Cacá Diegues, o Rui Guerra. O teatro: a Tônia Carrero, a Fernanda Montenegro, a Odete Lara. A arquitetura: o Maurício Roberto, o Marcos Vasconcelos. As letras, o Braga, o Sabino, o Carlinhos de Oliveira.

O pintor mais assíduo sempre foi Di Cavalcanti.

O Antonio's tem fases que surgem e desaparecem sem explicação. Houve um tempo em que ficava entupido de grã-finos; houve uma larga temporada de paulistas; houve uma de pugilismo quase diário; houve uma estação de mulheres resplendentes e uma estação de mulheres opacas; houve um período no qual apareciam lá uns homens de chapéu, que pediam cerveja e ficavam olhando para nada, com um jeito de que ouviam tudo.

A casa agora está aparentemente com a pressão normal, mas que ninguém se iluda: alguma coisa vem por aí, que os bares são como as pessoas, e o Antonio's sofre de neurose ansiosa.

O Antonio's e o Carlinhos de Oliveira pulsam compassadamente, e eu nunca sei se a pressão do Carlinhos contagia o bar ou se é o contrário. É o ninho do Carlinhos. Lá ele folheia os jornais pela manhã, escreve seus entalhados trabalhos, toma enormes aperitivos, almoça, telefona, namora, encontra amigos, quebra galhos, bebe os uísques da noite e, de vez em quando, dá uma espinafração em alguém, preferencialmente um amigo do peito.

No outro dia podemos encontrá-lo às gargalhadas com o espinafrado, o Tom, por exemplo. Manolo, Florentino e Antonio Carlos Jobim nasceram para compreender o Carlinhos. E este nasceu para amá-los. Briga de amor não dói.

Há outros bares e restaurantes de sucesso. Na rua Dias Ferreira, há alguns anos, fui levado para um pequeno restaurante que se chamava La Mole. Com meia dúzia de mesas, fora inaugurado havia três dias. Não havia ninguém, mas o dono do La Mole sabia cozinhar a comida e o freguês. (Sérgio Porto foi um dos frequentadores.) Em poucos dias, o restaurante passou a ficar lotado; puseram mesas na calçada, invadiram uma loja de peças de automóvel ao lado, acabaram comendo também um vizinho que vendia frutos do mar. A comida continua boa. O italiano morreu, mas foi substituído por um nordestino, que nasceu para ser italiano dono de restaurante: o Chico.

Ali perto, há menos de dois anos, reformaram um boteco e começaram a servir comidinha caseira bem-feita e barata: até casais reluzentes do Country Club costumam aparecer no Final do Leblon, para verificar se jabá com jerimum é mesmo gostoso.

O Recreio do Leblon tem o prestígio do filé e do silêncio. O Degrau e o Alvaro's fazem bons pratos do dia; na hora do aperitivo, do almoço e dos licores, são frequentados por gente em geral madura, jornalistas, escritores, artistas de televisão, aviadores comerciais e civis (há um monte deles no Leblon), tratadores de cavalos e gente mais ou menos aposentada. À noite a fauna é outra: barbudinhos e garotas de minissaia tomam cuba-libre e conversam (animadamente) sobre cinema novo e música pra frente. As roupas, as caras, as vozes e os gestos de todos são tão parecidos que a minha impressão é de que se trata de um coro teatral, incompreensível, mas muito bem ensaiado, montado ali todas as noites a fim de fundir-me a cuca. Ou, talvez, a fim de que eu não entre ou pelo menos não me demore. É o que faço.

Do lado de Ipanema, há as boates (estou por fora) e o Teixeirinha (na Carreta), capaz de quebrar o galho de quem prefira churrasco assim ou assado. E os outros todos, mas a verdade é que não estou aqui para fazer o guia gastronômico de Ipanema.

A FOSSA DAS SERPENTES

Uma noite Liliane Lacerda de Menezes e o escultor Alfredo Ceschiatti chegaram ao Zeppelin. Tinham visto um filme que se chamava A *fossa das serpentes*. A história tratava de loucos e de hospícios, e os dois estavam impressionadíssimos. Começaram ambos a nomear pessoas conhecidas que "estavam na fossa" ou à beira da fossa. Foi nessa noite que se cunhou a expressão "estar na fossa". Estava presente e dou este meu testemunho por escrito, pois desde aquele tempo, há uns doze anos, discute-se frivolamente pela imprensa quem teria inventado a fossa. Foram eles, Liliane e Ceschiatti.

O curioso é que a palavra precedeu a sensação. Antes, todos se sentiam mais ou menos bem em Ipanema. Rapazes e moças pegavam jacaré no Arpoador, jogavam peteca, frescobol, bebiam chope, improvisavam festinhas. Popularizada a expressão, a fossa passou a existir.

Alguns, uns poucos, descobriram que viviam na fossa e não sabiam; foi como se tivessem encontrado o mal que lhes roía sem doer. Passou a doer.

Outros, muitos, acharam bonito estar na fossa, e passaram a representar (talvez até a sentir) a vivência da fossa. Como aquela moça que era bela, praieira e inconsequente. Sumira do mapa. Dei de cara na rua com a irmã dela e pedi notícias de Albertina desaparecida. Resposta: "Coitada! Não sai mais de casa, você não pode imaginar. Está na maior fossa, meu filho! Albertina pensa o dia inteiro na situação do Sudeste Asiático!".

Continuei meu caminho (embora às vezes também pense na situação do Sudeste Asiático) e cheguei à praia. Carlinhos Niemeyer e Jorge Artur Graça, com denodo olímpico, disputavam uma partida de frescobol. O ex-governador Negrão de Lima tomava banho de sol. As garotas de Ipanema desfilavam no ritmo que embalou a inspiração da famosa dupla. A praia parecia uma fossa luminosa. Só que a fossa pra valer não é aqui, é lá, no Sudeste Asiático.

IN MEMORIAM

Faltam duas pessoas em Ipanema: Leila Diniz e Zequinha Estelita. Zequinha morreu primeiro. Todas as pessoas do bairro (bem, as pessoas que frequentam os locais públicos e fazem a crônica das ruas, das Orais) gostavam muito de Zequinha. Por outro lado: todas essas mesmas pessoas já tinham brigado pelo menos uma vez com ele. A briga podia ser uma troca rápida de insultos ou uma troca rápida de tabefes. Era ele o carinhoso impulsivo e ninguém continuava depois a ronronar de rancor. Às vezes fazia um banzé daqueles no bar, muito de onda, deixando extravasar seu excesso de energia. Daí a minutos estava rindo de si mesmo, acomodado às exigências absurdas de seu psiquismo, sereno como a lagoa Rodrigo de Freitas, onde morreu afogado dentro de um automóvel na manhã quente de uma segunda-feira. Estivera com ele umas duas horas antes e beijara-lhe a testa: pela primeira vez o flamengo Zequinha Estelita deixara de aceitar uma provocação estúpida de uns torcedores que festejavam o campeonato do Vasco.

Leila Diniz era a verdadeira garota de Ipanema.

Era a espontaneidade.

A graça.

A simpatia.

O sumo das virtudes femininas de Ipanema.

O ÂMAGO DA QUESTÃO

Há rivalidades entre Ipanema e Leblon?

Nada mais do que a emulação que leva dois irmãos a trocarem cócegas e tapinhas. O ipanemense diz que o Leblon é o subúrbio de Ipanema; o lebloniano diz que Ipanema já virou Copacabana. Os trânsfugas da Barra da Tijuca limitam-se a proclamar que afinal encontraram o Paraíso Carioca, mas só se arredam do Leblon e de Ipanema para dormir. Para defender-se deles é dizer que moramos em um lugar pronto (mentira), enquanto eles moram numa construção.

O fecho de um samba de Luiz Reis sobre o Leblon é uma provocação: fala do caricaturista Otelo, *que mora em Ipanema mas vive no Leblon, pois o Leblon é que é o bom.* O samba é que era bom e foi muito cantado, mas a provocação não colou.

Uma vez, Fernando Sabino e eu trouxemos para as nossas bandas o escritor americano John dos Passos. O romancista, que já havia estado no Brasil, ficou ligeiramente irritado por ter sido na primeira viagem apresentado somente a Copacabana; Ipanema-Leblon (dizia) era muito mais bonito e agradável.

A verdade nua, crua e dura é esta: Copacabana é o estúpido parâmetro de urbanização carioca. Toda a zona sul se copacabaniza como uma nódoa que se alastra. Não há salvação. Ipanema, por ter sido a primeira visada, está sendo engolida mais depressa, o Leblon um pouco mais devagar, e a Barra da Tijuca que se cuide, apesar dos dispositivos legais que pretendem protegê-la. O mal-de-copacabana já se espalhou para fora, para muito longe da Guanabara, implantando-se em dezenas de pontos litorâneos. É mal sem cura.

Vieram todos para cá em busca da tranquilidade, saudosos da província, ou em conflito copacabanal, o Tom Jobim, o Fernando Sabino, o José Carlos de Oliveira, o Hélio Pellegrino, o Millôr Fernandes, o Rubem Braga, o José Honório Rodrigues, o Afrânio Coutinho, o Otelo Caçador, o Darwin Brandão, a Olga Savary, o Jaguar, o Chico Buarque de Holanda, o Lúcio Rangel, o Scliar, o Armando Nogueira, o Antonio Callado, o Ferdi Carneiro, o Homero Homem, o José Guilherme Mendes, o João Saldanha, o Lan, o marechal Dutra, o general Sizeno, o médico, o engenheiro, o empresário, a viúva, o boa-vida, o aviador, o cantor, o cômico, a maneca, o jornalista, o banqueiro... Essa mistura era boa e revitalizante, mas deu aos demais uma ideia de festival. Ipanema e Leblon passaram a ser, nas promoções, os bairros onde todo mundo mora. Não morar em Ipanema ou no Leblon era, nas promoções, ser inferior a todo mundo. Resultado: o mundo todo se desloca pouco a pouco para Ipanema-Leblon.

Triste farol da ilha Rasa!

Os bares morrem numa quarta-feira, 1980

Recife

Recife é versátil, só comparável a Salvador, improvisada sobre a variedade dos acidentes geográficos, abarcando as suas ilhas com uma graça espontânea, posto avançado sobre o mar, pois a sensação do continente se dilui nas formas assimétricas que sempre perseguem as águas fluviais e marítimas. Mas, ao contrário da Bahia, que é rapaz, Recife é feminina.

Não esperava por tanta amplitude, tantas praças, largos e jardins arejando a sua topografia, e nem por tantas árvores, menos nas ruas do que nas residências, com os seus pequenos pomares perfumados adoçando a paisagem com os vermelhos e amarelos dos cajus, as mangas gordas, lisinhas e coradas, os sapotis de um moreno carregado. O brasileiro não liga para a natureza, diz-se; essa generalidade não vale para o pernambucano, que tem o instinto e o gosto da flora profusa. Contudo, contou-me ilustre médico que só a devastação de cajueiros em seu estado deve andar aí pelos quinhentos mil. Este é o outro lado, o antônimo da exuberância nordestina, a miséria que faz um pobre cortar uma árvore para fazer lenha, importando-lhe apenas a sobrevivência no momento. Não se pode pedir educação social a uma gente à qual ainda não foi concedido um certo número elementar de benefícios coletivos. Tudo se gasta e corrompe no seio dessas populações abandonadas. Até o instinto de conservação, que é ainda por onde elas mais se assemelham aos homens civilizados deste século, degenera, às vezes, em um sentimento de patética indiferença, outras em um impulso infeliz de violência.

Há um cheiro indisfarçável de miséria por detrás das grandes realizações do homem nordestino. A insatisfação vai crescendo soturnamente, e já não existem otimistas que neguem esse desgosto, inocentes que o suavizem, demagogos que dele esperem beneficiar-se indefinidamente.

O marmeleiro tem marmelos, o cristão tem o sinal da cruz, Pequim tem telhados de porcelana, Wall Street tem o seu dinheiro, o cachorro tem o seu latido, o macho tem a sua arrogância, Recife tem uma brisa. Que beleza de brisa! Foi Mário de Andrade quem falou nas *auras pernambucanas*, descobrindo assim que a brisa de lá é um arpejo na vogal A. Aaaaaa, diz o vento recifense, com doçura, ao contrário dos ventos que se desatam nas minhas montanhas, uivando em U. Pode-se experimentar: a palavra *aura* não funciona com as virações de outros estados: auras mineiras, auras gaúchas, auras goianas... Mas *auras pernambucanas* é bonito, insubstituível.

Dentro dos recintos fechados da cidade, sentimos falta de uma coisa, uma insatisfação arranhando o corpo e a alma: é a brisa, a brisa ritmada que fez o poeta Joaquim Cardozo falar em *pobres ventos sem trabalho, expulsos dos moinhos, dos navios*. Mas trabalham ainda para os homens que só conhecem as energias eólia e muscular, os jangadeiros semeados ao longo do sopro marítimo, triângulos brancos sobre campo de verde mar, a fome transformada em resultado plástico e tradição turística.

Não se entende o Planalto Central sem o azul prestigioso do céu, não se entende o Sul sem as florações luminosas do crepúsculo, não se entende o Norte sem a primazia dos caudais mediterrâneos. Não entenderá emocionalmente o Nordeste quem não adivinhar o que significa para seu povo este vento fresco e limpo a tocar a terra quente. O sol furioso e a brisa delicada engendraram o antagonismo nordestino.

Falo abstrações porque muitas vezes não sei compreender de outro modo. Mais forte que a minha vontade de organizar o pensamento. Spencer escreveu que na língua asteca uma mesma palavra — *echecall* — significa *sombra, alma* e *vento*. São três conteúdos emocionais de uma só perplexidade intocável, uma presença incorpórea e fluente de três abstrações que abismam o pensamento em seu inelutável destino. Recife!

Além da brisa, a praia de Boa Viagem tem os seus coqueiros abrasileirando a paisagem, habitações amplas beirando o mar (verde), e a casa de Antiógenes Chaves, sempre aberta aos amigos e aos políticos pernambucanos que se desentendem de maneira um pouco mais perigosa.

Alguém poderia imaginar a municipalidade de Roma permitindo que se construíssem arranha-céus nas áreas que restam da cidade antiga? Em Boa Viagem se comete um desvario parecido. Não se trata de ruínas ilustres, mas de um patrimônio social que seria preciso preservar e transmitir intato às gerações. Pois essa mensagem de vida, de beleza e graça está sendo devastada pela ganância imobiliária, repetindo-se na praia pernambucana a estupidez grosseira que arrasou Copacabana em vinte anos. Os primeiros edifícios de apartamentos saltam com despudor agressivo da orla marítima. O crime vai sendo praticado sem que os habitantes de Recife acreditem que se possa fazer ainda alguma coisa para evitá-lo. A andar nesse passo, o Brasil acabará aleijado, natural e exuberante nas áreas que o homem não atingiu, e confinado e imprevidente nas concentrações humanas. Tanta imprevidência, tanta falta de respeito pelos que ainda não se fizeram adultos, é de dar muita pena e muita raiva. Estragar Boa Viagem é envenenar as águas de uma fonte pura.

Da varanda do meu quarto de hotel, digo adeus à cidade. Anoiteceu. Devoro cajus com uma certa ansiedade de despedida. Na ilha do bairro do Recife, ao lado de uma igreja colonial, que irrompe sem pausa do asfalto, dança a gente do povo, o saxofone da orquestra arredondando gordas bolas de som no silêncio. Os ônibus cruzam pelas pontes Maurício de Nassau e do Agra. Do alto desta sacada, com a boca travada de cica, faço um discurso (mudo) de adeus e agradecimento. E só os apitos grossos dos navios me entendem e vaiam as minhas últimas palavras.

Manchete, 16/07/1960

Viagem à Amazônia

(Março de 1970.)

Uma viagem à Amazônia é o contrário duma viagem à Lua. Nas excursões ao satélite dá tudo certo, a não ser que ocorra alguma coisa fora do comum; numa incursão à Amazônia só daria tudo certo se ocorressem coisas extraordinárias. Na anedota, o capiau de Minas abriu a boca estupefato no dia em que o trem chegou na hora. Também na Amazônia só o "capricho do destino" faria coincidir planejamento e realização. Seria uma extravagância.

O vale ainda não tomou conhecimento da era tecnológica. De certo modo é um alívio.

Dois princípios devem orientar quem viaja por essa região. O primeiro, esperar o inesperado. O segundo é resignar-se e regressar conhecendo a Amazônia menos do que antes de partir. Uma viagem dessas nos fornece tantos dados sobre a nossa ignorância da região que nos aprofunda mais o abismo entre as certezas da ida e a perplexidade da volta. Um conhecimento que nos saqueia, em vez de enriquecer-nos. Não se acha a Amazônia, perde-se nela. De duas, uma: o viajante volta humilde para casa, convencido de que falhou, ou aceita o desafio do dragão, mudando-se para lá.

Volto humilde para casa, depois dum voo desabalado de trinta e seis horas retalhadas, lembrando-me do escritor francês que abriu seu livro de crítica à cultura clássica com dois ensaios: um sobre a sua ignorância do Egito, outro sobre a sua ignorância da Grécia.

Que é a Amazônia? Que se passa na Amazônia? Que será desse enorme contingente de Brasil no futuro próximo e no futuro distante? A que formas de civilização dar ensejo? Que é certo ou errado? Que inimigos combater? Por quanto tempo o brasileiro manterá a Amazônia como um órgão que apenas ainda vive? Ou de quanto tempo precisará para a revitalização normal desse órgão latejante?

Há uns dez anos, numa pobre missão salesiana à margem do rio Uaupés, perto da fronteira da Colômbia, vi o presidente Juscelino chegar à janela dum barracão, olhar a lua cheia que esverdeava o teto da floresta, suspirar e exclamar com um espanto: "Eta Brasil velho de guerra!". Era a resposta cândida ao puxa-saco que horas antes lhe dizia: "Depois do seu governo, presidente, a Amazônia estará funcionando em menos de vinte anos!".

Nessa mesma viagem deu-se o seguinte: nosso *Catalina* sobrevoava o vale do rio Negro, quando distingui na planície interminável um monte que parecia caído ali por descuido. Perguntei ao comissário que monte era. O moço foi à cabina, e o piloto veio até a mim com uma carta na mão: "O senhor acaba de descobrir uma montanha". Os americanos, durante a guerra, ampliaram a cartografia amazônica; ele próprio e seus colegas continuavam a comunicar novos acidentes geográficos ao DAC.

Mas aquele monte permanecera escondido, à espera da minha pergunta boba. Em termos de segurança aeronáutica, esse pedacinho de Brasil que coube a mim descobrir não era tão desimportante. Como cada monte tem o Cabral que merece, enchi-me da vaidade pioneira.

Éramos agora vinte e poucas pessoas a bordo dum C-47, nome do DC-3 na FAB. Esse avião é como o ancião que nos surpreende pelo vigor físico. Até quando? Inútil fazer dessas perguntas sobre os velhos caturras. Até o cataplim final. Cada decolagem desses heróis parece ser a última. Mas eles vão em frente, topam as amargas, retornam aos pousos como se nada tivesse acontecido, lampeiros entre jatos robustos. O nosso longevo enfrentou o mau tempo quase constante, aterrissou em pistas de lama, sofreu agravos de todos os tipos (amortecedores caídos, bateria arriada, falta de potência no motor, rádio problemático, janela de emergência escancarada, gasolina duvidosa, leme de profundidade perfurado por pedra), e chegou, pois não. Graças à teimosia da máquina e à experiência do major Emir e do capitão Edson. Dizia-me um alemão, gamado pela técnica americana, que só o piloto boliviano é comparável ao brasileiro. O desafio do terreno e a deficiência de infraestrutura fazem o craque da aviação. Onde o equipamento não é perfeito, o homem tem de ser safo.

Os correspondentes estrangeiros são dez. O alemão bem-humorado de barbas ruivas é Kurt Klinger; está há seis anos no Brasil, trabalhou muito tempo em Roma, onde escreveu um livro sobre o bom humor de João XXIII. Roberto Erlandson, do *Baltimore Sun*, esteve um ano no Vietnã. O grego Alexandre Joanides fala árabe. Martin Gester, o mais comunicativo quando não dorme, escreve para o *Die Welt* de Hamburgo. O inglês Michael Field tem dezessete anos de América Latina, seis de Brasil, sete de Sudeste Asiático. O soviético Petr Bogatryev foi o premiado com a poltrona da saída de emergência, que se abriu. Carlos Widman é de uma editora de Munique. O argentino é Alberto Schazin. Françoise Pelou, que dava um pouco de *beaujolais* no Alto Xingu, é da France Presse. O espanhol Eleutério Romero é duma agência de Madri. Há um suíço perguntador, que não é jornalista, e três cinegrafistas. João Peret, da Funai, dá assessoramento especializado. Dois diplomatas, sob a chefia de Alarico Silveira.

Não se entra pelo nosso itinerário sem uma boa provisão de sorrisos, paciência e esportividade — e nada disso faltou a esse grupo diverso. Jornalista possui qualidades e defeitos moldados pela profissão. Uma das qualidades simpáticas é aguentar a barra-pesada com graça e ironia; um repórter arreliado, além de mau profissional, é de convívio insuportável.

Galeão, Pampulha, Brasília, Bananal. O pântano é um estanho esverdeado. Só depois de dar meus primeiros passos na lama de Isabel do Morro percebo o ridículo dos meus mocassins leblonianos. Os carajás preferem sandálias japonesas. Coitados dos carajás! Ficaram entre os respingos da civilização e a orla da mata. Em linguagem indianista diz-se que são aculturados, mas vemos em seus gestos e expressões que são psicologicamente fronteiriços, como se fossem puxados para trás, para a elementaridade da tribo, mas isso já fosse uma viagem impossível; e quando pretendem dar um passo à frente, na direção dos brancos, encontram o vazio. Querem bebida, mas sabem que isso lhes faz mal; querem comerciar com o despudor dos brancos, mas se sentem tolhidos. Preferem os visitantes que procedam como civilizados? Ou como selvagens? Indecisos, divididos, expectantes, os carajás olham para nós. Como a criança que não sabe se pode pedir um doce. Vendem flechas e cerâmicas. Cantam e dançam para turistas. Não são maltratados, não chegam a ser tristes, sorriem muito. Mas são nebulosos, personalidades que se desgarraram da estrutura tribal e não assimilaram os truques do comportamento urbano. Bananal, limbo dos carajás. Um sargento de polícia me pergunta em inglês se somos americanos. Digo-lhe em português as nossas várias nacionalidades. Ele quer saber qual é o russo. Estuda, quer ir para Manaus; não deixaram. Explica o motivo: "Sou muito violento: sou tupiniquim". Tudo verdade, como soube depois, mas ele confessou que era violento sem qualquer charme, sem presunção e sem pedir desculpa, como quem diz que sofre de asma. Senti inveja dessa inocência selvagem, jamais atingível por Henry Miller, Norman Mailer, Jubileu de Almeida, Carlinhos de Oliveira, eu, todos que temos a tentação de contar as verdades humanas, doam em nós ou nos outros.

O hotel de Bananal surgiu dum estratagema, que me foi revelado pelo seu próprio autor intelectual. Deu-lhe a ideia um bêbado anônimo da cidade-livre, depois da inauguração de Brasília, que perguntou ao assessor do presidente Kubitschek: "Por que não fazer um hotel de turismo em Bananal?". O auxiliar controlou a ideia em pleno voo: um hotel na ilha despovoada desviaria para lá o malho político que castigava Brasília.

O Brasil é um país tão comprido, tão largo, que muitos empreendimentos levianos ou demagógicos acabam por ser úteis. O hotel de Bananal é valioso à respiração do Oeste. Chama-se ainda JK, mas hoje estas iniciais querem dizer John Kennedy, o homem que não morreu em Dallas, segundo reza a legenda da foto colorida que enfeita o saguão. Quem morreu em Dallas foi Juscelino Kubitschek.

Bananal é doce. Gosto do conforto dessa antessala da selva. Os nervos nossos se deixam algodoar no silêncio do Araguaia. É bom. Gosto de ficar num quarto sozinho. De chuveiro. De colchão de molas. De luz de cabeceira. O rio arrasta braçadas de ramagens verdes numa suave procissão de Ofélias mortas.

Não seria difícil morar e morrer aqui, a meio caminho de dois mundos, como os carajás, neste crepúsculo indistinto e sedativo dos pobres carajás.

Só há duas verdades duras, a civilização moderna e a selva sempre antiga. Bananal é o faz de conta. O hotel com os seus tapetes, os pontões de atracação, lanchas de aluguel, equipamento de pesca, fartura de pacus, milionários paulistas com mulheres de arribação, cerveja gelada no bar. Enfim, a vida boa e idiota. Era um programa.

A praia do outro lado do rio é duma luminosidade cremosa, irreal. Nunca tinha visto sofrês em bandos. À noite as capivaras sobem para comer o palmito das palmeirinhas. O concessionário do hotel passa fogo nelas, com pena das palmeirinhas.

Era um programa. Consumir-se na indolência desse pôr do sol ralentado, como se desse tempo de sobra para os slides que irão arrancar ahs! de amor à natureza na doçura dos apartamentos.

Mas o uísque é caro. O cacique Ataú é meu conhecido de retrato. Pudera! Ele se deu com Getúlio, Jango e Castello. Tem setenta e tantos anos e usa blue jeans. O médico da aldeia chega depois da vasta tartaruga; é um espanhol jovem, sério, usando um jaleco alvo de primeira comunhão.

Acordo em sobressalto dentro do avião com um canto guerreiro carajá: alguém roda a fita que gravou durante a noite no hotel. Ah!

Descemos em Cachimbo, outro núcleo aeronáutico, para abastecimento de combustível. Temos de sair correndo para Jacareacanga, pois o C-47 é proibido de voar à noite, como os maridos sem cartaz. Depois de vinte minutos de voo, nosso comandante entra em contato com um Boeing da Pan-American, que nos aconselha a regressar à base: tempestade elétrica na frente. O americano — fiu! fiu! — assoviou de lá quando soube do modelo de nosso avião. Descemos de novo em Cachimbo para o pernoite de emergência. Aí o alemão Gester teve a sinistra ideia de organizar uma pelada antes do jantar e os mosquitos nos devoraram nos cinco primeiros minutos de jogo. Houve um milagre em

Cachimbo, onde até gasolina para avião chega de avião: jantamos muito bem, graças ao talento do comissário Raimundo. E dormimos razoavelmente. Kurt Klinger apelidou o russo de Serra do Roncador, mas os dois estavam em outro quarto.

O contratempo nos fez mudar de itinerário. Descemos no posto Leonardo Vilas-Boas, no Xingu, numa chuvosa mas razoável manhã de sábado. Orlando encontra-se em viagem de núpcias e quem nos recebe é Cláudio Vilas-Boas. Estranha figura! Não porque diga coisas estranhas, mas porque escolheu seu destino. Ele e o irmão são as únicas pessoas mais ou menos poupadas nas quinhentas páginas do livro *Le Massacre des indiens* do peçonhento Lucien Bodard.

Há fascínio nos olhos dos jornalistas estrangeiros enquanto Cláudio Vilas-Boas vai dando as informações pedidas com clareza e serenidade. Vê-se que pode ficar bravo à primeira provocação de má-fé; como os veteranos que não suportam ouvir tolices sobre a guerra, ele se irrita ao ouvir idiotices sobre os indígenas.

Jânio Quadros criou a reserva do Xingu, onde os irmãos Vilas-Boas se encontram há vinte e cinco anos. Aí, em aldeias relativamente próximas umas das outras, há catorze tribos, num total aproximado de dois mil índios. Os índios do Brasil, dizem, devem andar em torno de cem mil.

Os recursos do posto do Xingu deveriam ser mais generosos. É com satisfação que nos mostram no ambulatório um equipamento dentário recém-chegado. Não há miséria, o posto é limpo, os índios são índios tanto quanto possível, mas...

Na aldeia dos iaulapitis somos recebidos com dança, beiju e milho assado. Na maloca dos txicãces, o velho chefe nos recepciona em traje de gala, isto é, nu de blusão aberto. Há um desentendimento com respeito à liderança dos camaiurás, mas parece que tudo vai bem depois do parlamento dos guerreiros, aconselhados, mas não comandados, por Cláudio. Tenho a coragem de comer o peixe moqueado? Não tenho.

O iaulapiti é forte e o camaiurá é mais forte ainda. Mas o txicão é fraco. Pois eram estes, pacificados há pouco tempo, as vespas do Xingu, inimigos dos brancos e das outras tribos. Agora nadam em paz paradisíaca nas águas claras do rio, em companhia de Gester e Widman, da tribo da Alemanha Ocidental, e de Michael Field, da tribo de Sua Majestade a rainha Elizabeth II.

Não longe daqui, na margem do Culuene, em 1925, morreu o coronel Fawcett, em companhia do filho e de outro inglês jovem. Saiu em busca duma Cidade Perdida, entre o Xingu e o Araguaia, da qual fala um misterioso manuscrito do século XVIII. Morreu violentamente, mas com uma tocante coerência, tentando encontrar a sua Visão. A história prolongou-se durante dezenas de anos (e ainda se prolonga) por via e obra de mensagens espíritas captadas pela viúva Fawcett. Cláudio não tem a menor dúvida a respeito do desfecho: o intrépido inglês com frequência deixava de dominar seus ímpetos irritadiços de civilizado; uma vez tratou com rispidez um índio que se precipitou para apanhar uma caça abatida; os calapalos trucidaram a expedição. Ficou por aí a miragem da Cidade Perdida.

Nas redes do galpão e na varanda do posto ouvem-se historinhas ao anoitecer. Um camaiurá perguntou ao soviético se ele era americano; o correspondente da Tass respondeu que era russo, da União Soviética, e o índio atilou com a coisa, exclamando: "Ah, russo que briga com americano!". Tribos vivendo as amenidades e os sustos da Guerra Fria.

Leão Marques, do Itamaraty, perguntou a um jovem se ele sentia medo dentro da selva, e recebeu uma elaborada resposta: "Só tenho medo quando caço onça; como raramente caço onça, raramente tenho medo".

Um jovem cinegrafista me mostra o colar que ganhou de presente, dizendo que iria desfilar com ele no Castelinho. "É feito aqui?", pergunta-lhe Alarico Silveira. "Esse é do Rio", informa, sério, um índio que passava.

Xingu, Cachimbo, Jacareacanga, Manaus. É domingo mas algumas lojas estão abertas. Aproveitamos a Zona Franca. Manaus ganhou cores e luzes nos últimos dez anos. Quatro companheiros voltam daqui, a jato. No jantar aparece o escritor Mário Palmério, que se encontra na Amazônia há um ano, garimpando material literário. Temos duas ou três horas para dormir.

Parintins, Santarém, Belém. A turma do Projeto Rondon nos recebe em Parintins. Quando uma senhora do Rio disse ao bispo d. Arcanjo que as moças de Parintins estavam exagerando na minissaia, ouviu uma resposta inesperada: "Deixe isso pra lá: aqui faz muito calor".

Duas ou três horas para dormir em Belém. Em Carolina, no Maranhão, as irmãs de santa Teresinha devem ter visto o nosso pobre avião durante quarenta minutos; duas vezes chegamos a entrever a pista, mas a névoa era densa e fomos para o pouso-alternativa, em Conceição do Araguaia.

Porto Nacional Brasília, onde me reintegro tomando uma sauna e alguns uísques maravilhosos.

O cebê que nos pegou na saída de Brasília só nos deixou em Belo Horizonte: o segundo em violência de toda a sua vida, contou-me o major. O americano foi o que se deu pior com essa nuvem, enquanto, entre nesgas claras, a gente podia ver que fazia sol lá no alto, um céu de brigadeiro lá no alto.

Quando sobrevoávamos Copacabana, o americano floriu: *"I'm glad to be home". So do I, Nicodemus.* Mas trouxe uma certeza, uma palavra de Cláudio Vilas-Boas: "A integração do índio não é uma necessidade, mas é uma fatalidade".

O índio é mais feliz do que nós, nada temos a ensinar para ele. Sendo fatal o seu encontro com o branco, que se faça devagar e tão sem dor quanto esta possível contusão. É o âmago da coisa.

Música popular

Gosto dos versos que convivem com a cidade: Noel. Gosto de Moreira da Silva: breque. Gosto da limpeza praiana de Caymmi, dos rouxinóis de Lamartine. E gostaria de ter escrito "Rosa", de Pixinguinha.

A discussão estava tumultuada. Todos falavam ao mesmo tempo e ninguém entendia coisa nenhuma. À moda brasileira. Além do mais, cantavam e batucavam, pois o assunto era este: as letras de fato boas em nossa música popular.

Tento explicar aqui o que não consegui naquele momento cordial, apesar do conteúdo explosivo do tema, em casa de amigos.

Em princípio gosto muito mais das letras (e também das músicas) de fato populares, das letras que os poetas e parapoetas não sabem fazer. Ou seja: gosto dos poetas populares quando se trata de música popular. As melhores letras do nosso cancioneiro surgiram no morro e nos subúrbios. Quando as composições populares começaram a ser feitas por grande número de pessoas mais escolarizadas, nos estúdios de rádio e em apartamentos com bibliotecas, as letras perderam muito da graça e da beleza.

Com a invasão do território popular pela gente cultivada, a espontaneidade ficaria restrita aos terreiros das escolas de samba; a comercialização competitiva desses terreiros, no entanto, abortou essa possibilidade. Desde o "Joaquim José da Silva Xavier" que as escolas de samba não acertam uma no meio do alvo. Aparecem fragmentos deliciosos nesse ou naquele enredo, mas não há peças inteiriças que marquem, que estourem a sensibilidade coletiva.

Os letristas de hoje dividiram-se em dois sentidos: os que estão procurando (como dizem por aí) melhorar a qualidade das nossas letras e os que procuram exprimir-se como se fossem de fato poetas do povo, poetas populares.

Os primeiros são chatíssimos, são tatibitates, confusos, papalvos, enrolados. Os outros, os que procuram vestir a pele do povo, acertam ou se esborracham de acordo com a maior ou menor intimidade que possam ter com os problemas, os sentimentos e a linguagem do povo. Já que os poetas populares praticamente sumiram, temos então o seguinte: aparece uma boa letra em nossa música popular quando alguém (com biblioteca no apartamento) consegue transmitir o que um verdadeiro poeta popular transmitiria. É sempre uma contrafação, mas válida, e muito melhor para os nossos ouvidos do que as babaquarices (às vezes pretensiosas, às vezes nem isso) dos que se encontram convencidos de que lhes coube na Terra a missão de melhorar o padrão dos nossos versos populares.

De que gosto afinal?, perguntou Marilu com uma linda impaciência. Bem, Marilu, eu gostaria antes de tudo de ter escrito "Rosa", que se enrosca pela melodia genial de Pixinguinha como uma trepadeira doida de grandes cachos multicoloridos. Aliás Vinicius de Moraes tem um belo poema inspirado nos rococós dessa torre barroca que é "Rosa".

Gosto em geral dos versos que convivem com a cidade. Nisso Noel foi o craque absoluto, e não apareceu no Brasil mais expressivo poeta popular do que ele. "O x do problema", "Último desejo", "Três apitos", "Dama do cabaré", "Feitio de oração",

"São coisas nossas", "Só pode ser você", incluem-se todas no gênero de poesia brasileira popular que me fala. Noel tinha vocação para a coisa, e ele próprio sabia que a "vocação é necessária até para dar-se laço na gravata". Há uma letra de Noel maravilhosa servindo a uma música também muito bonita, raramente tocada. Chama-se "Cor de cinza": "A poeira cinzenta da dúvida me atormenta... A luva é um documento de pelica e bem cinzento". A história narrada pelos versos não é nada clara, mesmo depois de termos lido a interpretação que o esclarecido Almirante faz para os mesmos. Mas não importa; trata-se do mais belo e mais hermético poema impressionista do nosso cancioneiro popular.

Gosto imensamente (e fico espantado quando os outros se espantam com isso) de quase todas as letras dos sambas de breque de Moreira da Silva. As de Miguel Gustavo são primorosas. Se tivesse de levar dez elepês da música popular para a ilha deserta, a Etelvina e o Morengueira iriam comigo.

Ari Barroso nem sempre era feliz em suas letras, mas é dono de algumas entre as melhores: "Vivia num subúrbio do Encantado"; "Encontrei o meu pedaço na avenida de camisa amarela". E outras.

Outro que tem vocação parecida com a de Noel é o gaúcho Lupicínio Rodrigues. O ambiente sambístico de Porto Alegre é que não ajudou muito.

Gosto dos biombos dourados e dos astros pisados de Orestes, da linearidade de Ismael, da limpeza praiana dos refrãos de Caymmi, da bossa de Geraldo Pereira e Wilson Batista, dos rouxinóis de Lamartine, das construções de Chico Buarque, da mulata de Bororó... Gostamos das músicas que lembramos sem querer. E às vezes nem sabemos de quem são os versos que nos calaram. "Não tinha nada, levava a vida à toa, e sendo assim tão pobre eu fazia inveja a muita gente boa."

Manchete, 20/04/1974

Os mais belos versos da MPB

Manuel Bandeira dizia que se fizessem no Brasil, como fizeram na França, um concurso para apurar o mais belo verso da nossa língua, talvez votasse naquele em que diz Orestes Barbosa: "Tu pisavas os astros distraída".

Andou por aqui um diplomata panamenho, Roque Javier Laurenza, que cultuava religiosamente a poesia universal. Sérgio Porto contava que ia com ele pela avenida Atlântica, rumo a uma média com pão e manteiga, distraído e feliz, cantarolando o "Chão de estrelas". Em dado momento o panamenho o agarrou pelo braço: "*Por Dios! Repite lo que cantaste.* Repete o que cantaste para eu saber se é mesmo verdade o que ouvi". Sérgio repetiu: "Tu pisavas os astros distraída". Ali mesmo Roque Laurenza jurou que acabara de ouvir o verso mais lindo da poesia brasileira.

As quatro sextilhas de "Chão de estrelas" talvez contenham pelo menos vinte e três dos versos mais bonitos do nosso cancioneiro popular. Pois infelizmente o vigésimo quarto decassílabo desse poema desafina bastante dos outros. "É a cabrocha, o luar e o violão" é um anticlímax depois do palco iluminado, dos guizos falsos da alegria, do chão salpicado de estrelas e das cintilações poéticas do poema de Orestes. Até a melodia se ressente e perde o embalo no verso final. Mas, sem dúvida nenhuma, Orestes Barbosa e Noel Rosa são os mais altos poetas da nossa música popular.

Há nas canções do primeiro um poder visual fora do comum. Visualizar a emoção é marca certa do poeta forte. As melhores canções de Orestes parecem roteiros cinematográficos, e o conjunto de todas elas é o script de uma época do Rio. Há versos magníficos, tais como: "A lua é um clichê dourado impresso em papel azul", "O teu vulto de pássaro cansado", "Aquela que eu procuro é uma escultura sem pintura", "No Rio dos sonetos de Bilac só de fraque é que se frequentava o cabaré", "Os fios telegráficos da rua são curiosas pautas musicais", "Passando pelas frestas da janela, a luz fez uma lúgubre aquarela — Deixou-me a flor do asfalto", "No apartamento agora em abandono, vejo um mantô grená que ela não quis", "Lua, lâmpada acesa da tristeza", "Na serpente de seda de teus braços", "Dorme, fecha este olhar entardecente", "O mar de franjas e plumas em gargalhadas de espumas", "Tens o Oriente na boca, linda mulher de voz rouca, ó turca do meu Brasil", "Hoje choro o seu domínio, desce um luar de alumínio"...

Noel e Orestes urbanizaram o astro popular, que era rural ou favelado. Uma das mais bonitas composições do segundo chama-se exatamente "Arranha-céu": "Cansei de esperar por ela/ toda a noite na janela,/ vendo a cidade a luzir/ nesses delírios nervosos/ dos anúncios luminosos/ que são a vida a mentir"...

Outra é "Vestido de lágrimas", que assim começa: "Vou me mudar soluçante,/ de apartamento elegante/ que tem do antigo fulgor/ lindos biombos ornados/ de crisântemos doirados,/ cenários do nosso amor". É um barato.

José Veríssimo já anunciava o essencial para a compreensão da poesia popular ao escrever que "essas hipérboles gongóricas, de mau gosto em qualquer outra poesia, são o encanto maior da modinha". Quem teme o mau gosto, o exagero, o pernosticismo, não deve pisar em terreiro de música do povo. Isso de querer fazer onda para elevar a qualidade das letras da nossa música é careta, é rebolado de falsa cultura.

Uma das nossas maravilhosas canções populares é um prodigioso rococó popular; chama-se "Rosa" e já inspirou um poema erudito de Vinicius de Moraes. A música também é um alumbramento, mas os versos serão realmente de Pixinguinha? São seis estrofes que se enramam pelo ar como uma trepadeira colorida, seis estrofes de um barroco enfeitadíssimo e descarado: "Tu és divina e graciosa/ estátua majestosa do amor/ por Deus esculturada/ e formada com ardor/ da alma da mais linda flor/ de mais ativo olor,/ que na vida é preferida/ pelo beija-flor".

Rebuscado de expressões eruditas ou de expressões da gíria, o cancioneiro popular do Brasil sempre foi dengoso. O dr. José Veríssimo já achava sublime em seu tempo uma quadra como esta: "Eu queria, ela queria,/ eu pedia, ela não dava;/ eu chegava, ela fugia,/ eu fugia, ela chorava". E o próprio escritor paraense foi a Marajó colher esta joia: "Lá vem a lua saindo/ por detrás da sumaúma,/ tanta mulata bonita,/ minha rede sem nenhuma".

Teófilo Braga derivava nessa modinha das serranilhas e outras cantigas portuguesas, esquecidas em Portugal e conservadas no Brasil a partir do século XVII.

Na lírica dos nossos cantadores estão muitos dos versos mais bonitos do nosso povo. De Jacó Passarinho, cearense de Aracati: "Eu vi teu rastro na areia, me abaixei, cobri co lenço". De Josué Romano sobre seu pai, o cantador Romano da Mãe-Dágua: "Tinha a ciência da abelha, tinha a força do oceano!". Do cearense Pedro Nonato: "Na boca de quem não presta, quem é bom não tem valia". De anônimo materialista: "Eu só creio no que vejo e acredito no que pego!". Por isso mesmo: "Reza para quem morreu é como luz para cego". De João Ataíde: "Quando o rico geme, o pobre é quem sente a dor". Do mesmo, antes de Jacques Prévert e Juliette Gréco: "Eu sou como Deus me fez, quem me quisé é assim". Dum cantador do Juazeiro: "Eu quero falá contigo debaixo dum bom sombrio". Do analfabeto Anselmo: "Eu já cantei co o Maldito e achei ele um bom rapaz". De Serrador são as dez maravilhas do mundo: "Há dez coisas neste mundo/ que toda gente procura:/ é dinheiro e é bondade,/ água fria e formosura,/ cavalo bom e mulhé,/ requeijão com rapadura,/ morá sem sê agregado,/ comê carne com gordura".

Muitos escritores escreveram de propósito para músicos ou tiveram seus versos musicados em serestas; entre eles, José de Alencar, Casimiro de Abreu, Laurindo Rabelo, Machado de Assis, Luis Murat, Gonçalves Crespo, Guimarães Passos, Alphonsus de Guimaraens, Martins Fontes, Manuel Bandeira, Jorge de Lima, Murilo Araújo, Jorge Amado, Guimarães Rosa. É nesse terreno romântico que os seresteiros populares e os escritores eruditos melhor se entendem: aí os primeiros podem ganhar importâncias culturais e os segundos podem brincar com as singelezas da emoção plebeia.

Há muitos anos, no velho *Diário Carioca*, Prudente de Morais Neto, Pompeu de Sousa e eu descobrimos que o mestre San Tiago Dantas sabia de cor e cantava afinado as nossas serestas todas. Todas? Acho que sim. E não demonstrou predileção por nenhuma, amava todas.

Mas não posso fazer o mesmo. Tenho de escolher. Minha primeira pedida para seresteiro disposto é "A última estrofe", de Cândido das Neves, o Índio: "Lua, vinha perto a madrugada/ quando em ânsias minha amada/ nos meus braços desmaiou.../ E o beijo do pecado/ o teu véu estrelado/ a luzir glorificou"...

Catulo da Paixão Cearense muitas vezes exagera no pernosticismo ("dos agros pesares o nigérrimo pesar"), mas, corrigido pela sobriedade de Paulo Tapajós, ganha tenência.

"Luar de Paquetá", de Hermes Fontes, é decerto um carro-chefe: "As nereidas incessantes/ abrem lírios ao luar,/ a água em prece burburinha,/ e em redor da Capelinha/ vai rezando o verbo amar".

Também inesquecível é a simplicidade de Freire Júnior: "Oh! linda imagem de mulher que me seduz!/ Ah! se eu pudesse tu estarias no altar!/ És a rainha do meu sonho, és a luz,/ és malandrinha, não precisas trabalhar". Enquadrar uma santa malandra não é mole. Maior simplicidade se encontra numa velha marcha-rancho: "Maria, acorda que é dia,/ a terra está toda em flor/ e o sol apareceu lá no céu,/ anunciando o nosso amor". Uma vez cantarolei estes versos para Tom Jobim e ele me disse: "É isso aí! Isso é que é a poesia popular brasileira. Canta de novo. De quem é?".

Já Prudente de Morais Neto gostava de repetir a "Boneca" de A. Cabral e Benedito Lacerda: "Eu vi numa vitrine de cristal,/ sobre um soberbo pedestal,/ uma boneca encantadora,/ no bazar das ilusões,/ no reino das fascinações,/ num sonho multicor,/ todo de amor".

Mas era o finalzinho da valsa que mais o exaltava: "Enfim eu vi nesta boneca uma perfeita Vênus".

Mário Lago é outro letrista de gabarito: "Mostrei-te um novo caminho/ onde com muito carinho/ levei-te numa ilusão./ Tudo porém foi inútil,/ eras no fundo uma fútil/ e foste de mão em mão". Em "Saudade da Amélia" Mário Lago exprimiria definitivamente a emoção popular, contraindo num tema ("às vezes passava fome a meu lado e achava bonito não ter o que comer") o impasse dos que trocam de mulher e quebram a cara.

Outro estupendo clássico é "Deusa da minha rua", de Jorge Faraj e Newton Teixeira: "A deusa da minha rua/ tem os olhos onde a lua/ costuma se embriagar./ Nos seus olhos eu suponho/ que o sol num dourado sonho/ vai claridade buscar". E mais adiante a linda imagem: "Na rua uma poça d'água,/ espelho da minha mágoa,/ transporta o céu para o chão".

Felizmente deu certo: um dos mais dignos poemas da nossa lírica popular é uma oferta póstuma a Noel Rosa, uma coroa entrelaçada por Sebastião Fonseca e Sílvio Caldas: "Vila Isabel veste luto,/ pelas esquinas escuto/ violões em funeral,/ choram bordões, choram primas,/ soluçam todas as rimas/ numa saudade imortal". E o comovido: "Adeus, cigarra vadia,/ que mesmo em tua agonia/ cantavas para morrer".

Deixo de citar os escritores ilustres que biscatearam na feira popularesca, como Juraci Camargo ("Favela", "Adeus, Guacira") e Paschoal Carlos Magno ("Pierrô"). Mas, tivesse de escolher um poema de Olegário Mariano, ficaria com o desossado "De papo pro ar": "Não quero outra vida/ pescando no rio de jereré".

Um que transava do erudito para o popular com graça e espontaneidade era Manuel Bandeira. Os versos que escreveu para Jaime Ovalle ("Modinha" e "Azulão") são cantados por pessoas que nada sabem sobre o poeta.

Luís Peixoto, Bororó ("Da cor do pecado") e Herivelto Martins são outros letristas que nos falam no gênero mais dolente da serenata, do choro, do samba-canção. Nessa mesma faixa é admirável a obra de Lupicínio Rodrigues, quase sempre excelente. Pois pouco antes de morrer, declarou ele numa entrevista gravada que seus melhores versos eram aqueles do "felicidade foi embora" e o da "vergonha é a maior herança que meu pai me deixou". Acho que são exatamente os piores. Fico com aquele bordeleiro da mulher que "ilumina mais a sala do que a luz do refletor"; aliás é este um dos mais intensos poemas populares.

Às vezes sambista de telecoteco, mas principalmente príncipe da canção praieira é Dorival Caymmi, que a gente tanto admira como compositor, poeta e cantor. É um caso à parte, um craque à parte. Raras vezes concedeu parceria a alguém, como foi no caso de "É doce morrer no mar", que tem versos de Jorge Amado. A toada "O bem do mar", pouco divulgada, é dos mais belos poemas de Caymmi. "Dora" é outra beleza.

No samba rasgado bandeio-me de ouvido e coração para os poemas antigos feitos pelos rapazes que eram chamados de malandros, moradores do morro e do subúrbio. Sinhô é o poeta pioneiro. É de se abrir exceção para Ari Barroso, capaz em suas letras de ir do ruinzinho ao sublime; "Inquietação" e "Camisa amarela" são sublimes.

O irônico Marques Rebelo se desmanchava de ternura com "Divina dama", de Cartola. Também do divino Cartola, como reza Lúcio Rangel, é o verso magnífico que sacudia Sérgio Porto: "Semente de amor sei que sou de nascença". Citei certo?

Ismael Silva e Nílton Bastos entram para a história poética popular principalmente com "Se você jurar" e "Sofrer é da vida". Houve tardes antigas em que Vinicius de Moraes ficava no café Vermelhinho a repetir enleado: "Tens um olhar que me consome,/ por caridade, meu bem, me diga teu nome". E Lúcio Rangel chegava para fazer a segunda voz.

Lamartine Babo era impecável nas letras de marchinhas e ranchos. Quantas vezes eu o obriguei (não se fazia de rogado) a repetir "Os rouxinóis".

João de Barro e Alberto Ribeiro são outros dois da melhor cepa; o maior espetáculo da música popular se deu em 1950, no jogo entre o Brasil e a Espanha, quando a multidão começou a cantar "Touradas em Madri". Foi de arrepiar.

Tenho um fraco todo especial pelas parcerias melodiosas de J. Cascata e Leonel Azevedo; gosto muito das marchas de Hervê Cordovil, de Nássara ("um lindo pierrô de outras eras, eterno sonhador de mil quimeras"); pelos sambas de Assis Valente, pelas marchas de Haroldo Lobo, pelas letras muito vivas de Haroldo Barbosa; sou fã de Wilson Batista, Ataulfo Alves e Geraldo Pereira (o "Escurinho" é um primor); Pedro Caetano é dos bons; as letras de Ribeiro Cunha, Henrique Gonzales e Miguel Gustavo, para Moreira da Silva, são exemplares, modelos da vivacidade mental do carioca; Zé Kéti e Sérgio Ricardo têm bonitos poemas; Gadé e Heitor dos Prazeres eram grandes; Sadi Cabral escreveu "Mulher", um poema que Custódio Mesquita musicou esplendidamente; Evaldo Rui escreveu para o mesmo compositor o excelente "Saia do meu caminho"; "Agora é cinza", de Alcibíades Barcelos e Marçal, é de primeiro plano, como "Praça Onze", de Herivelto Martins e Grande Otelo; Antônio Maria escreveu um frevo que evoca a nostalgia do Recife até para quem não viveu lá naquele tempo; Almirante não errava; Antônio Carlos de Sousa e Silva e Nélson Souto fizeram "Você voltou"; Humberto Teixeira e Luís Gonzaga acertaram no alvo em "Asa branca"; entre as letras que escreveu Tom Jobim, "Águas de março" é também uma bossa-nova; Vinicius de Moraes, ao passar para a poesia popular, não levou consigo a casca de erudito, e foi assim que escreveu de fato das melhores letras do nosso cancioneiro; Billy Blanco é fora de série quando registra ou cria a linguagem do Rio; Caetano Veloso mexe bem com as palavras; Chico Buarque de Holanda é outro que trança com muita invenção tanto a melodia quanto o poema.

Mas o maior de todos aqui citados, e dos que não tenho tempo de citar, é Noel Rosa. Os melhores versos da nossa lírica popular são encontrados facilmente nas palavras espontâneas do rapaz de Vila Isabel.

Humor e lirismo. Noel não exprimia nada de fora: era o carioca; era o Rio de Janeiro. Tem muito dengo mas não é pernóstico, a não ser em caricaturas.

"Você me pediu cem mil-réis/ pra comprar um soirée/ e um tamborim./ O organdi anda barato pra cachorro/ e um gato lá no morro/ não é tão caro assim". O historiador Sérgio Buarque de Holanda, pai de Chico, era capaz de cantar isso uma noite inteira. Vi, ouvi e historio.

"Até amanhã, se Deus quiser,/ se não chover, eu volto/ pra te ver, oh mulher./ De ti, gosto mais que outra qualquer,/ não vou por gosto,/ o destino é quem quer." O realismo enfim entrava na canção da despedida, mais ou menos igual desde a Idade Média.

"O orvalho vem caindo,/ vai molhar o meu chapéu/ e também vão sumindo/ as estrelas lá do céu." O homem da serenata deixava de ser uma abstração e passava a usar chapéu.

"Modéstia à parte,/ meus senhores, eu sou da Vila!" Como dizem os críticos professorais, era através do regional que o samba passava a buscar o universal.

"Quem é você que não sabe o que diz,/ meu Deus do céu,/ que palpite infeliz." Era o rádio que voltava a permitir o velho desafio musical dos cantadores.

"Voltaste novamente pro subúrbio,/ vai haver muito distúrbio,/ vai fechar o botequim;/ voltaste, o despeito te acompanha/ e te guia na campanha/ que tu fazes contra mim." Como já me disse uma vez Araci de Almeida, Noel sabia rimar *pra cacilda*. Pura verdade.

"Queria ser pandeiro/ pra sentir o dia inteiro/ a tua mão na minha pele a batucar"... As imagens passam a ficar cosidas, casadas.

"A colombina entrou no botequim,/ bebeu, bebeu, saiu assim, assim"... Os símbolos antigos viram de carne e osso.

"De lutas não entendo abacate/ pois o meu grande alfaiate/ não faz roupa pra brigar." Era o humor que se atualizava.

"Dançamos um samba, trocamos um tango por uma palestra.../ Só saímos de lá meia hora depois de descer a orquestra." Era a crônica que se fazia cantada.

"Quando o apito/ da fábrica de tecidos/ vem ferir os meus ouvidos/ eu me lembro de você." O cotidiano incorporava-se ao lirismo.

"A poeira cinzenta/ da dúvida me atormenta." Era o impressionismo.

"O maior castigo que eu te dou/ é não te bater/ pois sei que gostas de apanhar." Freud entrava na roda de samba.

"Às pessoas que eu detesto/ diga sempre que eu não presto." Era o fim do lirismo que consulta as cartas do amante exemplar.

"Nasci no Estácio/ e fui educada na roda de bamba/ e fui diplomada na Escola de Samba,/ sou independente, como se vê." A rua era o samba.

"Batuque é um privilégio/ ninguém aprende samba no colégio." É tudo. Falou e disse Noel Rosa, cem por cento poeta do povo.

Manchete, 02/11/1974

Pois é (samba)

Nossa Senhora da Paz, da praça do meu amor de Ipanema, santa luminosa de meu descaminho, eu tenho, confesso, engrandecido, quase tudo nesta vida.

Tenho a esperança de não ser uma crispação permanente. Tenho quase a certeza de ser, tão só, um espantalho, batido de chuva e de vento, nas areias movediças da Guanabara.

Tenho a consoladora certeza de não ser grande coisa. Nem tão mau quanto imaginam. Nem tão perdoável quanto diz o meu amigo. Sou só ansiedades que me esbraseiam. E às vezes me consomem. Ansiedades de que extraio, como de uma vaca doméstica, meu precário equilíbrio.

Tenho a confiança. Doce e furiosa. Tenho a confiança dramática no homem que se escreve com o agá minúsculo do anonimato.

Nossa Senhora da Paz, da praça do meu amor de Ipanema, tenho tantos defeitos. E tenho convicções ardentes e simples.

Creio na Pátria, Nossa Senhora. Creio no óleo da Pátria. Creio no coração da Pátria. Creio principalmente nas entranhas da Pátria.

Creio no cara do Norte. Creio no cara do Sul. Creio na gente songamonga do Araguaia.

Nada de essencial me falta, Nossa Senhora da Paz. Um cavalo talvez. Uma roça. Mas deixa isso pra lá.

Filhos, tenho dois. Tenho livros. Tenho discos. Tenho o sentimento do mundo. Tenho — tantas! — lembranças. Lembranças vermelhas, azuis, negras e cinzentas. Até lembranças alaranjadas eu tenho.

Tenho uma melancolia paciente. Salvo em certos dias de névoa seca, quando Maria gosta de voltar.

Para o animado martírio do verão carioca, tenho uma excelente geladeira. Tenho vinho tinto dentro de uma arca. Tenho um aparelho de fondue. Tenho fotografias engraçadas. Tive ainda mãe.

Tenho, Senhora, esta máquina de escrever e uma outra. E irmãos. E amigos. E um pai que bebe cerveja comigo. E a mulher.

Tenho até janela para o mar. A poucos metros daqui é o oceano de que os mineiros tanto gostam.

Como se vê, Nossa Senhora da Paz, Nossa Senhora da praça do meu amor de Ipanema, não me lamento. *De profundis clamavit*, mas não me lamento. Não me lamentaria nunca, se não me faltasse um elemento. Um elemento indispensável ao rico e ao pobre, à indústria e ao campo, ao ócio e ao amor, ao sofrimento e à ilusão, Nossa Senhora da Paz, não tenho tempo. Tenho tudo. Mas não tenho tempo.

Vou vendo os ônibus a caminho da cidade. Vou vendo os barcos a caminho do mar. Vou vendo os aviões a jato, tão ativos nas suas rotas. Vou vendo os homens falando e programando. Mas eu não vou. Fico sempre à beira do cais. Fico sempre à beira de mim. Sem poder seguir a viração do meu dever. Sem seguir a tempestade do meu destino. Pois não tenho tempo.

Decerto, grato reconheço, ao ser distribuída a loteca do mundo, muitas coisas foram colocadas em meu percurso. Muitas e variadas. Mas não ganhei tempo. Não ganhei, pelo menos, a qualidade de tempo que se casasse comigo, que me servisse como calça, que estivesse de acordo com meu corpo pequeno. Ou com o meu extraviado pensamento.

O tempo. O tempo me sobra demais ou me falta. Uma branca eternidade de horas atadas. Uma braçada de horas iguais e inúteis. Ou esta pausa indefinida de quem espera o beijo de um anjo. Ou a campainha de um telefone.

Nossa Senhora da Paz, da praça do meu amor de Ipanema, nunca me deram tempo. Acho que nunca terei tempo.

Manchete, 30/06/1973

Letra de choro para Lúcio Rangel

Um choro explica toda a minha vida,
a que vivi e a que senti, ouvida,
relembra meu futuro entrelaçado
no Rio do presente,
mas passado,
jarras ansiosas nas janelas
até que novas flores morem nelas,
bondes unindo o triste ao paraíso
de um beijo, de um abraço, de um sorriso,
tranças que se destrançam por um nada
se um anjo pula corda na calçada,
namorados dançando o ritual
do fogo na moldura do portal,
Copacabana doida a palpitar
de peixes de arrastão, a se excitar
na corola despida que se dá
ao mar, ao céu, ao sol, ao deus-dará,
contraponto de estrelas no Alcazar,

zíngaros no Alvear a flutuar,
borboletas bem-feitas nas esquinas
do mar, onde se queimam as ondinas,
mariposas morenas pelas ruas
(de colo ebúrneo ao ficarem nuas),
corcéis de ilusões acumuladas
nas reuniões do Derby, desgarradas
em longínquo tropel que se faz mito
nos prados invisíveis do infinito,
o calor que chovia em Realengo,
o vaivém do estio no Flamengo,
velas brancas dos barcos da baía,
Cosme Velho ao ver passar Joaquim Maria
com flores e pudor, na vespertina
nostalgia de d. Carolina,
doce frondosa avó de Cascadura
deitando pelo chão sombra madura,
bulevares do Norte com jasmins
modestos nos chalés, ternos jardins
suspensos na lembrança azul da Quinta
Boa Vista na década de trinta,
volutas femininas, capitéis
de luz que se derramam nos vergéis,
além com seus redondos horizontes
as ilhas dos poetas, sem as pontes,
o subúrbio, clave da cidade,
Cavalcante, Encantado, Piedade,
Olaria do mago Pixinguinha,
Engenho Novo, Engenho da Rainha,
Boca do Mato, Cordovil, Caju,
Ramos, Rio Comprido, Grajaú,
percussão dos barracos de Mangueira,

batucada de bamba em Catumbi,
serestas ao luar de Andaraí,
praça Onze, convés do marinheiro,
Versalhes da rainha do Salgueiro,
o pandeiro de Paulo da Portela,
os tamborins descalços da favela,
Vila Isabel com seus oitis franjados,
recreio dos pardais sobre os telhados
imperiais de São Cristóvão, cânticos
emudecidos de barões românticos,
degraus da escadaria alabastrina
dando acesso à Pensão D. Corina,
trepadeiras comuns pelas barrancas
vermelhas da Central, roxas, brancas,
doçura da mangueira suburbana
a dar sombra do céu, virgiliana,
ternura da cozinha das Gamboas
de nossa vida, vatapás, leitoas
gentis, siris sutis, viris peixadas,
angelical langor das feijoadas,
manacás da Tijuca, quaresmeiras
da Gávea, do Joá, caramboleiras
das chácaras dolentes do poente,
cajueiros das praias do nascente,
palacetes florais de Botafogo
olhando a multidão depois do jogo
de futebol, naquele antigamente
que pode ser passado e ser presente,
empada devorada no Automático
por um pierrô noturno e enigmático,
sambistas estivais do Café Nice,
meiguice da Lallet, linda meiguice,

154

o sorveteiro singrando pelo Rio
na popa de comando do navio,
a bailar como as plumas do coqueiro,
ave-do-paraíso, o vassoureiro,
violões enluarados nos pomares,
veludos de formosos lupanares
na Lapa dos simpósios de piano
de Ovalle, Villa, dom chopiniano
das decaídas, lindas decaídas
(musicalíssimas mulheres, vidas
paralelas aos reposteiros graves
das pensões respeitosas e suaves),
céus mestiços de junho, céus vibrantes
de abril, deitando azul sobre os amantes,
e a melodia segue espiralada
pela noite da alma arrebatada
em caracóis de anelos, refrações
do coração, meandros, digressões
do sentimento, viravoltas puras,
labirintos de amor, arquiteturas
de André, Jacó, Luperce e Honorino,
Lacerda, Pernambuco e Severino,
Zequinha, Dilermando e Biliano,
Radamés, Eduardo, Americano,
e enfim, no choro astral do grande Alfredo,
segredo — é claro — aqui tudo é segredo.

Manchete, 17/02/1968

Reformas de base

Em 1906, Euclides da Cunha, tomando posse na Academia, falava que o Brasil sofria a vesânia de reformar pelas cimalhas, isto é, pelo alto e não pela base. Já nos *Sertões*, numa fórmula, dizia que estávamos condenados à civilização: "Ou progredimos ou desapareceremos".

Sílvio Romero, que recebia Euclides, pegou os dois motes e mandou brasa em nossa incompetência republicana e capitalista.

Nosso proletariado rural, doze milhões na época, agregado aos latifundiários, não tinha um palmo de terra. A população dos povoados mourejava — utilizo quase sempre suas palavras — na prática de ofícios reles ou resvalava para uma pobreza abjeta. Romero mostrava a disparidade entre a pequena elite de proprietários e o avultado número de analfabetos.

Nossa força estava nesses doze milhões de tabaréus, e o problema brasileiro consistia exatamente em compreender esse fato tão simples. Faltavam-nos a radicação à terra, audácia, consciência coletiva, operariados rurais, grandes criadores, grandes agricultores, grandes industriais — enfim, uma base econômica estável e autônoma.

A politicagem, "embevecida no desfrutar dos capitais e dos braços estrangeiros, como se estes tivessem sido criados para estar à nossa disposição e nos serem ofertados de mão beijada, nada viu, de nada curou e nem sabia curar...". O estado funcional da população brasileira podia resumir-se numa palavra: "O Brasil não tem povo!". A metade da população morria antes de ser útil, apesar de trabalhar ainda mais do que a elite dirigente. As revoluções falharam ao destino social. Surgiram as tendências oligárquicas, desencadeou-se o espírito de ganância, apareceram as crises do trabalho e da produção. Entre aspas: "O capital estrangeiro, sempre sôfrego a empregar-se, canalizou-se para cá, mas com a segurança de garantias definidas na hipoteca de rendas aduaneiras e, em vários pontos, com agentes seus nas repartições fiscais". A suprema degradação, no entanto, era o país ter dado "sentido histórico e nova função política e social às oligarquias locais".

O resultado era este: o estado social da nação era detestável e a posição econômica embaraçosa. Como os clamores fossem naturais, a elite sonhava com as reformas. Quais? Reformas "aptas a calarem os brados da população e mais aptas ainda a conservá-las na direção dos negócios". Era o esforço negativo de reformar pelas cimalhas.

Infelizmente acontecia também isto: nossa crise de transformação coincidia com o enriquecimento assombroso de outros povos. Acrescentava Romero que o grande comércio bancário, o jogo dos câmbios, o alto comércio importador e exportador, as melhores empresas de mineração, de transportes, de navegação, de obras de toda casta estavam passando para as mãos dos estrangeiros. O próprio café servia para enriquecer com milhões as casas importadoras do Havre, Hamburgo, Londres, Nova York e as filiais exportadoras aqui montadas, além dos grandes torradores estrangeiros, só não chegando a enriquecer quem o produzia. Tendo o Brasil perdido o quase monopólio do açúcar, do ouro, dos brilhantes, abalado no do café, "não admira que venha a ficar abalado também no da borracha". Com o grosso da população paupérrima e desarticulada, era o caso de dizer com Euclides: "Ou nos transformamos pela base ou sucumbiremos".

Depois de arrolar todas as medidas que os governos não tinham tomado (colonização do Rio Branco, sistematização da exploração dos seringais, barragens contra as secas, renascimento da indústria do açúcar, florescimento da cultura do algodão, cuidado para com os cereais, doação de terras aos deserdados, construção de vias férreas etc.), concluía Silvio Romero:

> O Brasil progredirá, é certo; porque ele tem de ser arrastado pela enorme reserva de forças, poder e riqueza que está nas mãos de três ou quatro grandes nações postadas à frente do imperialismo hodierno. Progredirá, quase exclusivamente com os braços, os capitais, os esforços, as ideias, as iniciativas, as audácias, as criações dos estrangeiros, já que não queremos ou não podemos entrar diretamente na faina, ocupando os primeiros lugares como colaboradores. [...] Se não estivermos aparelhados, apercebidos, couraçados por todos os recursos da energia do caráter, iremos todos, os latino-americanos, insensivelmente e fatalmente, para o segundo plano. Assistiremos, como os ilotas, ao banquetear dos poderosos; ficaremos, os da elite de hoje, na mesma posição a que temos mais ou menos geralmente condenado os negros e índios e seus filhos mais próximos que trabalham para nós.

Como vemos, o pensamento de Romero era irrepreensivelmente capitalista, em favor dum capitalismo brasileiro, reformado, energético, concorrente, implantado numa estrutura social produtiva, quando não mais justa, desligado da politicagem e dos agrupamentos oligárquicos.

Os socialistas não verão coisa extraordinária nesse discurso, a não ser a crítica, mas os capitalistas, os democratas, esses poderão aprender com Sílvio Romero, repetindo-lhe as palavras finais: "Reformemo-nos para viver".

Curioso é que o presidente Afonso Pena compareceu à posse de Euclides e ouviu tudo de bico calado. Foi um gesto de desrespeito do acadêmico, segundo os convencionais. Por mim, acho que o discurso do crítico não devia fazer mal a presidente algum, pelo contrário, devia valer como um estudo sintético de nossos erros. Todos os presidentes empossados até agora poderiam ter aprendido com Sílvio Romero.

Mas foi um escândalo. Medeiros de Albuquerque, sentado ao lado do orador, atirava folhas no chão para desviar a atenção do público. Machado de Assis, presidente da Academia, deve ter ido contrariadíssimo para o Cosme Velho naquela noite de 18 de dezembro de 1906. Não podia ter afeição a Romero, e esses rompantes políticos não eram de seu estilo. No final das contas, a sinceridade de Sílvio Romero acabou criando mais uma restrição: os discursos acadêmicos passaram a ser censurados.

Manchete, 05/06/1965

A campeã do feminismo

"Sentia no meu cérebro de criança, em minhas veias, no meu sangue, em minhas moléculas de vida, no menor átomo do meu ser orgânico e espiritual, o borbulhar da inteligência, robusta e sadia; o germe da oratória nasceu impregnado dentro da massa do meu sangue." Assim define a si mesma Eulina Tomé de Sousa, a nossa campeã do feminismo. O livro dela que tenho nas mãos se chama *Em defesa aos direitos da mulher* e foi publicado no ano de 1945 em Guaratinguetá, trazendo na capa a foto da autora: chapéu de cowboy, blusa aberta sob o paletó escuro, chicote nas mãos; a figura é curta e gorducha, mas a expressão é indomável. Como não podia deixar de ser, a nossa pioneira é da Bahia, onde nasceu em 1898. Não posso dizer que Eulina foi um Quixote de saias porque ela usava calças compridas, mas suas aventuras por dezoito estados são tão quixotescas (no caso, o marido dela era o Sancho) que vale a pena resumi-las em duas semanas. Além do mais, o feminismo voltou a ser energético e valente.

A própria Eulina informa que se formou professora, casou-se com um estudante amazonense, do qual teve seis filhos. Mas, diz ela, as mulheres intelectuais não têm sorte no matrimônio: o esposo afogou no álcool e na libertinagem sua fecunda inteligência. Depois de doze anos de lutas, casou-se de novo com um campeão baiano de peso-leve: "Ambos provaram a mim, feminista, que os homens são não mais nem menos aquilo que diz Zola: a besta humana...". Desiludida, o homem passou a ser para ela nada mais do que um modelo para estudos psíquicos.

É no Acre que começam as andanças dessa Quixote atarracada, valendo tudo como meio de transporte, rocinantes, vapores, trens e até calcanhares, quando os passes e animais eram recusados pelas autoridades.

Nos cafundós do Acre, ela ataca os desmandos de um prefeito, o capitão Agnelo. Este dá ordens ao comandante dos Anjos (vulgo Pé de Bola) que largue Eulina e quatro filhas nas matas, mas a revolta dos passageiros do vapor impede que a "ordem macabra" seja cumprida. Assim, em 1920 Eulina se encontra em Manaus, onde milita na *Gazeta da Tarde* e funda uma revista literária intitulada *Almofadinha*. E quem aparece logo em Manaus? O próprio capitão, que a agride com chibata em praça pública. Eulina reage de revólver. A feminista consegue sair do sarilho com o patrocínio de altas autoridades civis e militares e da colônia portuguesa (ela é autora, entre outros, de um *Coração português*). Depois do Amazonas vem o Pará, onde encontra algumas aventuras, mas não muito excitantes, dedicando-se mais aos festivais, à oratória, ao jornalismo, à pregação do sublime ideal feminista. Entre outros aviadores pioneiros, Sacadura Cabral e Gago Coutinho tiveram de conhecer a eloquência da baiana.

No Ceará, uma junta médica não foi suficiente para salvar a saúde da paladina, o que foi feito por um irmão de Juarez

Távora. De pé, "comecei de novo a grande luta, a terrível peleja, pelas letras e pelo ideal". Foi boa a maré no Pará. Assim como o manchego recebeu o elmo de Mambrino, Eulina foi condecorada com o título de segundo-tenente-chefe dos escoteiros do Nordeste. Mas nem tudo é doce nas peregrinações idealísticas: "É preciso notar-se que em todas as capitais do país por onde eu hei passado se levantava uma celeuma, uma verdadeira teia intelectual em torno do meu nome". Em resumo: havia sempre um partido contra e outro a favor. No Ceará foi "um astro das letras que se incumbiu por si próprio a lançar-me no ridículo", em carta ao diretor da imprensa. Sem recursos para ficar em hotéis, ela teve o amparo do presidente do estado, sendo guardada na Guarda Moria. Aí recebeu uma embaixada secreta: o padre Cícero queria conhecê-la. Ela satisfez a vontade do "santo Velhinho". E o périplo continua: depois de passar rapidamente pelo Maranhão e pelo Piauí, Eulina é bem recebida pelo governador do Rio Grande do Norte, notando porém indiferença no "pequeno meio intelectual da terra e nas massas populares". Ingratos! É a única reclamação integral de Eulina, que realizou no principal teatro um brilhante festival artístico e sentiu que "estava falando aos espectadores do grande deserto do Saara". Ela, "acostumada às ovações múltiplas, aos frêmitos de entusiasmo"! Natal foi a única cidade que não compreendeu a sublimidade dos ideais eulínicos em prol do soerguimento moral, social e intelectual da mulher brasileira.

Mas na "deliciosa Paraíba do Norte", a sublimidade é galhardamente recebida pelo governador Solon de Lucena. Eulina está em plena festa intelectual, quando o Rio Grande do Norte volta com a sua incompreensão: um literateco de meia-tigela, sem hombridade de assumir a responsabilidade de seus atos, usa um testa de ferro da patuleia para atacá-la através da imprensa. E daí? "Aquilo não poderia ferir o meu orgulho de mulher das letras, aquilo nada significava, representando somente para mim uma pequena dentada de uma pulga em um elefante." E o nosso elefante intelectual deixa com saudades a deliciosa Paraíba, chegando à bela capital de Pernambuco. Onde estaremos na próxima semana.

Manchete, 05/02/1972

Carta para depois

E tendo abordado um avião, depois de duas horas e meia sobrevoava a cidade de Brasília, e era de tardinha quando fui convidado a desembarcar.

E o amigo que me oferecera hospedaria não apareceu, mas um outro me levou para um lugar muito longe, chamado Torto, e me deu água para lavar a poeira do rosto e uísque para lavar a alma.

E enquanto penteava os cabelos diante de um espelho partido, vi que chegava a um galho aquele passarinho chamado coleira; e Brasília teve graça a meus olhos.

E disse a meu amigo, depois de ter comido: "Melhor a gente ir à cidade para ver se encontro um homem chamado Geraldo". Pois este me prometera um lugar em seu apartamento.

E na frente da camioneta ia Pedro, e rodávamos na escuridão por muito tempo, até que apareceu ao longe da planície uma cidade de vidro e de luz, leve e cheia de espaços.

Chegamos pois a um hotel, onde se postavam centenas de automóveis lá fora, enquanto lá dentro passeavam, conversavam ou jantavam muitos homens e muitas mulheres.

O hotel era de mármore e transparência, e as mulheres, graciosas; e lá fora era a noite de Brasília; e da noite chegou um sapinho, que pulava engraçado sobre o tapete, arrancando o grito das virgens e o riso dos rapazes; e era como se o sapinho viesse perguntando "o que que há".

E os músicos tocavam, os fotógrafos fotografavam, e os políticos ainda não politicavam, e as mulheres resplendiam, e eu não encontrei Geraldo.

Retornamos pois ao Torto, e os automóveis giravam nos trevos, e era como se fosse uma grande feira.

E na cozinha de uma casa puseram uma cama de molas e um travesseiro de espuma de borracha, e nela pus o meu corpo cansado, e quando apaguei a minha luz, o vaga-lume acendeu a sua; e no princípio era bom brincar de ver o vaga-lume, mas depois ficou chato e tive de expulsá-lo do quarto; e ele foi para fora, para a noite de Brasília.

E no dia seguinte era véspera de 21 de abril, e o sol do planalto propunha uma parábola luminosa; saí pela poeira da granja, e os homens construíam aviários, os gaviões gavionavam estridentes, e duas araras bobas estilhaçavam há tempos o cristal da manhã.

E tomei café em uma casa amarela com uma piscina branca e azul; e retornei, transportado de gosto, para onde estavam os companheiros, e fui seguido de um cãozinho magro e humilde, e falei com grande barulho para acordar os que dormiam. "A hora é de vigília; paz no céu e glória nas alturas."

E puseram de novo um copo de uísque em minha mão, mas estava escrito que eu devia voltar logo depois para a cidade, e lá fui de novo a rodar por muito tempo de automóvel, e Brasília surgiu-nos outra vez, muito límpida e casta.

A turba pelas ruas era numerosa; negociantes vendiam laranjas, maçãs, sanduíches, uvas e águas; e aí encontrei Geraldo e outros companheiros; e enquanto esperávamos a hora da feijoada, passamos hora e meia atirando pedras roliças em garrafas vazias, a fim de ver quem tinha a melhor mira; e quem tinha a melhor mira se chamava Sabino.

Folgamos pois com ingenuidade e me levaram para um apartamento nu, a cavaleiro de uma grande avenida; mas vieram camas e sorteamos em pôquer aberto os melhores aposentos.

E muitos aviões voavam, e carros de todo jeito serpenteavam, e caminhões descarregavam móveis e utensílios à porta dos edifícios; e havia muito bom humor e alegria por parte de todos, salvo alguns deputados.

E aconteceu que fomos à Cidade Livre, também chamada Candangolândia; e lá era muito engraçado; e tinha, entre outras, uma loja de pau com o nome de Boutique Ma Griffe; e comprei uma calça cáqui na loja de um sírio careiro à beça; e passou também em desfile o eterno circo Garcia, a exibir uma zebra, um elefante e uma prateada moça de arame com as coxas lindamente nuas.

À meia-noite celebrou-se a Santa Missa, tendo comparecido finalmente quase todos os automóveis, ônibus e caminhões de Brasília; infelizmente não pude vê-la, apenas ouvi-la a uma certa distância; e sentimos uma vaga fome, tendo um homem com chapa de Jabaquara nos cedido dois pastéis de carne, que multiplicamos por sete.

Quando acordamos na manhã seguinte, já éramos Capital; e então tomamos cerveja com pão, não tendo encontrado café, e nos dirigimos apressados à praça dos Três Poderes; e quando chegávamos, o presidente ia saindo *d'un pas léger*, cumprimentando o povo, que o aplaudia; tivemos ainda a satisfação de ver o Patriarca de Lisboa, meio vermelho e ofegante, a subir a rua íngreme.

E com as nossas blusas e calças grossas, entramos, assim mesmo, no palácio do Congresso, de onde saíam, botando ridículas cartolas na cabeça, os homens importantes; e lá estavam as filhas de Israel, e Samuel, e Pedro Calmon, e Josué Montello, todos eles; e era sobretudo grato ver que o policiamento não se fazia sentir, não se empurrava, nem se barrava ninguém, e os candangos subiam e desciam as rampas das duas belas casas dos representantes do povo. (Deus o permita!)

A noite foi veneziana; e foi na China que os venezianos aprenderam a fazer fogos de artifício; e eu imaginava a velha Pequim do tempo de Marco Polo e a nova Brasília, bela e cheia de sentido; e, ao longo dos séculos, pude ver o sofrimento e a esperança dos homens; e coloquei Brasília ao lado da esperança.

Manchete, 14/05/1960

Na minha opinião era melhor

Que o Amazonas não fosse o maior rio do mundo em volume de água; o azul dos céus brasileiros não fosse tão escandalosamente azul; Pelé não fosse o melhor jogador de futebol de todos os tempos; nosso hino dispensasse algumas de suas luxuriantes figuras de gramática e outros tantos pararatimbuns; nossas várzeas tivessem menos flores e os nossos bosques menos amores; menos estrelejadas fossem as noites; as borboletas e os pássaros não ostentassem tão variegadas cores; Minas não fosse um peito de ferro num coração de ouro; não existissem tantas e tão deslumbrantes cascatas (véus de noiva) no recesso de nossas matas; os prados se apresentassem um pouco menos verdejantes; os ipês e as quaresmeiras não tingissem de amarelo e de roxo o esplendor de nosso campo; a mulher carioca (até isto) não fosse a mais bela, a mais elegante e a mais encantadora do universo; a nossa mulata cor da lua vem surgindo cor de prata não fosse tão espetacular; a brisa do Brasil beijasse e balançasse menos o auriverde pendão da esperança; o samba se tornasse um ritmo um pouquinho menos irresistível; idem para a moçada brasileira em relação a todas as mulheres da Terra; os irmãos Wright tivessem sido os pioneiros do mais pesado; Carlos Gomes não chegasse a ser um gênio; o sabiá cantasse menos nas palmeiras; o algodão do Seridó fosse o segundo em qualidade; Rui Barbosa tivesse abafado menos em Haia; o Marechal de Ferro tivesse sido um pouco mais brando; as praias do nosso litoral não fossem incomparáveis; nossos compatriotas não fossem os donos exclusivos daquilo que se chama modestamente *bossa*; o brasileiro não fosse tão inteligente e tão fogo na roupa; os nossos pratos típicos não humilhassem tanto as cozinhas estrangeiras; a Europa não se curvasse tão frequentemente perante o Brasil; a baía de Guanabara não fosse um escândalo de tão bonita; o Rio fosse um tiquinho menos maravilhoso; São Paulo desse de vez em quando uma paradinha; o sertanejo não fosse antes de tudo (mas depois de umas duas ou três coisas) um forte; não fôssemos logo recebendo os ingleses *a bala*; o Aleijadinho não tivesse ficado tão doente; d. Pedro II não tivesse se interessado tanto pelo invento de Graham Bell; a vitória-régia não embasbacasse tanto os forasteiros; os americanos não tivessem tanto pavor da nossa faca e da nossa navalha.

Contanto que:

Tivéssemos água canalizada em abundância; a mortalidade infantil não apresentasse em certas regiões índices negativamente exemplares; a esquistossomose e outras moléstias parasitárias não destruíssem uma bonita percentagem da população; o tracoma, o bócio, a doença de Chagas, a opilação e a lepra não fossem banais; os ladrões públicos não fossem tão numerosos, tão simpáticos e tão ladrões; o brasileiro pudesse comer mais; a carne não fosse tão cara, o leite não fosse tão caro e tão aguado; os remédios e os hospitais dessem para todos; todo brasileiro possuísse pelo menos um par de sapatos; muitos milhões de nossos patrícios não vivessem em condições subumanas; existissem escolas para todas as crianças; nossas câmaras representativas contassem com uma percentagem mínima de trinta e três homens sinceros e capazes em cem; não exportássemos matérias-primas que virão a faltar-nos daqui a pouco; a competição política fosse menos corrosiva; um largo vento de honestidade lavasse as cabeças reacionárias ainda recuperáveis; não fôssemos tão convencionais; o sertanejo não fosse, antes de tudo, um pobre coitado; os nossos técnicos não fossem tão nebulosamente teóricos; as melhores regiões do Centro e do Sul não estivessem em agressiva disparidade com o resto do Brasil; a frivolidade das classes de cima não tivesse maiores consequências; a burocracia fosse um meio e não um sistema.

Manchete, 03/06/1961

Uma revista alegre

Ganhava-se pouco, mas divertia-se muito no *Comício*. Numa dessas viravoltas da política nacional, um deputado entregou a Joel Silveira, Rafael Correia de Oliveira e Rubem Braga o capital para se fundar um semanário. A independência que prometeu ao trio diretor funcionou bastante bem durante algum tempo. O primeiro número saiu a 15 de maio de 1952, indo fazer agora treze anos, santo Deus!

A redação era a sala ampla dum vigésimo andar da rua Álvaro Alvim. Nela trabalhavam e brincavam (sobretudo brincavam) Rubem, Joel, Millôr Fernandes e, a partir de certa data, eu. Colaboradores mais assíduos eram Otto Lara Resende, Fernando Sabino, Carlos Castelo Branco, Edmar Morel, Lúcio Rangel, Tiago de Melo, Newton Prates, Luís Martins. Clarice Lispector, com o pseudônimo de Teresa Quadros, fazia a página feminina. Foi também *Comício* que revelou Antônio Maria e Sérgio Porto como cronistas, Pedro Gomes como repórter, e Rubem Braga como tesoureiro.

Dizíamos: "Aproveita enquanto o Braga é tesoureiro". A tesouraria era a gaveta dele. O sujeito chegava, o Braga abria a gaveta e pagava; o colaborador dizia: "Pera aí, Braga"; o Braga dizia "eh, eh"; depois dava mais uma nota; o sujeito agradecia e pedia um pouco mais; o Braga fechava a gaveta com estrondo e passava-lhe a chave.

No princípio a gaveta andava cheia de dar gosto; depois, o enchê-la ficava dependendo dumas missões externas do tesoureiro; quando a missão era bem-sucedida, o Braga entrava na redação como o caçador que vem para dividir a presa com o acampamento; depois o dinheiro sumiu e o Braga nem caçava mais.

Era uma revista alegre e meio maluca. Diretores e redatores chegavam cedo, cada um muito espantado com a pontualidade dos outros. Isso levava todos a comentários perplexos: "Aqui a esta hora, Millôr?! Que há contigo?", "Olha o Paulo chegando! Eu, hein!", "O Joel não deve andar bem de saúde: às nove horas ele já estava aqui!".

No expediente matinal escrevia-se pouco, mas falava-se muito, sobretudo o Joel, minto, sobretudo o Millôr, empoleirado no alto de seu cavalete. Rubem Braga falava menos, mas resmungava mais.

Almoçava-se pela Cinelândia, dedicava-se algum tempo a afazeres particulares, voltava-se lá pelas quatro, trabalhava-se até às cinco ou cinco e meia. Aí o Rubem olhava para o Joel, o Joel olhava para o Millôr, o Millôr para mim, eu para os colaboradores que já tinham chegado. Ninguém queria ser o primeiro. Havia uns dez minutos de hesitação, bocejos, suspiros, protestos contra o governo. Finalmente o Braga não resistia, levantava-se espreguiçando, e abria a geladeira preta: "Estou cansado: vou tomar um uisquinho". Tínhamos os nossos luxos.

Getúlio Vargas era o presidente. O preço do número avulso era de três cruzeiros, numa época em que a água no Leblon chegava a custar de cinco a dez cruzeiros a lata.

Vivemos vinte e dois números. O número 1 vinha com uma entrevista do general Estillac Leal a dizer que divisão no Exército só havia na boca dos entreguistas. No número 2 protestava-se contra a apreensão do número 1, pois um capitão no aeroporto tentara impedir a remessa dos exemplares de São Paulo. No número 3 Joel Silveira dizia que o integralismo estava fazendo tricô. O número 4 denunciava os boquirrotos da Câmara. No número 5, em seção não assinada, o Braga dizia: "É difícil convencer o Joel Silveira, que fica telefonando como um chato lá da oficina, de que a semana tem sete dias e não podemos 'mandar logo essa matéria' quando ainda estamos na quinta-feira. Não é possível trabalhar desse jeito". O número 6 trazia histórias escabrosas de petróleo e admitia que o parlamentarismo andava de vento em popa. No número 7 Gustavo de Carvalho contava como fez em 1912, contra o Mangueira, o primeiro gol do Flamengo. O número 8 contava que por mil e duzentos cruzeiros mensais milhares de comerciárias passavam o dia atrás do balcão. No número 9 os barnabés continuavam reunidos para pedir aumento. No número 10, a propósito da UDN, Pedro Gomes dizia que a eterna vigilância era ameaçada pela eterna transigência. O número 11 falava que o jovem deputado Jango Goulart queria dar sentido trabalhista ao PTB, ao que constava. No número 12 Ademar de Barros dizia ao repórter: "O Brasil precisa de um gerente, e com ele esta droga (que é o nosso país) vai para a frente ou se afunda de uma vez". O número 13 achava que perder eleições no Brasil, pelo menos no governo de Getúlio, era bom negócio. Otávio Mangabeira, no número 14: "Ou o Brasil reage ou apodrece de vez". No número 15 eu ajeitava uma matéria estrangeira com um pormenor que me tinha saído por completo da cabeça: aos doze anos de idade, Adlai Stevenson matou acidentalmente com um tiro uma prima de quinze anos. No número seguinte, Millôr dizia que o pirata era mais fácil de distinguir do que qualquer atacadista hodierno, por usar chapéu tricórnio, pano preto sobre o olho e gancho de ferro em vez de mão. No número 17 o sr. Aliomar Baleeiro afirmava em entrevista:

> O tubarão não se contenta com os lucros excessivos, as defraudações de impostos, a exploração dos consumidores e dos empregados etc. Ele tem sede de poder político e esperanças de conquistar o poder público como arma para o poder econômico. Como vive de vender e comprar, supõe que se compra tudo no mundo.

A revista ainda suspirou mais cinco números. Mas, enjoado do cemitério, fico por aqui.

Manchete, 15/05/1965

O funcionário público

Sempre impliquei com a denominação de barnabé — dada talvez com uma intenção complacente ao funcionário público. Acho também impertinente quando dizem: "Ela é uma professorinha!". Quem trabalha com palavras sabe que *barnabé* tende a esvaziar a dignidade do funcionário civil, significando apenas pobre coitado; do mesmo modo, o *professorinha* tende a reduzir o problema de uma classe em um suspiro de pena. Ora, não interessa a ninguém e nada resolve sentir compaixão pelo funcionário ou pela professora pública: se essas duas classes padecem hoje no Brasil de aflições específicas, o jeito é encará-las de frente e com dignidade.

Mas que aflições são essas? Em tese, acontece o seguinte: o funcionário público, antes de mais nada, qualquer que seja a sua categoria funcional, qualquer que seja o seu ordenado, é a pessoa que vive acima de suas posses. Ou abaixo de suas necessidades. Ele não é a criatura que tomou um bonde errado, mas a criatura que tomou um bonde cujo itinerário foi alterado. Sem poder apear do veículo, ele vai seguindo em direção ao imprevisível cada vez mais aflito. Por que não reclama do motorneiro ou do condutor? Porque, no caso do funcionalismo público, o motorneiro e o condutor, isto é, as autoridades imediatas sobre os passageiros, estão apenas cumprindo ordens e nada podem fazer. Um funcionário de empresa particular pode a qualquer instante pedir reajustamento de salário; se o funcionário público fosse à mesa do chefe e fizesse o mesmo, a sua sanidade mental seria posta em dúvida. Um funcionário de empresa particular muitas vezes anda tão magro ou tão malvestido que o seu drama pode saltar até aos olhos do patrão. Já o funcionário público, além de não lhe ser permitido andar malvestido, pode ir emagrecendo até sumir, que nenhuma providência poderá ser encaminhada em seu favor.

Tudo isso é miúdo e triste — que se há de fazer? O funcionalismo é uma classe acuada, uma classe que naufragou na travessia e se recolheu em frangalhos a uma ilha deserta. O funcionalismo deixou de ser o grande quadro do poder executivo: passou a ser uma cifra na balança orçamentária. Ontem, o funcionário público era a vítima da inflação; hoje, ele paga para a deflação. Não é mais um ser humano: é um número. Não há planos para resolver seu problema: ele passou a ser considerado o problema. Virou até mesmo bode expiatório, e isso chega a ser engraçado; pois, embora não caiba ao funcionalismo aumentar a produção, a exportação, a renda, enfim, é sobre ele que se tem lançado a culpa de ter o país uma despesa muito grande e uma receita muito curta. Como se pudéssemos culpar a nossa cozinheira pelo fato de não termos os recursos suficientes para pagar-lhe o ordenado.

Essa desagregação do funcionalismo público é coisa que vem se processando lentamente nas últimas décadas. Minha geração ainda se lembra do tempo em que havia uma carreira de funcionário. Hoje o funcionário é exatamente aquilo que uma instituição de beneficência chama de pobreza envergonhada. É a criatura que dorme mal, acorda mal, come mal, diverte-se mal, sem poder educar os filhos como gostaria, sem ter ao menos onde poder passar férias calmas e tranquilas. A continuar assim, o funcionário acaba mesmo virando barnabé — coitado.

Manchete, 09/10/1965

De bico aberto

Quem tem ouvido ouça. Nove, dez, onze horas, meia-noite, pouco importa. É a hora em que os brasileiros vão dormir. Escute o formidável silêncio, entrelaçado de casa a casa, de rosto a rosto. Preste mais atenção: é a hora em que os brasileiros dormem. Mas os brasileiros não estão dormindo. Estão insones e secos, estirados em catres e redes, camas de ferro, leitos de madeira e aço, colchões de espuma de borracha. Não ressonam, estão de olhos abertos, como bichos no escuro do mato. Não dormem, pensam. Pensando na morte? Há muito que os brasileiros não pensam mais na morte. Compondo fantasias sensuais? Há muito que a nação perdeu o erotismo. Lembrando tempos passados? O passado deixou de existir.

A fumaça de cigarros e cachimbos abafa os quartos, onde os brasileiros pensam, de olhos vermelhos, músculos doídos, olhos acesos. Na Amazônia, no Nordeste, nos descampados do Oeste, na região Centro-Sul de nosso dissipado orgulho industrial, os brasileiros estão insones e pensam com uma fatalidade triste e estúpida. Há muito que se esqueceram do tricampeonato que não veio. Há muito que não esperam qualquer vitória particular ou coletiva. Pensam, mas nem chegam a buscar uma solução do pensamento. É um pensamento espesso e pesado como uma pedra; e significa humilhadamente isto: "Onde vou arranjar o dinheiro? Onde vou arranjar o dinheiro?". Hoje, quem não pensa isso, insone e duro, está naturalmente desligado na difusa comunidade brasileira. Não tem nada com o imenso resto da realidade coletiva. Onde vou arranjar o dinheiro?

Ricos, remediados e pobres pensam todas as noites, olhos acesos, quarto enfumaçado: "Onde vou arranjar o dinheiro?". Industriais, industriários, comerciantes, comerciários, fazendeiros, funcionários civis e militares, lavradores, homens do campo, o pensamento insone do Brasil é este: "Onde vou arranjar o dinheiro?".

Um precisa de muitos milhões, e não dorme; o segundo precisa de um milhão e meio, e não dorme; o terceiro precisa de trezentos e vinte mil cruzeiros, e não dorme; o quarto precisa de setenta e cinco mil cruzeiros, e não dorme; o quinto precisa de doze mil cruzeiros, e não dorme; o sexto precisa de dois mil cruzeiros, e não dorme; o sétimo, o sétimo talvez precise de quinhentos cruzeiros, ou menos, e não dorme. Falta sempre dinheiro. Falta dinheiro para pagar a comida, o remédio, os empregados, o colégio, o enterro, o banco, a prestação — e ninguém dorme. Repare na expressão dos brasileiros, quando caminham sozinhos na cidade e no campo: eles estão duros, chateados, alastrados desse intolerável eczema que é a falta de dinheiro. Mesmo de boca fechada — olhe bem —, eles estão todos de bico aberto. Como galinhas perseguidas por um menino, que se diverte com um porrete, em um dia de calor.

Manchete, 10/12/1966

Um conto em vinte e seis anos

Foi em 1945. Realizava-se em São Paulo, em fevereiro, o primeiro congresso brasileiro de escritores. A sério. Tratava-se antes de tudo (como foi feito) de rasgar no dente a mordaça do Estado Novo, com uma declaração de princípios contra a ditadura. Carlos Lacerda e Caio Prado Jr. brilhavam nos debates. Oswald de Andrade, centrando seu veneno contra a burguesia argentária, reassumia um jeito doce de tratar os amigos. Mário de Andrade, que ia ser fulminado de angina pouco depois, pairava em serenidade e misteriosas previsões. Sérgio Buarque de Holanda e Vinicius de Moraes bebiam cerveja e cantavam até o raiar da aurora, ou mais, aquele samba de Noel: "Você me pediu cem mil-réis". Chico ainda não sabia falar.

Nós, os mineiros, que vexame! Nossa delegação, com duas e não sei se três exceções, era uma eufórica e alienada malta de moleques. Queríamos a democracia sem abrir mão da nossa gratuidade, espantosa, e fruto verde dos nossos desajustamentos de origem. Devíamos ser umas crianças intoleráveis, mas os outros nos tratavam com bastante complacência, principalmente o

Mário, que aturava com afeto a nossa incapacidade de conversar a sério, aderindo sempre.

Quanta palhaçada! A começar por mim. Apostei que arrancaria lágrimas duma quase veneranda senhora portuguesa, em um quarto de hora, versando a seu lado sobre o tema: sinos ao entardecer nas aldeias de Portugal (que eu nunca tinha visto nem ouvido). Ela entregou os pontos em cinco minutos; foi tão fácil que não quis receber a aposta.

O pior foi quando um companheiro nosso, num acesso de lirismo e loucura escocesa, agarrou nos braços, como um menino, o grande e pequeno Monteiro Lobato, e saiu com ele em disparada pela avenida São João. Lobato, possesso, bradava: "Pusilânime!", e o nosso amigo tentava explicar-lhe que estava apenas realizando uma (complicada) aspiração de infância: carregar no colo o mágico do seu mundo infantil.

Osvaldo Alves chegou atrasado e preferiu ficar conosco no City Hotel, onde não havia lugar para ele. Tinha cama sobrando, e de manhã, ao entrar o café, o romancista se escondia dentro do armário. Mas uma noite ele chegou de antenas pifadas, indo direto para o armário, onde dormiu muitas horas e ressuscitou entrevado.

Houve depois uma fabulosa boca-livre na casa do pintor Lasar Segall. Murilo Rubião já era um contista do extraordinário, de elaboração ralentada, castigada, não porque o torturasse tanto a forma, mas porque sempre pretendeu captar as verdadeiras ressonâncias humanas de uma história. O Murilo estava sorumbático durante a festa, desligado como os seus personagens, e bebia muito devagar. Era o meu companheiro de quarto. Retornamos ao hotel desafinados, eu insatisfeito porque a noite estertorava em minhas mãos vazias, e ele... sorumbático. Primeiro, expulsei o gato do quarto. Morava no hotel um gato anão, anão e neurótico, que passava o tempo todo espreitando, agarrando e comendo um passarinho invisível.

Rubião vestiu, muito distinto, o robe por cima do pijama e perguntou se a luz me incomodava. Respondi que sim, mas não tinha importância, eu estava apagado. Ele muniu-se de caneta e bloco e começou a lavorar. O homem aí (calculei) tem um conto enrolado dentro dele. *In the heart or in the head?* Shakespeare também não soube responder a este enigma.

Lá pelas tantas, acordei com o gato doido pegando passarinho em minha barriga. Era coisa do Sabino, é claro. Rubião continuava lá, aureolado pela claridade do abajur, castigando, pigarreando, amassando papel, alisando sua calva mais bonita que a de Flaubert. Dormi logo, depois de ter depositado o anão no quarto do Otto, e acordei quando os paulistanos já tinham tomado um milhão de providências. Rubião ia de embalo, pálido e sereno, como quem fez a sua obrigação. Sobre a mesa pousava apenas uma folha de papel azulado; o resto do bloco estava rabiscado e atulhado dentro da cesta. No alto do papel vinha escrito: "O convidado". Abaixo: "Conto de Murilo Rubião". Dez linhas riscadas, ilegíveis. Depois, assim (fim do conto: o convidado não existe). Só Rubião chegara a essa desagradável conclusão depois de toda uma festa perdida e horas de luta.

Mais tarde, no Franciscano, disse-me que não achara o fio do conto (nem esperava por isso, tão depressa), mas o essencial estava no papo: o convidado não existe.

Bota aí um Amazonas de águas passando por baixo da ponte, meus encontros espaçados com o Rubião (e o convidado, sai ou não sai? — Acho que sai, acho que sai) e viagens e óbitos e guerras e o Vinicius noivando de novo e o Chico virando homem, uma inundação de acontecimentos. O convidado sai, Rubiônis? Acho que sai, acho que sai.

Quando os americanos desceram na Lua pela segunda vez, não aguentei mais: fui ali na agência nova do Leblon e passei um telegrama: "Murilo velho o convidado existe o que não existe é a festa abraços Paulo". Como não respondeu (nem por telegrama, nem por carta, nem por telefone, nem, mineiramente, por mensageiro amigo), retornei ao brejo da dúvida: o convidado existe? Pois anteontem um amigo comum telefonou para dizer que me trazia de Minas uma sensacional surpresa. Eram treze laudas e meia datilografadas em espaço triplo: "O convidado" — conto de Murilo Rubião.

Vinte e seis anos depois! Li como quem bebe um chope depois de percorrer a avenida Brasil, querendo chegar ao fim para pedir outro chope ou ler de novo. E vi, com alívio, mas também com o amargor que transmitem os admiráveis contos rubiônicos, que o convidado, de fato, não existe.

Manchete, 08/05/1971

Brasília

Estava em missão jornalística, perto da fronteira da Colômbia, cercado de árvores, indiozinhos, salesianos e piranhas do rio Uaupés. Enquanto improvisavam um jantar, o presidente Juscelino conversava sobre Brasília. Espantou-me que, para justificar a nova capital, usasse um argumento que ainda não vira em seus pronunciamentos, e que me parecia escalonar a iniciativa em termos de previsão histórica.

O conteúdo de sua opinião era o seguinte: de um modo ou de outro, os problemas decorrentes do estouro demográfico forçariam o fortalecimento de um organismo controlador internacional; esse organismo chama-se ONU, mas amanhã poderá ter outro nome ou uma autonomia de ação mais profunda; o Norte e o Oeste do Brasil, com áreas despovoadas, permanecem como reservas potenciais de deslocamentos migratórios que aliviem os desequilíbrios; ninguém pode negar que esses deslocamentos venham a ser impostos no futuro por uma organização de nações; ora, já que não podíamos povoar o Norte e o Oeste de um dia para outro, pelo menos implantássemos no âmago do Brasil a capital, conquistando assim uma razão de fato contra qualquer decisão arbitrária que alegasse o vazio dessas áreas imensas.

Hoje, vamos sentindo mais explicitamente a cobiça natural de outras gentes por esses espaços de valor social ilimitado. Aqui e ali ouvimos reais protestos contra o abandono dessas regiões, protestos que soam como convites de posse, como se a Amazônia e o Oeste fossem terras de ninguém.

Enquanto eles chiam, Brasília cresce, os caminhos se abrem, novos núcleos populacionais são fixados, articulando um sistema de autodeterminação, materializando nosso direito sobre aqueles territórios.

Temos todos a obrigação de verificar — independentemente de convicções ou velhos preconceitos — que o Brasil ergue Brasília em cima da hora, como um padrão de posse.

Imaginemos a pior hipótese: se a construção de Brasília houvesse sido embargada pelo meio, e os brasileiros tivessem deixado no Planalto as ruínas de seu futuro, um monumento de pedra à incapacidade de conquistar e disciplinar a vasta área que lhe resta. Que argumentos deliciosos teríamos ofertado de bandeja aos que insistem em namorar a região como um celeiro internacionalizável.

Pelo contrário, Brasília foi o maior ponto a favor que conseguimos na competição das nações modernas. Mostrou determinação. Visão social e histórica. Capacidade técnica. Mostrou a qualidade mais admirável do ser humano, que é a de encontrar soluções rápidas e imaginosas para as situações aparentemente sem saída.

Até o *timing* da construção de Brasília pode ser considerado, à parte, como uma obra, agora invisível, de virtuosismo. Sem essa ligeireza fora do normal, dissensões internas provavelmente teriam truncado o prosseguimento da iniciativa. Mas o mundo pôde contemplar uma cidade surgindo no deserto em ritmo de truque cinematográfico.

Isso foi possível pela conjugação ocasional de três homens: um presidente obstinado; Lúcio Costa, todo discernimento, possuidor das lentas observações que lhe permitiram traçar o plano-piloto como quem brinca de urbanista sobre uma folha de papel; Oscar Niemeyer, cabeça de arquiteto e mão de artista, preparado para criar a qualquer momento o certo e o belo.

Brasília comove. A mim comove. Sei que uma praça e uma casa são belas quando me comovem. Mas não conheci pelo mundo qualquer outra cidade que me comovesse em sua integridade, só pela compreensão estética de suas linhas, independentemente de sua história ou de minhas motivações subjetivas.

Essa comoção me bastaria, se eu também não visse ali, envolvendo as massas arquitetônicas e os vazios esculturais, uma ordem mais concêntrica, uma ideia que se multiplica e oferece espaços vitais mais afáveis, uma sugestão para relações mais justas e leais entre os habitantes da cidade, uma concentração mais harmoniosa de possibilidades humanas.

Goethe dizia que os animais estão sempre tentando o impossível e conseguindo-o, e que era esta a missão dos homens.

Brasília é um convite para que os brasileiros tentem o impossível: uma ordem limpa; a solidariedade social dentro da multiplicidade dos interesses humanos.

Manchete, 24/06/1972

Trailer para a Bahia[*]

Aprendi aqui, leitor, que:
o brasileiro come por hábito necessário, e não por amor; no Rio come-se muito mal, mas na casa de Raimundo Nogueira, cozinheiro amado e amador, comia-se o melhor casquinho de muçuã, o melhor pato no tucupi e a feijoada harmoniosa (isso eu já sabia); a cozinha baiana não é a mais brasileira, cabendo a primazia de nativismo à culinária da Amazônia; o segredo do arroz de cuxá está no uso da vinagreira; na Bahia não é fácil comer-se a boa comida típica em restaurantes; nos candomblés em dias de festa, entretanto, pode-se comer comida africana amorosamente preparada para os orixás; é nas casas de família da Bahia, em dia de prato predileto, que se come magnificamente; o autor deste livro participou na casa dum amigo baiano dum almoço no qual se serviram mais de dez pratos caprichados: moqueca de siri-mole, moqueca de peixe, sarapatel, caruru, vatapá, efó, paçoca, acarajé, abará, xinxim de galinha, cocadas, quindins,

[*] Prefácio ao livro *A cozinha baiana*, de Darwin Brandão.

ambrosia, papo de anjo; o poeta Pablo Neruda beijou de pura admiração a artista Maria de São Pedro, a saudosa cozinheira que eu também não beijei de pura timidez; o azeite de dendê é riquíssimo em provitamina A; a procedência original da pimenta-malagueta provoca viva, mas não ardida, discussão entre os eruditos especializados; a pimenta tem hoje igualmente lugar garantido como fonte vitamínica, transformando-se em tábua de salvação contra as avitaminoses A e C; Xangô não pôde comer feijão-branco porque estava preparando um prato desse quando seus inimigos tentaram roubar-lhe o trono; o caruru é iguaria para render homenagem à dupla Cosme e Damião; os índios eram uns "cobras" para atirar punhados de farinha de mandioca para o alto e apanhar tudo na boca sem perder um só farelo (diz um cronista antigo); o prof. Silva Melo aconselha o brasileiro a adicionar farinha de mandioca à farinha de trigo para obter pão de melhor valor alimentício; é melhor beber uísque de Nova Iguaçu pessimamente falsificado do que o mais legítimo cauim dos índios (se o leitor não for índio); o Portugal pré-cabralino comia mal (nisso vai um elogio, pois as navegações portuguesas enriqueceram a comida lusitana enquanto os ingleses ficaram sempre a comer carnes insossas); às freiras devemos terem chegado a nós as receitas de muitos doces e licores; no Brasil, a comida do branco melhorou quando o negro começou a ter acesso à cozinha; isso sobretudo se deu na Bahia, daí o encanto da culinária baiana.

Aprendi isso e muito mais neste excelente livro de Darwin Brandão, antes de chegar propriamente às receitas: sessenta e dois pratos de comidas de sal; sessenta de doces; dez de refrigerantes, licores e aperitivos.

Já estivemos juntos na Bahia, o autor e eu, umas duas vezes: dou a minha palavra de honra que a comida baiana é verdade e, apesar de não ser a mais nativa, concordo, é também a mais verdadeira verdade brasileira, isto é, uma verdade complicadíssima, repassada de gostos, condimentada, misteriosa, misturada, mística, sensual, encantada... Pois a gente prova essa confusão e diz com segurança: "Isto é Brasil". Sorrindo para o primeiro amigo que também compreende o incompreensível.

Bom apetite, leitor.

Manchete, 05/12/1964

Cartões-postais

Bocaiuva, MG — O melhor do eclipse foi quando a Lua tapou totalmente o Sol: os passarinhos surgiram de todos os cantos e foram pousando nos galhos, a piar de estupefação. Abraços.

Pilar, PB — Depois de inaugurar o busto de Zé Lins do Rego, com a presença do bustificado, fomos almoçar na suntuosa casa de engenho de Ribeiro Coutinho. Aí, Millôr disse para as moças que eu era o Vão Gogo; não houve jeito de convencê-las de que eu não era ele: achavam sempre que era mais uma piada minha, isto é, do Millôr.

Tambaú, PB — Em sua casa modesta, diante do mar, o governador José Américo nos recebeu para almoço. E o litro de uísque acabou! Rubem Braga (com o jeito que Deus não lhe deu) perguntou ao governador se a gente podia fazer uma vaca para mandar buscar outra garrafa. O anfitrião achou ótima ideia e fez questão fechada de participar do rateio.

Juiz de Fora, MG — Recebidos com gentilezas acima de nossas expectativas, o reitor nos mostrou toda a nova universidade: Otto, Hélio, Fernando e eu. A certa altura uma linda professora falou assim: "Belo Horizonte cresceu muito, mas nunca perdeu o provincianismo". Concordamos os três belorizontosos; Otto, que é de São João del-Rei, guardou sua opinião durante quarenta e cinco minutos. Esta: "Juiz de Fora cresceu alguma coisa, mas ainda não aprendeu a fazer um bife".

Bom Despacho, MG — O João Gontijo, deputado estadual pela coligação PSD-PTB, me falou no terceiro dia que eu estava sendo chamado, pela sociedade local, de *homem de duas caras!* Por quê? Com uma candura pouco mineira, eu andava comendo pastéis no botequim da UDN (mais quentinhos) e tomando cerveja (mais geladinha) no boteco oposto, do PSD-PTB.

Irkutsk, Sibéria — Fomos, os três brasileiros, para uma praça depenada e gélida (primavera!). Logo nos rodeou um bando de crianças de escola. Quando o Burza (que fala russo) disse que a gente era do Brasil, apontando no atlas o nosso amarelo, a meninada ficou angelizada de euforia (o país do sol, Brasil!), passando a pedir-nos autógrafos. Iam mostrar aquilo em casa! Viramos heróis do mundo ocidental por esta forte razão: éramos do Brasil! Ora, Irkutsk é a cidade com a temperatura média mais baixa de toda a Terra.

Estocolmo, Suécia — Fiquei amigo do velhinho que toma conta da loja de souvenirs do Hotel Aston. No acaso de uma conversa, referi-me à honestidade do povo sueco. Ele contorceu a cara amistosamente: "Honestos! É isto! Nós, os suecos, tivemos o cuidado de fazer o mundo todo acreditar primeiramente que éramos honestos. Depois disso, passar a perna nos outros ficou muito, muito fácil". Confirma a teoria do João Saldanha: "Brasileiro pensa que é malandro — malandro é o sueco".

Ouro Preto, MG — Encomendamos o almoço na véspera: tutu, lombo, couve. O Wilson, dono do Pilão, me disse que era praticamente impossível conseguir verduras em Ouro Preto, principalmente couve. Fiz-lhe ver, com bons modos, que, ali naquela mesma praça, já fora exibida ao escarnecimento público a cabeça de Tiradentes. No dia seguinte, uma couve deliciosa compareceu em nossa mesa. Atrás do balcão, o Wilson sorria, alisando os cabelos.

Salvador, BA — A Petrobras convidou a comitiva carioca para uma visita à refinaria de Mataripe. Pegamos na lancha um mar de macumba, muita gente enjoando: Jorge Amado e Dorival Caymmi foram de carro; divertiram-se com os relatos, já agora engraçados, de Stanislaw Ponte Preta e Lúcio Rangel. No dia seguinte, o INEP montou para a turma um mandarinesco almoço, com todas as alucinantes iguarias da panela baiana: Amado e Caymmi foram à cozinha e encomendaram, especialmente, filé assado na grelha.

Jornal do Brasil, 02/08/1987

As horas antigas

— Menino, vai perguntar à tua mãe se quer comprar dobradinha.

Em latas de banha de cinco quilos, a estranha coisa (não sabia o que era e se me afigurava vagamente obsceno) era coberta com folhas de bananeira.

— Hoje não — respondia da varanda, sem erguer os olhos do romance da Coleção Terramarear.

— Vai perguntar — insistia a mais velha das mulheres —, diz que está fresquinha mesmo.

Eu ia lá dentro e voltava:

— Não quer.

A vendedora olhava-me com o rabo dos olhos, já fazendo esquerda, volver, desconfiada, ressentida, e ia bater no vizinho. Bater é modo de falar. Se não tivesse ninguém na varanda ou na janela (quase sempre tinha), ela gritava "ô de casa". As latas eram por demais pesadas, os compradores por demais improváveis (nunca vi ninguém comprar dobradinha), não pagava a pena depositar a carga no chão para bater palmas.

Mas as palmas dos outros vendedores soavam até a hora do almoço nas compridas manhãs daquele tempo. Poucas casas, em geral só as de médicos e dentistas, davam-se ao luxo da campainha. Era o lenheiro com a sua tropa de burricos, o vendedor de gravetos, o leiteiro, o geleiro com as suas barras fumegantes, o verdureiro com os seus cestos verdíssimos, o bananeiro, o laranjeiro, prontos todos a fazer substanciais abatimentos a quem comprasse o cento, era o vendedor de jabuticabas, era o caixeiro do armazém descendo com estrépito duma camioneta, era o moço do açougue, era o carteiro, era o menino da loja que trazia o par de sapatos velhos, porque o novo ia sempre nos pés depois do ato da compra.

A manhã crescia. Vinham os escolares e um eventual trote do Esquadrão de Cavalaria. Nas proximidades do meio-dia, os funcionários públicos almoçados subiam de bonde ou a pé os caminhos da praça da Liberdade. À tarde, as senhoras andavam às compras no centro. Ao cair da tardinha, o céu fazia luzes e lumes, tons e entretons, fogos e fogaréus, e os passarinhos inauguravam nas copas dos fícus ruidosos ninhos coletivos, enquanto os funcionários desciam em bandos, como feios pássaros de asas depenadas.

Quem era de ir para casa ia para casa; quem era de beber ia beber. Ah, como era repousante o chope ou a cachacinha depois da vagarosa fadiga burocrática! Como os passarinhos do crepúsculo cantavam dentro dos peitos montanheses! Como ficava doce e enigmático o ar, entre a cálida lembrança do sol deixada nas pedras e as aragens da boca da noite! Como era bom ser mineiro e melancólico às seis horas da tarde!

Depois de um momento coagulado entre o dia e a noite, os postes se iluminavam. Sentíamos então no perfume das magnólias e no retinir de louças e alumínios que tinha anoitecido. Noite do alto, sem a mitologia do mar, noite alta, demorada, enxameada de estrelas, noite às vezes de ventos desatados, de trovoadas e relâmpagos espetaculares, de retorcidas serpentinas elétricas. As famílias se recolhiam cedo, os próprios boêmios iam dormir antes de clarear a madrugada. Só os literatos e as meretrizes esperavam a denúncia dos galos. Na calada, os cascos de um cavalo sobre o asfalto. O silêncio. Os cães a vociferar nos quintais e nas várzeas. O silêncio. Os cães. O silêncio. Até que os sinos viessem proclamar que a noite terminara.

Manchete, 21/11/1959

Nomes de lugares:
história do Brasil

Porto da Lontra, Bandeira, Pau dos Ferros, Murici, Afogados da Ingazeira, Angival do Piauí. Cordisburgo, Viradouro, Borborema, Derramado, Orizona, Miradouro, Lins, São José do Calçado. Aquidabã, Harmonia, Unistaldo, Venturosa, Arapongas, Ventania, Betim, Monsenhor Tabosa. Peixe Gordo, Herval, Cedral, Pio IX, Orós, Orinhos, São José do Goisabal, Oliveira dos Brejinhos. Tirica, Quipapá, Xaxim, Xanxerê, Juti, Itapipoca, Uauá, Bossoroca, Cariri. Pratinha, Porto da Farra, Buriti, Buritizeiro, Descalvado, Balsa, Barra, Monte Carmelo, Pinheiro. Bexiga, Matacacheta, Quintana, Jucururu, Lídice, Malacacheta, Descanso, Jucurutu. Santa Cruz, Santa Isabel, Santa Inês, Santa Maria, São José, São Gabriel, Santo Antônio d'Alegria. Três Marias, Caridade, Três Vendas, Três Corações, Dois Vizinhos, Piedade, Brejo das Almas, Perdões. Duas Antas, Descoberto, Galileia, Ladainha, Arroio do Sal, Deserto, Não-Me-Toque, Invernadinha. Cruz de Malta, Pindorama, Brodósqui, Brusque, Buíque, Nova Europa, Casmorama, Massaroca, Xique-Xique. Luzerna, Exu, Campanário, Dores do Turvo, Anajás, Cocal da Telha, Ladário, Montes Claros de Goiás. Tutoia, Touros, Mutum, Amargosa, Chapéu d'Uvas, Porto Tigre, Catanduvas, Divino, Witmarsum. Tiradentes, Campo Belo, Itororó, Capinzal, Rajada, Monte Castelo, Cacha Pregos, Tremedal. Óbidos, Nova Friburgo, Nova Granada, Londrina, Nova York, Novo Hamburgo, Califórnia, Palestina. Rio Azul, Rio Negrinho, Rio Pomba, Igaratinga, Paraúna, Aterradinho, Rio Tinto, Caratinga. Corrente de Ouro, Encantado, Flórida, Manhã, Planura, Arcos, Alegre, Eldorado, Grão Mogol, Flores, Fartura. Taió, Arroio dos Ratos, Ponte Serrada, Sombrio, Garças, Aragarças, Patos, Andorinha, Cabo Frio. Caravelas, Água Branca, Estaca Zero, Fundão, Caracol, Passagem Franca, Cacimbinhas, Gavião. Canhotinho, Passo Fundo, Turvo, Quixeramobim, Passa Tempo, Acaba Mundo, Relógio, Votorantim. Josezinho, Juramento, Veadeiro, Santaluz, Corozinho, Nova Trento, Querência, Primeira Cruz. Pilar, Pindamonhangaba, Pampão, Santa Fé do Sul, Glorinha, Curuçambaba, Chopinzinho, Serro Azul. Pedras de Fogo, Água Boa, Conceição do Canindé, Jati, Capão da Canoa, Porciúncula, Avaré. Nhuporã, Nhamunda, Leda, Trombudo Central, Altos, Pilões, Água Funda, São Mateus do Mar, Natal. Angelim, Alagoinha, Sertãozinho, Brumadinho, Congonhas, Barroquinha, Pardinho, Doutor Pedrinho. Jardinésia, Cristalina, Garibaldi, Mara Rosa, Medianeira, Agrestina, Madre de Deus, Espinosa. Moreno, Porto Calvá, Almoço, Torixexéu, Milagres, Alto Longá, Palmas, Morro do Chapéu. Quebrangulo, Piabanha, Formiga, Furnas, Nerópolis, Barralândia, Mar de Espanha, Papagaios, Prudentópolis. Candeias, Manga, Dourado, Grosso, Monjolo, Aroeiras, Perdizes, Pombas, Brumado, Estrela, Brejo das Freiras. Monte Sião, Esperança, Duna, Tupã, Algodões, Barro Duro, Barra Mansa, Barra dos Bugres, Brejões. Mogi das Cruzes, Saudades, Baía da Traição, Cruz das Almas, Soledades, Luz, Farol da Solidão. São Paulo, Campos, Mineiros, Brejo Grande, Barracão, Barra dos Mendes, Barreiros, Mendes, Campos do Jordão.

Manchete, 28/07/1973

Das anotações históricas do crioulo doido

Quando J. J. S. X. foi enforcado recebeu ou devia ter recebido telegramas de pêsames de J. G., J. Q., J. K. e outros jotas cassados.

* * *

O conde d'Eu disse que dava mas não deu; pois a princesa Isabel não disse que dava mas deu. É por isso que o nosso querido Brasil é repleto de crioulinhos sorridentezinhos.

* * *

D. Pedro II era vidrado numa jabuticaba. Sobretudo quando não tinha nada que fazer em Petrópolis. Foi por isso que ele mandou construir uma estrada para Minas.

* * *

"Moças bem gentis", hein, Pero Vaz! "Com cabelos muito pretos e compridos", hein, *seu* Caminha! E "suas vergonhas tão altas, tão cerradinhas", hein, *seu* escrivão maroto! Quer saber duma coisa? Tu foste o inaugurão da paquera no Brasil!

* * *

O Rio de Janeiro foi fundado por Mem de Sá. Tá certo. Mas onde? Na praia Vermelha? Du-vi-de-ó-dó! Fora de mão demais!

* * *

D. Calmaria de Portugal acabou muito zureta. Dementezinha mesmo. Tanto que desviou a frota de Cabral pra cá. Mas tem uma coisa: se Sacadura Cabral já pudesse atravessar o Atlântico de aeroplano em 1500, é claro que, em vez de Gago Coutinho, quem teria vindo com ele era Pedro Álvares Cabral.

* * *

D. Pedro I foi o inventor do FICO e do FIC, pois nenhum ignorante ignora que ele vivia enturmado até tarde lá pelas bandas de São Cristóvão fazendo suas serenatinhas.

* * *

O voto secreto foi ficando tão secreto, tão secreto, que a gente nem ouve nada.

* * *

Branco com índio deu mameluco. Branco com preto deu mulato. Índio com preto deu cafuzo. Mameluco com mulato deu mamelato. Mameluco com cafuzo deu mamefuzo. Mulato com cafuzo deu mulafuzo. Também, com esse coreto bagunçado, ainda iam querer que a gente tivesse preconceito de cor?

* * *

Estado Novo é quando o Parlamento é dissolvido. Estado Velho é quando o Parlamento vai ser dissolvido. Estado Civil é quando não é Estado Militar. Estado Interessante é quando vai nascer mais um cidadão para aguardar os acontecimentos.

* * *

Só depois que os tamoios tascaram o Estácio de Sá, ali mesmo na praia do Flamengo (antes do Aterro), é que deram pela coisa, gritando, muito satisfeitos com a coincidência: "São Sebastião do Rio de Janeiro!".

* * *

Tinha ouro às pampas em Ouro Preto, mas Tiradentes fazia obturações com chumbo. Acho, não tenho certeza.

* * *

Quem inventou o Piauí? Não fui eu, nem o Caymmi; nem ninguém.

* * *

Epitácio Pessoa acabou com o morro do Castelo pra fazer o Festival da Independência.

* * *

Anchieta, com aquela mania de fazer literatura na areia, não encontrou editor.

* * *

Os holandeses chegaram ao Recife com mil e duzentas bocas de fogo (puxa!) e sete mil homens. Mulher mesmo, nem de amostra!

* * *

O visconde de Pirajá não nasceu na rua que lhe deu o nome.

* * *

O general Mitre, não satisfeito de tomar Curuzu, quis tomar Curupaiti. Aí passou mal.

* * *

Fernão Dias caçava esmeralda mas só matou o filho dele e ainda foi morrer com o genro. Pontaria ruim assim no inferno!

* * *

Tiradentes, quando subiu lá no alto do patíbulo, viu tudo.

* * *

Olavo Bilac tinha a mania de soltar passarinho, abrir janela pálido de espanto e inventar serviço pra militar.

* * *

Aqui pra você, Villegagnon!

* * *

Como a ilha de Fernando de Noronha era longe pra caramba no tempo da Regência, o Ato Adicional de 1834 confinou José Bonifácio na ilha de Paquetá, jardim de afetos, pombal de amores. Que folgado!

Manchete, 30/10/1971

MURAIS DE VINICIUS
E OUTROS PERFIS

MURAIS DE VINICIUS

Converso com Vinicius

VINICIUS: — *Oh quem me dera não sonhar mais nunca*
Nada ter de tristezas nem saudades
Ser apenas Moraes, sem ser Vinicius.

PAULO: — O poeta nasceu no menino. O compositor nasceu no adolescente. Já conta um montão de anos aquele foxtrote enjoadinho, "Loura ou morena". Quando o conheci, ele só fazia música para os íntimos, e uma das peças de sucesso era a "Balada de Pedro Nava". Uma vez, o dr. Nava, já distanciado de antárticas espumas, juntou-se com outro ilustre médico, e os dois convocaram o Vinicius para uma conversa séria... O poeta andava então um pouco meio boêmio demais... A conversa durou quatro horas num bar da Atlântica. Quando finalmente surgiu no bar a nova noiva do poeta, os doutores chegaram a um veredicto. Murmurou o primeiro: "Que estamos fazendo aqui?". Disse o segundo: "Pois é... O Vinicius está com toda a razão". Aliás, Dostoiévski falou assim: "Se Deus não existe, tudo é permitido". E Otto Lara Resende completou: "Se o Vinicius existe, tudo é permitido". Mas quem é Vinicius?

VINICIUS: — *Homem sou belo*
Macho sou forte
Poeta sou altíssimo.

PAULO: — A bossa nova surgiu dum encontro de Tom e Vinicius em 1956. Quem apresentou um ao outro foi o mais ortodoxo defensor da velha-guarda: Lúcio Rangel. As letras das canções musicais de Vinicius são duma simplicidade trovadoresca, e não só nos poemas ele exprimiu o complicadinho da criatura. Uma das suas peças mais líricas — confessou o próprio — inspirou-se nas curvaturas barrocas da "Rosa" de Pixinguinha.

VINICIUS: — *Não, tu não és um sonho, és a existência*
Tens calma, tens fadiga, tens pudor
No calmo peito teu...

PAULO: — Existirá na língua portuguesa outra fascinação tão global pela mulher? Uma noite, em Los Angeles, ele conversava com Carmen Miranda numa festa muito à Hollywood, quando uma cortina se entreabriu e fez brotar aquela garota. Ninguém reparou muito, mas ao poeta pareceu tão linda, tão linda, que era como se tudo o mais fosse sumir diante dele. E sumiu. Ela olhou em torno com o ar soberano e, ao bater o olho em Carmen, tirou um decidido zigue-zague até esta, vindo postar-se no esplendor de todo o seu pé-direito diante do poetinha. "*Hey, Carmen*", disse a moça. "*Hey, honey*". E a linda de morrer: "*Gee, Carmen, I think you're wonderful, you're tops, you know, you're terrific*".

Aí a recém-chegada deu com o Vinicinho lá embaixo e perguntou: "*Who are you?*".

Nosso homem declinou sua condição de servidor da pátria no estrangeiro. Sem aviso prévio, ela debruçou-se, a ponto de o poeta ver o algodãozinho que havia junto do umbigo dela, chegou o rosto a um centímetro do rosto do vate, cuspiu nele todo enquanto falava. Uma pergunta partiu da monumental esfinge: "*Do you think I'm beautiful?*". Vinicius fez-lhe os elogios mais desvairados e merecidos. E ela: "*You're right. I'm very beautiful. But morally I stink!*". [Você tem razão. Sou muito bonita. Mas moralmente cheiro mal.]

Quando a deusa se afastou, Carmen informou ao boquiaberto bardo quem era: "Uma atriz nova. O nome dela é... Ava Gardner".

VINICIUS: — *Teus braços longos, coruscantes*
teus cabelos de oleosa cor
tuas mãos musicalíssimas
teus pés que levam a dança prisioneira...

Vinicius de Moraes, 1988

Cena no ano 2000

AVÓ: — Me deu um treco hoje. Tou com uma saudade tarada pelo Vinicius. Foi só você falar que tinha prova de literatura amanhã.

NETA: — É isso aí. Tou ferrada. Não sei bulufas de Vinicius.

AVÓ: — Fica boazinha, que te dou o serviço. Vinicius foi fogo.

NETA: — Fogo? Por quê?

AVÓ: — Poeta é fogo. O Vinicius, sabe... ele era assim... mas ele tinha, sabe? (Pô, estou falando feito a Dercy Gonçalves!) Ora, sua pateta, o poetinha era fogo. Tá?

NETA: — Vó, vê se não enche os alerom, tá?

AVÓ: — Sossega, leoa! O Vinicinho nasceu na rua Lopes Quintas. Aliás, quando ele nasceu chovia às pampas, com aquelas enchentes de sempre. Ele até apanhou uma bronquite que durou sete anos! Foi no dia 19 de outubro de 1913. Sabe de que ele tinha um medo danado? Desses pavores de fazer pipi na calça? Pois é: da *Tocata e fuga em ré menor*, de Bach! Aliás, mais tarde, por via espírita, ele conseguiu ser parceiro de João Sebastião Bach... Estudou em escola pública, foi ginasiano do Colégio

Santo Inácio, e até acabou se formando em Direito, coitado, e foi advogado durante um mês interminável. Um dia ficou de saco cheio. Foi viver de brisa, como a gente então dizia com muita graça. Passou dois anos vendo cinema!

NETA: — E quando saiu do cinema?

AVÓ: — Foi jogar sinuca.

NETA: — Onde?

AVÓ: — Em cima do cinema Palácio.

NETA: — E depois?

AVÓ: — Depois arranjaram pra ele um emprego de (veja só!) censor.

NETA: — Censor de quê?

AVÓ: — De cinema. Um belo dia encheu o saco de novo e se mandou. Arranjou uma bolsa de estudos na Universidade de Oxford. Chique paca! Imagina onde ele foi morar em Oxford?! No quarto de Oscar Wilde, garota! Não fica com essa cara, não!

NETA: — Mas a professora disse que o tal de Wilde era.

AVÓ: — E era! Assumido! E o Vinicius era vidrado em mulher. Morou?

NETA: — Ora bolas! O Vinicius vidrado em mulher morando juntinho com o Oscar Wilde! Essa não! Corta!

AVÓ: — Devagar, minha santa. O Wilde já estava enterradinho em Paris quando o Vinicius foi morar no quarto dele. E ele até deu um jeitinho de sair do quarto… Inventou que o lugar fazia mal aos brônquios dele… Foi morar em pensão. Aí, ele casou. Por procuração, escondido.

Depois da meia-noite, saía escondido… Saía por onde? Pelo cano: ele era magrinho naquele tempo, um garoto enxuto…

NETA: — Mas ele saía por dentro do cano?

AVÓ: — Claro que não, sua boboca! Aí é que ele ia entrar pelo cano. Saía por um cano que passava perto da janela. Depois veio a guerra. Ele andou por Paris, Portugal, teve uma crise brava de apendicite na ilha da Madeira. Só foi operado aqui no Rio, quando chegou. Aí começou de novo o cinema, aquela briga sobre cinema mudo e cinema falado. Depois fez concurso para o Itamaraty, e passou. Depois viajou muito, escreveu livros lindos, fez letras de músicas muito legais, casou, descasou, casou, descasou... E num dia muito triste, em julho de 1980, o grande poeta morreu. Que saudade do Vinicius!

Vinicius de Moraes, 1988

Receita de saudade de Vinicius

Poesia é fundamental. É preciso que haja qualquer coisa de louco e lírico em tudo; qualquer coisa de Rimbaud, qualquer coisa de *English poetry*. Uma rua com oitis na Gávea ou em Botafogo, uma úmida nostalgia da ilha do Governador e de King's Road Chelsea.

É preciso que seja uma saudade inesperada: um Vinicius que nunca aparece quando promete e às vezes pode aparecer sem prometer.

É preciso ter escocês ao alcance da mão, uma esperança de mundo mais justo.

Amigos, amigos, amigos, talvez quando for sábado de feijoada. Que circulem também pela sala, além de mulheres, as sombras de Mário de Andrade, Zé Lins do Rego, Jayme Ovalle, Carmen, Candinho Portinari, Ari Barroso, tantos... E o pai Clodoaldo. E a mãe Lydia.

Violão é imprescindível, pois é o único instrumento que representa a mulher ideal:

nem grande, nem pequena; de pescoço alongado, ombros redondos e suaves, cintura fina e ancas plenas; cultivada mas sem jactância; relutante em exibir-se, a não ser pela mão daquele a quem ama; atenta e obediente ao seu amado mas sem perda de caráter e dignidade; e, na intimidade, terna, sábia e apaixonada.

É preciso Lua. E que se recortem na vidraça os galhos duma jabuticabeira.

Discos negros também: Bessie Smith, Mahalia Jackson, Louis Armstrong, Sidney Bechet... Pixinguinha nem se fale. Bom humor é pertinente.

Sobretudo que haja mulher... E que a mulher "destile sempre o embriagante mel; e cante sempre o inaudível canto da sua combustão; e não deixe de ser nunca a eterna dançarina do efêmero; e em sua incalculável imperfeição constitua a coisa mais bela e mais perfeita de toda a criação inumerável...".

Vinicius de Moraes, 1988

Casa de Aníbal

Amigo de Aníbal Machado era quem chegasse, de qualquer país, de qualquer idade, de qualquer cor, de alta ou reduzida voltagem intelectual.

Servia-se batida de maracujá e de limão. Ficou-me de todas as reuniões de sábado uma ideia aglutinada, mais ou menos assim: a pintora portuguesa Maria Helena Vieira da Silva e o poeta Murilo Mendes conversam sobre Mozart; Carlos Lacerda fala em francês com um general iugoslavo, Jean-Louis Barrault, o pintor surrealista Labisse e Martins Gonçalves discutem teatro; Rubem Braga, com um ar chateado, que pode passar a eufórico de repente, sorve o cálice devagar; Fernando Sabino faz mágica para um grupo de crianças; Oscar Niemeyer, meio escondido pela bandeira da janela, fala em voz baixa; um pletórico poeta panamenho, chamado Roque Javier Laurenza, conversa com um metafórico poeta panamenho chamado Homero Icaza Sanchez; Michel Simon está à procura de Aníbál (com acento na última); ninguém sabe quem é o americano, nem o africano, mas os três rapazes tchecos, pelo menos de cara, são conhecidos; há duas lindas louras dolicocéfalas que chegaram de Pernambuco, mas falam português com sotaque germânico; o poeta Paulo Armando está querendo briga com um cientista de Alagoas; a bonita jovem de olhos azuis é bailarina e se chama naturalmente Tamara... D. Selma, a anfitriã, de olhos bondosos, parece estar à varanda de uma fazenda, a olhar um rio passando, e não a confusão humana. Os brotos dançam boogie-woogie numa saleta; como nos filmes de Ginger Rogers, de repente param e formam um círculo em torno de um único par: o Fred Astaire é Vinicius de Moraes, sempre.

Jornal do Brasil, 07/05/1989

Casa do Leblon

Casado com Tati, mãe de Suzana e Pedro, Vinicius tinha casa no Leblon, na atual rua San Martin, entre Carlos Góis e Cupertino Durão. Com dois pavimentos, era uma casa arranjada com muito jeito pelas mãos hábeis de Tati, que só não era capaz de compor uma decoração diplomática para o nosso cônsul. O poeta foi o único membro ativo dos corpos diplomáticos do globo que não procurou adquirir ou conservar excelentes artigos manufaturados, pelos quais distinguimos (e invejamos) os homens da *carrière*. Nunca nos apareceu encadernado em lãs inglesas espetaculares; com gravatas e sapatos italianos de fazer babar o elefante aborígine; com valises de couro argentino; com máquinas de escrever, vitrolas, câmeras e os demais *gadgets* da indústria americana; creio mesmo que até as canetas dele foram sempre dessas comuns que a gente compra no balcão do charuteiro.

Um dramalhão era colocar o cônsul no caminho que conduz ao Itamaraty: não houve ninguém que ficasse acordado com tanta facilidade durante a noite e que sentisse uma repulsa tão cataléptica pelo dia. Sei disso por ter sido hóspede do casal durante algum tempo. E não falo em tom de superioridade, pois, quase sempre, também só despertava quando a mão de obra para colocar o poeta nos trâmites burocráticos ultrapassava a barreira do som.

Na sala de Tati e Vinicius (com um belo retrato do poeta feito por Portinari) estavam habitualmente Rubem Braga, Zora, Rute, Carlos Leão (o Caloca), Fernando Sabino, Helena, Helena e Otto Lara Resende, Lauro Escorel e Sara, Moacir Werneck de Castro, Carybé, Otávio Dias Leite (o Deleite). Aí Pablo Neruda leu para nós, em agosto de 1945, um longo poema então inédito sobre as paragens incaicas: "Alturas de Macchu Picchu".

Quando comecei timidamente a contar para Neruda que conhecera em Belo Horizonte dois chilenos que se diziam grandes amigos dele na juventude, o poeta botou a mão no meu ombro: *"Todo es verdad!"*. Não precisei dizer mais nada; as histórias fantásticas de brigas coletivas e farras descabeladas eram verdadeiras. É um alívio saber que o fantástico existe e que os forasteiros que passam pela nossa província nem sempre estão mentindo.

A casa de Vinicius foi demolida. Entrou para o Livro do Tombo da doce-amarga memória, que é uma constante mental de todos os homens de letras, sejam eles os Dantes de uma época ou doces e ridículos fabricantes de trovinhas. O edifício que construíram no terreno custou a vingar; durante uns vinte anos o esqueleto de cimento envelheceu na chuva, na maresia. Sei disso porque ainda sou no espaço vizinho daquele tempo removido e corroído.

Jornal doBrasil, 30/04/1989

Bares

O bar e restaurante Zeppelin era em Ipanema, com cadeiras de palhinha e paredes revestidas pelo verde mais arrogante e desentoado que já existiu: o *verde Oskar*.

Oskar, que chegou ao Brasil com o circo Sarrazzani, era muito forte e muito alemão. Encostado ao Zeppelin ficava um bar menor, o Calipso. Ari Barroso, Caymmi, Vinicius e Tom Jobim preferiam o primeiro; Lamartine Babo vinha da Tijuca para tomar uisquinhos cantarolados no Calipso.

Como o tráfego de Ipanema faz uma zoeira sólida, quando as pessoas querem conversar qualquer coisa mais amena (ou menos) procuram os bares do Leblon. O mais famoso é o Antonio's, na avenida Bartolomeu Mitre, que foi presidente da Argentina e um bom tradutor da *Divina comédia*.

A solicitude dos proprietários, os espanhóis Manolo e Florentino, supria a angústia de espaço e dum aparelho de ar refrigerado que jamais cumpria o seu dever.

O Antonio's era a terceira casa (para alguns, a segunda) do pessoal da tv Globo: Walter Clark, Boni, Borjalo, João Luís,

Armando Nogueira, Roniquito... Era lá que o Chacrinha despia a farda de velho guerreiro e comia um filé com fritas. Era lá que se encontrava o teatro: Tônia Carrero, Fernanda Montenegro, Odete Lara. O cinema: Joaquim Pedro, Glauber Rocha, Cacá Diegues, Rui Guerra. A arquitetura: Maurício Roberto, Marcos Vasconcelos. A literatura: Braga, Sabino, Carlinhos de Oliveira. E era lá que os músicos (o Tom, o Chico, o Toquinho e todos os outros) iam encontrar o Vinicius.

Vinicius de Moraes, 1988

Plic e Ploc

Uma vez o poeta marcou um encontro com Antônio Maria às duas horas da tarde. Às três o Maria telefonou:

— Mas, Poetinha, estou te esperando há uma hora!

— Ah, meu bom Maria, queira me desculpar; não pude sair antes porque entrou um ladrãozinho aqui em casa.

"Filhos", escreveu o Vinicius, "melhor não tê-los." Já o prosador Aníbal Machado me confiou gravemente que a vida pode ter muito sofrimento, que o mundo pode não ter explicação nenhuma, mas, filhos, melhor tê-los. Aníbal fora às raízes e de lá arrancara a certeza imperativa de que a procriação não se discute, anda longe do alcance racional.

Aliás, o próprio poeta corrige antiteticamente o pessimismo daquele verso, quando pergunta: "mas, se não os temos, como sabê-lo?".

Assim sendo, filhos, melhor não tê-los, mas é de todo indispensável tê-los para sabê-lo; logo, melhor tê-los.

* * *

Naquele tempo o Leblon tinha cavalos que circulavam à noite pelas ruas. Hoje o bairro está cheio de poetas. Naquele tempo, o Leblon contava com um poeta e meio, Vinicius e eu. Nosso amigo Jim, um inglês da rua João Lira, confiava em nós dois, ora apelando para Vinicius, ora apelando para mim, na esperança fervorosa de que um de nós conseguisse arrancar do caos um poema sobre os cavalos noturnos do Leblon.

Vinicius de Moraes, 1988

Em Paris

O poeta, brasileiro que nem eu, vivia então em Paris. Depois de ter trabalhado a angústia durante muitos anos, chegara a um estado de intangibilidade quase absoluta: a dor que vem de dentro não o tocava mais, só a dor que vem de fora. Pequenos contratempos cotidianos não mais o afetavam; pelo outro lado, tinha torcido o pescoço da inquietação metafísica. Convencido de que o homem deve reformar-se, corrigir-se, e de que um outro tempo de construções aguarda a humanidade, fazia da sua existência o reflexo antecipado dessa esperança, dessa ternura que se projeta no futuro. Fatos e ideias que circulavam fora dessa órbita não mais o interessavam.

Já adivinharam: Vinicius de Moraes.

Aí entra o automóvel. Vi o poeta perder o seu único bem material, o carro, como quem perde um embrulho de camisa velha.

A aurora entrava no céu e tínhamos fome de sopa de cebola e sede de vinho branco. Fomos ao mercado (Les Halles) e nos fartamos; e o dia esquentou e começou a arder nos olhos. Vagamos sem direção pela grande feira até que a fadiga corporal nos fez fatigados de criaturas e hortaliças.

Mas... cadê o carro? Caminhamos mais um pouco, fizemos um esforço para lembrar onde ele estava, e nada. Quis eu insistir, varejar todas as redondezas, mas o poeta se opôs. Vinicius tomou o táxi que passava, me deixou no hotel e foi para casa.

No dia seguinte, às seis horas da tarde, novamente nos encontramos. "Achou o carro?", perguntei logo. "Não", ele respondeu distraído, "a polícia o procura." E acrescentou no mesmo tom: "Mas acha que foi roubado".

De fato, duas ou três horas depois a polícia informava por telefone de que desistira de encontrar o automóvel. O poeta começou a rir e explicou que traçara todos os planos para viajar de carro no dia seguinte para Cannes. Chamou o garçom amigo, que se encarregou de providenciar uma passagem de trem. Insisti com ele, e outras pessoas presentes me secundaram, que tomássemos um táxi e refizéssemos o itinerário da véspera. Sorriu com uma bizarra tranquilidade, que eu só imaginava possível no País das Maravilhas de Alice. E disse isto: "Nem que fosse um Rolls-Royce último modelo eu largaria agora o meu uisquinho".

Alta madrugada, concordou que déssemos uma batida rápida no local. Meia hora depois encontramos o carro, direitinho, talvez só um pouco assustado pelo desaparecimento do dono. Aí fomos dar uma voltinha e, ao passar pela ponte Mirabeau, Vinicius murmurou aqueles versos definitivos sobre o sortilégio do tempo e do amor:

Sous le pont Mirabeau coule la Seine
 Et nos amours
 Faut-il qu'il m'en souvienne
La joie venait toujours après la peine

Vienne la nuit sonne l'heure
Les jours s'en vont je demeure

Wilhelm Apollinaris Kostrowitsky foi um coração formidável, da mesma marca do coração de Vinicius de Moraes. Tornou-se poeta e amigo de seus amigos sob o nome de Guillaume Apollinaire. Eram dele os versos recitados.

Ora, aconteceu então o segundo caso extraordinário. A janela do meu quarto no hotel Montalambert dava para os fundos da igreja São Tomás de Aquino. Eu estava prostrado na cama depois de ter flanado um dia inteiro. De repente os sinos da igreja começaram a tocar, lá fora e dentro de mim, e eu me levantei e escrevi umas linhas descompassadas, que peço licença de transcrever aqui, para a mais clara compreensão do texto:

Na igreja São Tomás de Aquino
meu bom Apollinaire se casou.
De manhã, de tarde, não sei,
seu coração se alvoroçou.
Doeu no ar o som do sino
na igreja São Tomás de Aquino
quando Apollinaire se casou.
Não se vê se o tempo passou.
Sei que me dói o som do sino
de quando Guillaume se casou.
O sino bate, o sino fere, o mesmo sino
de quando a Grande Guerra terminou.

Próximo a São Tomás de Aquino
um quarto de hotel me fechou

quando em mim caiu o sino
que para as bodas soou.

Na igreja São Tomás de Aquino
meu coração não repousou.

Versos sem importância, pobres, mas inelutáveis, inclusive em sua desunidade rítmica. Eu me lembrava do ano em que Apollinaire se casou naquela igreja: 1918. Mas ignorava o dia.

Semanas depois, consultando um livro, vi com doce encanto que a data do casamento de Apollinaire aniversariava com o dia no qual escrevi o poeminha: 4 de maio. Sorri como quem recebe uma confidência feliz.

Eu entrara no circuito Apollinaire-Vinicius.

Manchete, 20/03/1965

Gostei e não gostei

Depois duma permanência de vários meses na Europa, onde participou de vários festivais cinematográficos, Vinicius me deu uma entrevista para o *Diário Carioca* de 31 de outubro de 1952.

Inicialmente o poeta enumera as coisas de que gostou na Europa-1952:

Ter conhecido Francette Rio Branco, um poeta de futuro e um lindo ser humano.

Ter visto o meu velho amigo e jornalista Novais Teixeira.

Ter sido abraçado efusivamente por Orson Welles no nosso primeiro encontro desde Hollywood, isto é, desde 1947.

Ter comido peixe na cidadezinha mediterrânea de La Napoule.

Ter revisto *Rien que les heures* de Alberto Cavalcanti, *L'Atalante* de Jean Vigo, *Cidadão Kane* de Orson Welles, *M. Verdoux* de Chaplin.

Ter beijado a mão de Greta Garbo.

Ter conhecido o poeta francês Jean-Georges Rueff e ter trabalhado em Estrasburgo com ele, num restaurante das margens do Reno, na revisão da tradução das minhas *Cinco elegias*.

Ter conhecido as catedrais de Colônia, Estrasburgo (esta sob tremenda tempestade) e Florença.

Ter visto o museu Van Gogh na Holanda e, lá ainda, o que me faltava de mais importante em Rembrandt.

Ter visto a obra mais recente de Braque (um grande salto).

Ter conhecido Françoise Rosay em Berlim.

Ter visto o local onde morreu Hitler.

Ter comido galinha de leite assada num restaurante de Frankfurt, regada a vinho superior do Reno.

Ter visto *O diálogo das carmelitas*, de Georges Bernanos (grande peça).

Ter tomado o fio de uma amizade que a vida interrompeu.

Ter conhecido Florença.

Ter conhecido a obra dos primitivos italianos, de Giotto, Donatello, Angelico, Boticelli, Ghirlandaio; e a Capela dos Medici, de Michelangelo.

Ter conhecido o escritor uruguaio José Maria Podestàd.

Ter dado um passeio de gôndola pelos pequenos canais interiores de Veneza.

Ter visto a capela de Giotto, em Pádua.

Ter reconhecido, a uma curva da estrada entre Ravena e Roma, o décor natural de um filme americano, aliás medíocre, *Romeu e Julieta* (orgulho de minha memória visual).

Ter visto toda Berlim (visão inesquecível).

Ter conhecido a Itália: revelação total e sentimento do que ela representa, como herdeira direta do Ocidente e Oriente, da Etrúria e de Bizâncio, da Grécia e do Império Romano, do Renascimento e do Ressurgimento, dos *partigianni* e de seu maravilhoso povo agridoce, belo, saudável, interessado, independente, apaixonado, generoso e sensível, o melhor caminho de salvação ocidental.

Ter visto a Via Ápia ao luar, caminho pelo qual o cristianismo penetrou no Ocidente: mistério de suas estátuas e ruínas.

Ter conhecido a obra do escultor moderno italiano Marino Mazzacurati.

Ter voltado, depois de seis meses de comida estrangeira, a comer brasileiro durante cinco dias, em casa de meu amigo Geraldo Silos, em Roma.

Ter feito um novo amigo, o italiano Armando Ferrari.

Ter constatado que o italiano sem gravata é muito mais chique que o italiano com ela.

Ter conhecido o produto Stago, um líquido verde com gosto de hortelã, que é porrete para desintoxicar o fígado.

Ter visto o meu velho cupincha, o baterista negro americano Zutty Singleton, e ter lhe dado a comer em Paris uma feijoada completa.

Ter constatado que as italianas não raspam debaixo do braço.

Ter rodado Barcelona em duas horas com o poeta Raul Bopp.

Ter tomado aguardente portuguesa com o poeta Adolfo Casais Monteiro e girado com ele pela Alfama, em Lisboa.

Ter ficado absolutamente convencido de que o Brasil, com todas as suas qualidades negativas, é um país profundamente humano e doce de se viver.

Segue-se o arrolamento das decepções do poeta Vinicius:

Paris envelheceu (com grande classe, é claro...).

A arte abstrata, vista em grande massa como eu vi, cumpre uma triste função — a de anunciar um fim de caminho.

A pintura de Gauguin: desconfiança antiga, constatação definitiva.

O conhecimento pessoal do genial *jazzman* americano Sidney Bechet.

Saint-Germain-des-Prés, o *quartier* existencialista e letrista, que ainda eu não tinha visto como tal: o lado ridículo do desespero.

A nova escultura francesa: ou com raízes arqueológicas, desligada do tempo, ou abstrata, impotente.

O último cinema italiano: perda considerável de vigor.

A volta das saias compridas à moda feminina.

A Alemanha em geral: não temos nada a ver um com o outro, ressalvada a beleza comovente de certas regiões, como a do Reno, e naturalmente sua arte.

O sentimento da presença recôndita do nazismo.

O *Davi*, de Michelangelo, em Florença — frio —, e sua Capela Sistina, em Roma: com muito ipsilone demais.

A obra de Rafael, em geral: o primeiro grande acadêmico, pintor perfeito, sem dúvida, mas... — sobretudo seus afrescos do Vaticano.

A casa de Goethe em Frankfurt (muito "saca").

O túmulo de Dante em Ravena, a pedir dinamite.

Os festivais de cinema, em geral: muito rapapé, pouca arte, donde a triste constatação de que o cinema está morrendo e precisa de sangue novo com a maior urgência.

A Conferência Internacional dos Artistas em Veneza: presença do sentimento do impasse, de impotência, de reserva.

De um ponto de vista orgânico, a Europa em geral, com exceção da Itália, com um sentimento de fim de era, de constrangimento e mal-entendido.

Diário Carioca, 31/10/1952

Deixa o Fernando falar

Conta Sabino:

O plural de seu nome, segundo Sérgio Porto, se deve ao fato de não ser um apenas, mas uma porção deles. Tem o dom da ubiquidade. Pode ser encontrado em toda parte ao mesmo tempo: em Petrópolis, Ouro Preto, Londres, Paris, Roma. Em Buenos Aires, onde estive uma semana depois dele, encontro ecos de sua passagem: seu show fez mais sucesso que a orquestra de Duke Ellington. No bar do hotel em que ele costuma ficar, garçonetes indiferentes atendem os fregueses, mas se alvoroçam, assanhadinhas, quando menciono seu nome: "Amigo dele? Quando é que ele volta?". E o barman da primeira classe do *Eugenio C*, um velho italiano com mais de quinze anos de profissão, me assegura que tem bons fregueses, entre os passageiros mais constantes — mas nenhum como um poeta brasileiro, chamado… Não, não precisa dizer, pode me dar o chapéu que é ele mesmo.

Fernando conta mais um pouco:

De repente, em 1946, baixou o Leviatã. Então fomos embora. Em Ciudad Trujillo, um coronel de dezessete anos, sobrinho do ditador, se encarregou de nos mostrar a cidade — sempre ameaçando fuzilar o poeta quando este começava a descompor o tio. Em Miami foi desclassificado num concurso de rumba, apesar do estímulo da minha torcida. E em Nova York foram dias (e noites) de alumbramento, emoção e poesia, Jayme Ovalle, José Auto e companhia. Lá pelas tantas, o poeta escafedeu-se — ou foi raptado por uma mulher, nunca ficou bem apurado. Ressurgiu como cônsul em Los Angeles, de onde regressou quatro anos mais tarde, de cabelos grisalhos e passado a limpo.

— Estive com ele. Está mais sério, mais maduro.

— Então vai dar passarinho — concluiu judiciosamente Jayme Ovalle.

Vinicius de Moraes, 1988

O pensamento vivo de Moraes

Nunca vi boa amizade nascer em leiteria.

*

O uísque é o melhor amigo do homem. Cachorro é uísque engarrafado.

*

Marilyn Monroe foi um dos seres mais lindos que já nasceram. Se só existisse ela, já justificaria a existência dos Estados Unidos. Eu casaria com ela e certamente não daria certo porque é difícil amar uma mulher tão célebre. Só sou ciumento fisicamente, é o ciúme de bicho, não tenho outro.

*

Dizem, na minha família, que eu cantei antes de falar.

Acontece que detesto tudo que oprime o homem, inclusive a gravata. Se a felicidade existe, eu só sou feliz enquanto me queimo e quando a pessoa se queima não é feliz. A própria felicidade é dolorosa.

*

Dentre os instrumentos criados pela mão do homem, só o violão é capaz de ouvir e de entender a Lua.

*

Uma música que comece sem começo e termine sem fim. Uma música que seja como o som do vento numa enorme harpa plantada no deserto.

*

Se Clodoaldo Pereira da Silva Moraes e eu trocamos dez palavras durante a sua vida, foi muito. Bom dia, como vai, até a volta — às vezes nem isso. Há pessoas com quem as palavras são desnecessárias. Nós nos entendíamos e amávamos mudamente, meu pai e eu.

*

Me diga sinceramente uma coisa, Mr. Buster: O senhor sabe lá o que é um choro de Pixinguinha? O senhor sabe lá o que é ter uma jabuticabeira no quintal? O senhor sabe lá o que é torcer pelo Botafogo?

*

Um dos meus grandes encantos em Florença, onde, em 1952, passei cerca de um mês, era ver da janela do meu quinto andar, no hotel Nazionale, a madrugada toscana romper sobre a piazza Santa Maria Novella.

*

Deus sabe que, entre gatos e pombos, eu sou francamente pela primeira espécie. Acho os pombos um povo horrivelmente burguês, com o seu ar bem-disposto e contente da vida, sem falar na baixeza de certas características de sua condição, qual seja a de, eventualmente, se entredevorarem quando engaiolados.

*

Modigliani — que se fosse vivo seria multimilionário como Picasso — podia, na época em que morria de fome, trocar uma tela por um prato de comida: muitos artistas plásticos o fizeram antes e depois dele. Mas eu acho difícil que um poeta possa jamais conseguir o seu filé em troca de um soneto.

*

Mário de Andrade morreu por acaso? Não vem ele visitar-me sempre que estou sozinho, sempre que estou sofrendo, o amigo fiel? E não pousa como dantes a grande mão no meu ombro e se deixa horas comigo a discutir assuntos sentidos, poesia, amizade, beleza, amor, morte, vida, arte, povo, mulher, bebida — e poesia ainda, e ainda poesia, e mais poesia?

*

A maior solidão é a do ser que não ama. A maior solidão é a do ser que se ausenta, que se defende, que se fecha, que se recusa a participar da vida humana. A maior solidão é a do homem encerrado em si mesmo, e que não dá a quem pede o que ele pode dar de amor, de amizade, de socorro.

*

Ser carioca é não gostar de levantar cedo mesmo tendo obrigatoriamente de fazê-lo, é amar a noite acima de todas as coisas, porque a noite induz ao bate-papo ágil e descontínuo; é trabalhar com um ar de ócio, com um olho no ofício e o outro no telefone, de onde sempre pode surgir um programa; é ter como único programa o não tê-lo; é estar mais feliz de caixa baixa que alta; é dar mais importância ao amor que ao dinheiro. Ser carioca é ser Di Cavalcanti.

*

Que outra criatura no mundo acorda para a labuta diária como um carioca? Até que a mãe, a irmã, a empregada ou o amigo o tirem do seu plúmbeo letargo, três edifícios são erguidos em São Paulo.

*

A Inglaterra não foi para mim um amor à primeira vista. Ao chegar a Londres, em agosto de 1938, em gozo da primeira bolsa para Oxford dada a um brasileiro pelo Conselho Britânico, a cidade surpreendeu-me pela sua reserva. [...] Foi só três ou quatro dias depois, ao tentar atravessar a rua no momento errado, que me senti realmente protegido pelo Império Britânico, e comecei a achar que, malgrado a minha selvageria de menino de ilha, poderia amar a Inglaterra. Ao avançar, pousou-se sobre o meu ombro uma mão, a um tempo imperiosa e amiga, que me fixou ao solo sem maior esforço. Olhei para o lado e vi, acima, muito acima de mim, mirando em frente, esse ser especial no mundo que se chama um guarda inglês, um *constable*: alto como a Torre de Londres, firme como a rocha de Gibraltar.

*

Uma certa noite, depois de alguns drinques — e possivelmente *one too many* — eu cismei de subir no underground de Piccadilly Circus no sentido inverso. A escada rolante desce a uma velocidade razoável, e tratava-se de ultrapassar essa velocidade e atingir a plataforma superior da grande estação. Lancei-me à prova, que até hoje não sei como consegui terminar, tal foi o esforço empregado. Pois bem: fui formidavelmente encorajado por todos os que desciam, a me animarem com palavras e aplausos, havendo se formado uma verdadeira torcida em meu favor. Não houve um só protesto contra a impertinência do estrangeiro a perturbar a boa ordem de um serviço de utilidade pública. Esse foi meu primeiro contato com o espírito esportivo inglês, e uma das razões por que amei a Inglaterra e me senti tão bem em Londres.

*

Meu primeiro encontro, em Poesia, depois das inelutáveis influências da juventude, foi com Murilo Mendes.

*

Na Faculdade de Direito entrei em pasmo contato com os grandes do "caju", o centro da elite da escola. Era garoto e andava fardado de aspirante a oficial da reserva. Foi uma época rica e dolorosa, de lutas íntimas, de descobertas gloriosas, de ânsia e aspiração infindáveis. Otávio de Faria e San Thiago Dantas, dois dos nomes de maior projeção acadêmica. [...] Foram esses dois homens que me iniciaram nos mistérios da Poesia. Falavam em Murilo Mendes e Augusto Frederico Schmidt.

*

Em casa li o livro [*Poemas* de Murilo Mendes] até de manhã. Achei-o magistral, até no que tinha de artifício.

*

O encontro com Manuel Bandeira, que coisa excelente foi! Eu ainda tinha várias dificuldades em relação à poesia do poeta, mas intimamente mudara muito. [...] Lia-o às vezes, a Manuel, invejando-lhe secretamente a sobriedade perfeita do verso, mas sempre em oposição ao modo de sua poesia. [...] Uma noite saímos juntos. Grande noite para mim, e Manuel, paternal, me levou ao cinema, me levou à Americana para tomarmos um *malted milk*, depois me levou ao Beco, onde subi sete andares num elevador vermelho, que pia feito gavião quando chega. Conheci seu quarto, esse quarto que às vezes tem sido para o poeta um lugar de tristezas; e que para mim tem sido tantas vezes um lugar de sossego. E banhei-me do verso exemplar de "Estrela da manhã", ainda inédito, que o poeta leu para mim, ou melhor, que me jogou em cima, com aquele seu modo brusco de ler poesia.

*

Mário foi uma conquista minha. O poeta, em princípio, não quis nada comigo. Fui-lhe mesmo apresentado umas duas ou três vezes, sem resultado. Fazia um ar, meu Deus, *vaguíssimo*, de ombros um pouco levantados.

Mas em São Paulo, que é sua casa, eu fui um dia à casa dele com Armandinho Sales de Oliveira. Mário de Andrade tinha dirigido um recital colosso, de modinhas do Império, de modo que estava no céu com o pé de fora. À saída, não me lembro mais por quê, a uma pergunta de Armandinho, eu respondi: "Tomara!". Mário de Andrade me pegou vivamente pelo braço. "Você também vem. Uma pessoa que fala *tomara, tomara*, meu Deus! — que gostosura! —, tem direito a beber minha caninha. Ah, não! Você vem!"

E eu fui. E eis como venci Mário de Andrade, pela linguagem. Em casa dele bebemos toda a garrafa de caninha. Houve grandes confraternizações. E hoje em dia, mal acabo de escrever um livro, corro para Mário de Andrade.

*

Também em São Paulo conheci Oswald, também de Andrade. Achava-me no hotel Esplanada, no quarto de Manuel Bandeira, que deveria ir jantar com o poeta de *Pau-brasil*. Ao saber quem eu era, prorrompeu em gargalhadas positivamente obscenas: "Então é esse menino, com esse ar esportivo, o autor daqueles versos compridos como uma iole-a-8! Mas você não tem medo de fazer tanta força nessa regata desigual, seu poeta? [...]". Saímos os três e jantamos em boa camaradagem. Oswald estava brilhantíssimo.

Vinicius de Moraes, 1988

Plim e plão

Fez de tudo, fez tudo; nasceu empelicado (acontece), estudou oratória, roubou um soneto do próprio pai, psicografou mensagens de além-túmulo, foi aluno de um Gracie, pescou baiacus, foi crítico de cinema, censor de cinema, jogou de meia-direita, jogou sinuca, jogou bilboquê (era plim e plão), deu bodocadas (era plic e ploc), foi um menino valente e caprino, achava bonita a palavra escrita, cantou foxes e modinhas, estudou na Inglaterra, foi amigão de Carmen Miranda, viajou como Waldo Frank, estudou com Orson Welles, perdeu automóvel, perdeu avião, caiu de avião, teve desastre de carro, foi cônsul e secretário diplomático, representou no palco, foi defensor do cinema mudo, teve poemas seus inseridos no script de um casamento da nova onda litúrgica, tocou violão, conseguiu empinar papagaios bancários até na Suíça, dançou demais, leu Léon Bloy e outros católicos ferozes, escreveu tese sobre d. João VI, pertenceu a um centro de estudos jurídicos, não encontrou o sorriso exato para a prática da advocacia, funcionou na BBC, foi apanhado por uma grande guerra, festivalista cinematográfico e musical imoderado, parceiro de Ari Barroso, Tom Jobim, Carlos Lyra, Baden Powell, Bach e outros, amigo à primeira vista, amigo a perder de vista, amigo de todas as raças e timbres, bom de bola de gude, jogou diabolô, teve maus momentos (mas reagiu), foi comparado por Afonso Arinos de Melo Franco a um navio grego, tal qual um burro sem rabo dos mares, sem plano algum de viagem, navegando segundo as encomendas, fez versos compridos como iole-a-8, e versos curtinhos como bicos de passarinhos, disse que a mulher amada era como o pensamento do filósofo sofrendo, disse que só bateu numa mulher (mas com singular delicadeza), verificou que há mulheres altas e mulheres baixas, mulheres bonitas e mulheres feias, mulheres gordas e mulheres magras, mulheres caseiras e mulheres rueiras, mulheres fecundas e mulheres estéreis, mulheres primíparas e mulheres multíparas, mulheres extrovertidas e mulheres inconsúteis, mulheres homófagas e mulheres inapetentes, mulheres suaves e mulheres wagnerianas, mulheres simples e mulheres fatais, mulheres básicas e mulheres ácidas, mulheres ocas (inorgânicas frias estátuas de talco com hábito de champanhe e pernas de salto alto), pediu piedade ao Senhor para as pequenas famílias suburbanas, para os adolescentes que se embebedam de domingos, para os vendedores de passarinhos, para os barbeiros em geral, e para os cabeleireiros que se efeminam por profissão, para as mulheres chamadas desquitadas, para as mulheres casadas (que se sacrificam e se simplificam a troco de nada), enfim Vinicius foi VINICIUS (V de Vanda, I de Ismênia, N de Nancy, I de Ingrid, U de Úrsula, S de Samira)... Marcus Vinicius Cruz de Melo Moraes foi tudo, fez de tudo, menos três coisas, inclusive poemas inocentíssimos para criancinhas:

Onde vais, elefantinho?
Correndo pelo caminho
Assim tão desconsolado?

Andas perdido, bichinho?
Espetaste o pé no espinho?
Que sentes, pobre coitado?
— Estou com um medo danado.
Encontrei um passarinho.

*

Stanislaw Ponte Preta (o nosso querido Sérgio Porto) descobriu que Vinicius eram muitos; se fosse apenas um, seria Vinicio de Moral.

*

Quando o viu pela primeira vez, Jayme Ovalle (o oxigênio poético de duas gerações brasileiras) foi falando para o poeta Augusto Frederico Schmidt: "Ele é muito bonzinho... é tão bonzinho que um dia... que um dia ele é capaz de sair correndo assim, compreende, sair correndo assim, e aí...".

Ovalle jamais concluiu a frase... e aí é a mais definitiva frase que alguém jamais falou sobre Vinicius de Moraes.

*

Eu o conheci em Belo Horizonte, 1943, na Sociedade Brasileira de Cultura Inglesa, onde ele, com uma descontração de riacho de grota, deslizou uma palestra sobre a poesia das ilhas britânicas. E depois fomos em bando para a noite do parque Municipal, onde o poeta cantou diversas vezes "Stormy weather" debaixo de um luar torrencial. E aí nossa amizade não se acabou mais... Mas amizade é uma palavra oficial como busto de praça pública; e amor é palavra diversificada demais como fogos de artifício. Então direi: e aí o nosso enleio não acabou mais.

*

No meu livro de recordes, a despedida de Neruda e Vinicius na esquina da rua San Martin com Carlos Góis, em 1945, foi a mais prolongada de todos os tempos. Tínhamos passado a noite na casa de Tati e Vinicius e houve tudo: música, canto, poesia, um choque elétrico, de verdade, quando Vinicius abraçou um recém-chegado; e só o ardor da manhã nos convenceu de que a noite acabara. Na tal esquina os dois poetas trocaram inumeráveis abraços, e um foi pra lá, outro foi pra cá. Cinco passadas em direções opostas, Neruda virou-se com um grito: "Vinicius!". Este precipitou-se nos braços de Neruda. Inumeráveis abraços. Cinco passadas, Vinicius gritou: "Neruda!". Este precipitou-se nos braços de Vinicius. E aí a fita cômica durou um pouco mais de trinta minutos, ganhando maior velocidade com as risadas dos espectadores. De repente, não mais que de repente, os dois marcaram um encontro para logo mais, creio que no Lucas, onde Neruda ficava a espiar o menu, e acabava pedindo camarões, explicando-nos que fazia terrível esforço para comer outra coisa, mas não conseguia: adorava *camarones*.

*

Uma vez Vinicius chegou de manhãzinha e de repente na casa de seus amigos Maria Amélia-Sérgio Buarque de Holanda, em São Paulo. Uma empregada o introduziu na sala apenumbrada e foi chamar os patrões. O poeta já se ia acomodando numa poltrona e atingindo o *point of no return*, quando sentiu algo vivo debaixo de si. Pensou naturalmente que fosse um gato, mas era uma criancinha de colo. Se Vinicius não fosse ágil, talvez tivesse sufocado em semente o seu futuro parceiro Chico Buarque de Holanda.

*

Ainda em Beagá, eu sabia de cor, entre outros, um poema de Vinicius intitulado "Ausência". Começava assim:

> *Eu deixarei que morra em mim o desejo de amar os teus olhos que são doces.*
> *Porque nada te poderei dar senão a mágoa de me veres eternamente exausto.*
> *No entanto a tua presença é qualquer coisa como a luz e a vida.*
> *E eu sinto que em meu gesto existe o teu gesto e em minha voz a tua voz.*
> *Não te quero ter porque em meu ser tudo estaria terminado.*
> *Quero só que surjas em mim como a fé nos desesperados...*

*

Pouco tempo depois de ter conhecido o poeta, aproveitei uma pausa, despejando-lhe em cima os seus versos, nos quais a separação se transforma espiritualmente em traço de união. Quando terminei, o poeta contou distraído: "Foi um amor de namoradinha que eu tive em Niterói. Mas aquela travessia de barca me enchia o saco".

*

Há outra namoradinha que o poeta perdeu de vista durante dez, quinze anos. É ela que de repente se materializa na frente dele no tumulto da avenida Rio Branco. Identificada, há entre os dois uma troca um tanto formal de carinhos. O poeta pergunta: "Você continua sempre no Jardim Botânico?". A mulher informa, interessada: "Não, estou há muito tempo no São João Batista".

Vinicius me disse que não se aguentou: "E qual é o número de sua sepultura?".

*

Quando me mudei para o Rio, em 1945, Paulo Bittencourt exigiu que eu criasse um texto jornalístico para ser (ou não) admitido ao *Correio da Manhã*. Aflito, procurei os amigos cariocas em busca de uma ideia salvadora. Eles ponderaram muito e sugeriram coisas vagas ou impossíveis. Vinicius, não, me falou logo que tinha uma "ideia genial para uma reportagem sensacional". E o tema genial era o seguinte: *cocô no mar do Leblon*. Usou os argumentos todos, da saúde pública ao turismo. Eu compreendia a gravidade do cocô, mas respondi que o tema me fecharia a porta do jornal. Escrevi uma reportagem sobre o comércio de flores e obtive o emprego. E o cocô no mar do Leblon ainda continua lá, em 1988.

*

Levei Vinicius pra casa, na Gávea. Quando se abriu o olho da madrugada o poeta se agarrou às grades da janela da sala e começou a proclamar indefinidamente os versos de Carlos Drummond de Andrade: "Aurora, entretanto, eu te diviso,/ ainda tímida/ inexperiente das luzes que vais acender/ e dos bens que repartirás com todos os homens...".

Só parou ao abrir o primeiro boteco da praça do Jóquei. E fomos lá beber uma estupidamente gelada.

Vinicius estava noivo outra vez e alugara um apartamentinho na rua Barata Ribeiro. Móveis: uma cama de casal e uma mesa com duas cadeiras.

Pedi água. Ele me levou à minúscula varandinha, onde se encontrava uma moringa; trouxe um copo; conseguiu achar uma pastilha de hortelã. E aí me disse, venturoso: "É uma descoberta minha, genial! Ponha a pastilha na boca e vai bebendo devagar! Genial! Igualzinho a água gelada!".

*

Irineu Garcia, produtor de discos de poesia, dava barbadas e, pior, as do dia anterior: "Sabe quem estava num pifa homérico ontem? O Vinicinho!".

Quando não era o Vinicinho, era o Tomzinho, o Lucinho, o Paulinho…

Até que certo dia o próprio Vinicinho lhe deu uma decisão: "Olhe aqui, Irineu: quando você encontrar o Alceu Amoroso Lima, o dr. Sobral Pinto ou d. Helder Câmara de porre, telefone lá pra casa (pode ser até de madrugada) e me conte".

*

No Juca's Bar, a mesa-quadrada opinava sobre afrodisíacos. Vinicius permaneceu calado até o encerramento dos debates, quando afinal pronunciou: "Eu acho o seguinte: quando uma mulherzinha linda deixa de ser afrodisíaco, o jeito é pendurar as chuteiras".

*

Noite alta, céu risonho, Vinicius, Lúcio Rangel, o compositor Ismael Silva, Murilo Miranda, João Cabral e eu. Íamos andando sem pressa pela avenida Beira-Mar, cantando coisas do Ismael (menos João Cabral, que não era seresteiro). Foi quando nos detiveram dois soldados a cavalo, que invocaram a lei do silêncio e queriam levar-nos para a delegacia da rua Santa Luzia. Esgotamos todos os argumentos líricos, populares, cariocas. Por fim, sem esperança, Vinicius apelou para a carteira de diplomata. Fomos liberados.

*

Vinicius veio encontrar-me no bar da piscina do Copa. Depois de longa temporada fora do Brasil, estava chegando duma visita a Manuel Bandeira e ficara triste com a tristeza do velho poeta. "Imagine que ele anda falando coisas com palavras que não são dele. Disse pra mim: '*Meu coração hoje parece um cemitério*'. Isto não é do Manuel, coitadinho! Me deu uma peninha!"

Repliquei que, para tal tipo de mágoa, não há bom gosto nem estilo; pior seria se o Bandeira dissesse que o coração dele era um campo-santo ou uma necrópole. Vinicius abriu os olhos, aliviado: "Você tem toda a razão".

*

No velho Vermelhinho as mesas eram ocupadas por escritores, jornalistas, pintores, gente do palco e estudantes de belas-artes. Suas figuras mais constantes eram Santa Rosa, com o cigarro pendurado na boca, Rubem Braga, Lúcio Rangel, Flávio de Aquino… O poeta João Cabral costumava chegar, conversar um pouco e, já alegando dor de cabeça, dar um pulo à farmácia Normal. Os artistas pretos — Heitor dos Prazeres, Ismael Silva,

Solano Trindade, Abdias Nascimento — sentiam-se em casa naquelas cadeiras de vime, assim como os estrangeiros trazidos pela guerra. Carlos Drummond de Andrade, deixando o Ministério da Educação, só passava de fininho pela rua Araújo Porto Alegre. Mas o papel principal do Vermelhinho cabia a Vinicius de Moraes.

*

Em dezembro de 1949 foi inaugurado o Juca's Bar, na rua Senador Dantas: era o alívio do ar refrigerado que nos chegava. Lá se instalaram rapidamente os assessores do presidente Juscelino, os irmãos Condé, os irmãos Chaves, que atraíam os nordestinos itinerantes. Olívio Montenegro e Gilberto Freyre costumavam dar as caras.

Era uma mistura sensacional e estimulante. Ali todos os setores tinham as suas embaixadas: arquitetura (Carlos Leão), futebol (Zé Lins), pintura (Di Cavalcanti), beleza (Tônia Carrero), samba (Araci de Almeida), Texas (Jane Braga), humorismo (Sérgio Porto), jazz (Lúcio Rangel). Rubem Braga representava a prosa e Vinicius de Moraes, o verso.

*

Mal havia chegado em casa, na Gávea, quando foi chamado ao telefone. Foi no tempo da badalação maior da bossa nova. Uma voz chorosa dizia que era mãe do Manduca, que falecera naquele mesmo dia, fora colega do Vinicius no colégio, aliás, o amigo de quem mais o filho gostava, sabia todas as músicas dele, vivia falando com muito orgulho sobre os tempos da camaradagem de ambos... E tal e coisa, *o senhor era o maior amigo que ele teve...*

Vinicius lembrava-se vagamente do colega, mas sentiu na hora a pungência materna, comunicando à dolorosa mãe que iria imediatamente para o velório. Em que capela? O corpo está sendo velado em casa. Onde a senhora mora? Em Madureira, na rua tal. Palavra de poeta não volta atrás. Mandou chamar um táxi e se mandou para o subúrbio. Entrou num chalé, a sala repleta de vizinhos, outros entrando. Percebeu Vinicius que a pobre mãe avisara que o poeta, o maior amigo do Manduca, estava para chegar. Conduzido até o caixão, no centro da sala, a mãe retirou o lenço que cobria o rosto de Manduca, e Vinicius, com toda a sua carinhosa intuição poética, sentiu que todos esperavam uma frase dele. Atolado mentalmente na situação, colocou a mão sobre o ombro do morto, pronunciando sem querer a seguinte sentença: "Aguenta a mão aí, bichão".

No fim da frase já sentia a monstruosidade do seu pronunciamento, esperando em vão que o chão se abrisse e ele também desaparecesse.

*

Uma tarde eu estava na cobertura de Rubem Braga quando chegaram três moças legais: queriam conhecer o sabiá da crônica. O papo se descontraiu quando começamos a tomar um uisquinho entre as bonitas folhagens do fazendeiro do ar. Aí chegaram, também de surpresa, Vinicius, Tom e Chico Buarque, que aderiram à bebida e às moças, entrando com a contribuição musical. Rubem, depois da terceira música, me chamou para conversar no escritório: "Vamos ficar aqui; a gente não vai ganhar nunca dessa conversa de *bem bim bom...*".

*

Vinicius andava fora quando o admirável Ungaretti esteve no Rio em 1966. O poeta me convocou para alguns encontros e ficamos amigos, mas eu me sentia como um jogador reserva no banco, pois a todo momento ele enfiava na conversa um refrão lírico: "Queria tanto encontrar o amigo Vinicius!".

Jornal do Brasil, 12/03/1989

Soneto a quatro mãos

Fernando Sabino morava na avenida Copacabana, a dez metros do cinema Metro, e eu morava na avenida Copacabana, a dez metros do Fernando Sabino. Tinha alugado um quarto no décimo andar, oito andares acima do apartamento de Carlos Lacerda. Foi nos fins de 1945.

No apartamento do Fernando, numa noite de descaramento etílico, propus a Vinicius que escrevêssemos, no momento, um soneto a quatro mãos. Ele acedeu. Não é essas coisas, mas vale como lembrança. Guardo o manuscrito (a duas mãos) e o soneto foi ainda publicado no suplemento dominical do *Correio da Manhã*. Ei-lo:

Tudo que existe em mim de amor foi dado.
Tudo que fala em mim de amor foi dito.
Do nada em mim o amor fez o infinito
Que por muito tornou-me escravizado.

Tão pródigo de amor fiquei coitado,

Tão fácil para amar fiquei proscrito.
Cada coisa que dei ergueu-se em grito
Contra o meu próprio dar demasiado.

Tendo dado de amor mais que coubesse
Nesse meu pobre coração humano
Desse eterno amor meu antes não desse.

Pois, se por tanto faz me fiz engano
Melhor fora que desse e recebesse
Para viver da vida o amor sem dano.

Vinicius de Moraes, 1988

A garota de Ipanema

A garota de Ipanema pode ser comparada a um faisão real: por ser dourada; e pode ser comparada à primavera: porque volta todos os anos com renovado esplendor; pode ser comparada a uma catástrofe: por ser notícia de jornal; e pode ser comparada ao Brasil: por ser cálida e nos fazer suspirar; pode ser comparada ao poeta Rimbaud: por ser precoce; e pode ser comparada a Rui Barbosa: por saber uma porção de coisas e provocar discussões; e ela pode ser ainda comparada a uma amendoeira: porque varia muito de cores; e pode ser comparada a uma uva: porque dá em cachos; pode ser comparada ao Pão de Açúcar: por ser distinguida ao longe; e pode também ser comparada a um bookmaker: porque recebe telefonemas o dia todo; pode ser comparada à rainha da Inglaterra: porque ela também condecoraria os reis do iê-iê-iê, e pode ser comparada à Lua: aonde todos gostariam de chegar primeiro; pode perfeitamente ser comparada a um luxuoso transatlântico moderno: porque enche os olhos quando passa; e pode ser comparada a uma foca: por possuir um equilíbrio fora do comum; pode ser comparada à melhor poesia: por ser inefável; e pode ser comparada à coisa pública: porque você não pode levá-la para casa; pode ser comparada sem erro a um feriado nacional: porque põe um alvoroço nos corações; e pode ser comparada a um verso de Verlaine: porque o resto é literatura; pode ser fielmente comparada a uma valsa de Strauss: porque traz mansa nostalgia aos homens de idade; e pode ser comparada aos soberbos pássaros tropicais: porque não gosta de clima frio; e pode ser comparada a uma revista: por ser fato e foto; e pode sem dúvida ser comparada a um sorvete: porque refresca, e a garota de Ipanema é ainda como as quedas do Iguaçu: porque atrai os turistas; e pode ser comparada ao Manequinho: porque também ela pode ser de Botafogo; pode ser comparada a um automóvel: porque todo ano há novos lançamentos; e pode ser comparada precisamente a uma gaivota: por ser de uma elegância extrema; e a garota de Ipanema faz pensar na primeira mulher que houve no mundo: porque a roupa é um castigo para ela; e pode ser comparada ao petróleo: porque o petróleo é nosso, ou por ser uma riqueza natural; e pode ainda a garota de Ipanema ser comparada a uma grande distração: porque pode causar uma batida de automóveis; como pode ser comparada aos dias do Terror: porque faz muita gente perder a cabeça; mas pode também ser comparada a um círculo: porque a sua figura não tem princípio nem fim; e pode sem exagero lembrar um soneto: porque cabeça, tronco, braços, pernas fazem dois quartetos e dois tercetos; e pode ser comparada a uma estrela: porque ela tem luz própria; como pode ser comparada a um gol de Pelé: porque é preciso vê-la para crer; mas pode igualmente ser comparada a Didi: porque passa muito bem; e é possível compará-la aos trens da Central: porque está sempre atrasada; como não seria demais compará-la a um capítulo do kantismo: por ser um imperativo categórico; e pode ser comparada a um samba de Noel: por causa da bossa; mas talvez fosse melhor compará-la a um samba de Tom: por ser bossa nova;

e com o devido respeito pode ser comparada ao duque de Caxias: porque ela ajuda a unidade nacional; e pode ser comparada a um cavalinho novo: porque é cheia de graça; e pode, mudando a perspectiva, ser comparada a uma obra de arte: por ser muito bem-acabada; mas pode, se você quiser, ser comparada a um satélite em órbita: porque circula muito; e pode ser comparada a uma flor: porque seu colorido é natural; mas pode ser comparada a uma bandeirante: que carrega quase sempre uma barraca; e ela é como a pedra do Arpoador: por estar sempre lavada; e pode ser comparada até a um torresmo: por ser tostadinha; e pode ser comparada às árvores do Rio: porque ou está excessivamente podada ou exibe uma vasta cabeleira; mas pode ser comparada a uma fonte: porque canta de dia e de noite; pode ser um esquilo comendo uma noz: por ser um amor; mas pode ser comparada à bomba atômica: porque, se ela quiser, pode acabar com o teu mundo, ou porque nos faça lembrar no inconsciente o atol de Bikini; e pode ser sem estranheza comparada ao colesterol: porque aumenta a pressão arterial; mas pode ser como vinho branco: porque vai muito bem com umas ostras; e é como o peixe: porque a água é seu elemento; e pode ser como um soco no olho: porque às vezes chega a doer; e pode ser como um pensamento famoso de Proudhon: porque ter a propriedade dela é um roubo; como pode ser comparada a um jardineiro: porque ela sabe quebrar um galho; finalmente, a garota de Ipanema é como a girafa: porque ela nem existe.

Manchete, 25/09/1965

OUTROS PERFIS

Di Cavalcanti, painel do Brasil

Há trinta anos, no apartamento de Fernando Sabino, em Copacabana, esperávamos Pablo Neruda com o leitão assado que o poeta queria jantar. O primeiro convidado a chegar foi Di Cavalcanti. Gordo e lépido, acomodou-se como pôde numa cadeira rebuscada que se dizia funcional, pegou o copo, passou o lenço na testa e disse a sorrir: "Aconteceu hoje uma coisa extraordinária". A coisa era esta: na véspera, ele marcara encontro com uma bonita coroa argentina que acabara de paquerar numa festinha ocasional. Mal conhecendo o Rio, a mulher não sabia localizar bem em que ponto da praia se encontraria no dia seguinte. Mas deu uma dica: iria com um maiô *blanco por delante* e colorado por detrás. E lá foi o pintor, do Posto 3 ao 4, olhando as mulheres por detrás e *por delante*, à procura da banhista portenha. Um episódio banal, mas, vivido e contado por Di Cavalcanti, era de fato uma coisa extraordinária, que nos fazia derramar lágrimas de riso. Pouco depois encontrei-me novamente com ele e ouvi para início de conversa: "Me aconteceu hoje uma coisa extraordinária".

Achava-se o pintor deitado na areia de Copacabana quando notou a presença de Benedito Valadares.

Cumprimentaram-se. "Então eu me levantei — contou-me o artista — e caí no mar, que estava muito forte. Atravessei a arrebentação e continuei nadando. De repente senti medo. Só então percebi que estava bancando o maior cretino deste mundo, querendo fazer bonito para o Valadares. Veja só!"

Nestas três décadas, sempre que nos vemos, meu secreto prazer tem sido verificar que a talentosa imaginação do pintor sempre o poupa do tédio: todas as coisas que lhe acontecem são extraordinárias.

Rubem Braga caracterizou isso muito bem, quando, há alguns anos, um professor de direito romano, da cidade de Santos, fez uma viagem num disco voador na companhia dos marcianos. Disse o Braga: "Eu acredito; só que o professor não soube contar direito sua aventura; o Di contando uma viagem na barca de Niterói é cem vezes mais interessante".

Di Cavalcanti, de fato, é redondo: está equidistante de todos os acontecimentos; é intemporal; dá intimidade a tudo e a todos, capaz de passar uma tarde percorrendo a alma de uma cartomante do Irajá ou papeando com Jean-Paul Sartre.

Dou de exemplo este último por ter estado presente a um encontro de ambos aqui no Rio (mais Simone de Beauvoir e Jorge Amado) e o filósofo teve dois momentos de entusiasmo: o primeiro, na churrascaria, quando chamou a nossa linguiça de *saucisse extraordinaire*; o segundo quando se viu à frente do grande mural que o pintor terminava para um edifício de Brasília. Di é a rua, da qual somente se retira para o silêncio da pintura; mas carrega inelutavelmente a rua para as telas.

Quem nasceu na rua do Riachuelo e se criou na travessa do Barata, em São Cristóvão, foge a seu destino caso não acabe fixando residência definitiva na rua do Catete. É onde mora, com muito orgulho de seu endereço, Emiliano Di Cavalcanti. O saudoso Stanislaw Ponte Preta foi uma vez visitá-lo e perguntou por que escolhera aquele ponto tumultuado. Di respondeu: "Porque, ao chegar lá na rua, a qualquer hora, conheço todas as pessoas. Sei, pelas caras, o que elas fazem, o que elas pensam, o que elas riem, o que elas sofrem".

O romancista Georges Bernanos disse que escrevia em cafés e bares para não perder a visão, a dimensão, do rosto humano. Di talvez não leve o cavalete para a rua porque iria perturbar o trânsito; ou porque, como sempre repete, a arte é seu silêncio; é a concentração desse homem disperso, o quarto escuro no qual se aclaram e tomam cores suas visões.

Ele próprio abre-me a porta. Quase tão malvestido quanto eu. É a primeira vez que o vejo depois de uma cirurgia e de uma virose hepática. O abatimento físico desaparece por encanto logo depois que ele começa a falar. Estava no momento a ler um livro de memórias de Oswald de Andrade, reeditado há pouco. Vai falando, não como quem se lembra, mas como quem vive ainda o passado:

O Oswald era um sujeito estranho. Neste livro de memórias ele narra fatos antigos de São Paulo como se soubesse certas coisas que só aprendeu muito mais tarde. Oswald foi muito católico. O pai dele quis que eu fizesse primeira comunhão. É muito estranho como o Oswald atraía desgraças: as mulheres dele acabavam tragicamente. Estive com ele no último dia: levantou-se e quis ir comigo ao jardim, começando a chorar desesperadamente.

Fui-me embora, percebendo que minha presença lhe fazia mal. A uma hora da manhã soube por Pagu que ele morrera. É engraçado: o Mário de Andrade, quando o conheci, era muito diferente. Foi o Oswald que o influenciou. Aliás, o próprio Mário reconhecia que, sem ter lido *Serafim Ponte Grande*, não teria escrito *Macunaíma*.

No velório do Oswald estavam várias de suas mulheres. Uma disse que, se o Menotti del Picchia discursasse, iria meter a mão nele. Tive então de falar algumas bobagens no velório da Biblioteca. Mas, no cemitério, o Menotti fez um discurso enorme.

Assim prossegue Di Cavalcanti: sem planos, misturando os tempos, revivendo o vivido. "Quer um uisquezinho?" Com a maior cara de pau, prefiro tomar um suco de tomate. Vamos ver o apartamento. Não há quadros do morador nas paredes. Poucos quadros de outros artistas, em geral primitivos brasileiros, pelos quais se encanta.

A paixão do pintor não são as telas, mas os livros. Livros de dar inveja ao mais rico e requintado bibliófilo, religiosamente encadernados e arrumados em preciosos armários, coleções completas de autores prediletos, revistas raras arrumadas com um carinho de solteirona por seus guardados.

Tenho mais de trinta livros sobre Picasso. Você já leu Georges Bataille? Ah, não pode deixar de ler! É estupendo! Vou mandar um livro dele pra você, está com minha filha.

Aquele escritor Ford Madox Ford era inglês ou americano? Conheci ele em Paris. O Joyce eu vi mas não conheci. Já viu esta revista dedicada aos bistrôs da França? Olhe só que beleza! Pena que brasileiro não tenha imaginação para fazer botecos assim. Veja essas caipiras francesas, que maravilha, que lindas! Don' Ana, telefona pra casa de Marina Montini; se ela não vier logo, a gente bota o almoço na mesa. Tenho duas empregadas portuguesas, a melhor gente do mundo. Uma é agora a favor do Spínola, mas a cozinheira é ainda salazarista doente. Aqueles dragões ali em cima daquela mesinha vieram do Vietnã.

Entra Elizabeth, loura e sorridente, filha adotiva do pintor; entra em seguida Marina Montini, morena e sorridente, amiga e modelo do pintor. A briga é logo formada: Di acha que Marina parece um andrógino com seu novo penteado. Marina protesta (uma vez um cronista disse que ela apareceu numa festa com um penteado que lembrava um pincel de barba) e a brincadeira dura pelo menos meia hora, o Di envolvido nela com uma sinceridade de dar gosto.

Almoço tá na mesa. Lá pelo meio, o dono da casa pergunta se pode tomar um pouquinho de vinho. Não! — diz a filha — você sabe muito bem que lhe faz mal. Di fica sério: "Que me importa se faz mal? Estou cansado de viver, agora eu quero é morrer". A apelação dramática dura alguns minutos, mas não surte efeito: Não, não pode!

Aí Di Cavalcanti dá uma gargalhada: "Eu sei que ainda não posso, mas não quero morrer coisa nenhuma: estou chorando porque quem não chora não mama".

Chegaste brincando à idade canônica — escreveu a respeito do pintor o poeta Schmidt. E outro poeta, Vinicius, conta que, quando Di andava pelos cinquenta anos, uma senhora deprimida resolveu visitá-lo de repente; entrou no apartamento e viu o artista dentro da banheira, espadanando água por todos os lados, euforicamente como um bebê sadio. A crise depressiva da visitante entrou logo em fase de regressão. É este homem, inesperado, caloroso, fantasioso, agudo, capaz de chorar de rir, capaz de chorar pra valer, considerado por muitos o maior pintor do Brasil, considerado por todos um dos maiores pintores modernos, amigo de milhares de pessoas de todas as raças de todas as partes do mundo.

Uma vez eu estava num bar da cidade e fui chamado ao telefone. Uma voz em espanhol: "Pablo, quem fala aqui é Mário Moreno, Cantinflas. Estou aqui no Copacabana com Di Cavalcanti, venha imediatamente". O embalo mexicano era perfeito, por isso mesmo comecei a fazer minhas brincadeiras do lado de cá, certo de que o Cantinflas era o psiquiatra Hélio Pellegrino, mestre em trotes do gênero. Mas não era o doutor, era mesmo Cantinflas. Quando Di entra no circuito, a realidade é sempre mágica.

Imagino que conversas não teriam, ele e Erik Satie, quando em Paris o então jovem pintor acompanhava o compositor até uma gare suburbana: "Que maravilhoso tipo humano era Satie! Ele ia tomar o trenzinho para isolar-se no seu quarto de pobre, onde nenhum amigo penetrou enquanto ele viveu". Que maravilhoso tipo humano é Di Cavalcanti, que ama acima de tudo a poesia, e disse uma vez a Vinicius: "Eu sou poeta, teu irmão, irmão do compadre Neruda, irmão de Rimbaud e de Nicolás Guillén, do Manuel Bandeira e do Ribeiro Couto, de García Lorca, de Verlaine, do meu querido Rafael Alberti". Irmão ainda de Pixinguinha, que foi um de seus maiores amigos, e irmão de sua alma irmã, o fabuloso Jayme Ovalle, que numa madrugada parisiense desandou a chorar quando Di lhe pediu não sei quantos francos emprestados: "Não faça isso, Di, pelo amor de sua mãezinha, não se aproveite da beleza da aurora pra pedir dinheiro. Não seja nunca um gigolô da aurora!".

"Vivi numa fogueira e meu sangue derramou-se em sensações, transbordando como um rio vulcânico, afogando todas as ilusões."

Di, testa teatral; pintor de mulheres; fiel a todas as mulatas; sobrinho de José do Patrocínio; criado a fazer pipi nas pernas de poetas (entre eles, Olavo Bilac) e militares (o pai era oficial do exército); Di, que aprendeu a tocar piano em criança, com o major Rocha, autor de "Vem cá, mulata"; Di, que, ao entrar para a Escola de Direito, era um ingênuo libertino; que, na adolescência, sentiu a grandeza impoluta de uma prostituta, polaca, que tinha no quarto, caprichosamente emoldurada, uma gravura de

d. Pedro II; Di, que, na atual convalescença, fica de olhos brilhantes e me pergunta se não quero ir agora dar uma volta de carro em São Cristóvão; Di, que venceu um concurso de tango em Buenos Aires; Di, que se lembra até hoje com ternura do dia, em São Cristóvão, em que um senhor (com o apelido tonitruante de Tibúrcio) meteu o guarda-chuva no Fulgêncio droguista, quando discutiam no bonde São Januário e o último afirmara ser a *Traviata* uma ópera sem importância; Di, que chorava de amor no jardim da quinta da Boa Vista, e que hoje me pergunta se conheço bem a quinta, caso contrário, ele vai lá comigo; Di, que pretende fazer um Museu da Paisagem Carioca, que dançou maxixe nos Tenentes, nos Democráticos, no Bola Preta; que marcou dormentes na Mogiana e frequentava os cabarés de Ribeirão Preto; que acha o Carnaval carioca a coisa mais influente em sua formação artística, mais ainda que as festas de igreja; que por uns tempos andou católico, tornou-se socialista, mas permanece deslumbrado pelo mundo místico; Di, de coração dividido entre o Rio e São Paulo; que procurou o cônsul da França para ver se ia para as trincheiras na Primeira Grande Guerra; Di, boêmio manso, paciente, sem pressa; Di, que já foi magro e triste, de dar pena em Oswald de Andrade; Di, expressão máxima da alma anárquica do brasileiro; que tem tara pelo romanesco carioca, mas que teve a visão do Brasil depois das lições de miséria dos romances nordestinos; que se viu seduzido por Graça Aranha ("como uma linda cantora de ópera pode eletrizar uma plateia de paspalhões"), mas não viu no mestre da *Estética da vida* um homem de profundidade; Di, que teve a ideia da Semana de Arte Moderna, mas afirma até hoje que "éramos todos uns atordoados, mistificávamos a nós mesmos e a todo mundo, numa orgia de destruição inconsequente"; Di, que se fez amigo de Cendrars, Cocteau, Léon-Paul Fargue, Léger, e que até hoje fala com unção de Miguel de Unamuno; que, depois de conhecer Tiziano, Michelangelo, Da Vinci, caiu numa pobreza moral infinita e não queria mais ser pintor; Di, que se diz marcado pelo seu conhecimento de Picasso e pelas comemorações fúnebres da morte de Lênin; Di, que põe acima de todos os pratos o peixe à brasileira; Di, irmão de todos que dele se aproximam; Di, painel do Brasil.

Manchete, 31/05/1975

CDA: velhas novidades

Carlos Drummond de Andrade é econômico de gestos; a amizade de Mário de Andrade gesticulava. Contou-me este último. Conheceram-se em 1924 no Grande Hotel de Belo Horizonte. Desenrola-se uma afetuosa correspondência entre os dois poetas. Mário vai ao Rio e bate imediatamente para o Ministério da Educação; desgalha os braços ao encontrar o amigo. CDA estende a mão: "Como vai?".

O poeta sempre morou em Copacabana: Princesa Isabel, Joaquim Nabuco, Conselheiro Lafaiete. Uma madrugada, em 1944, percorremos todo o Posto 6 e parte do 5 procurando matar ratazanas a pedradas. Não se registraram vítimas e os ratos continuaram a roer o Edifício Esplendor.

Quando me mudei para o Rio, não tinha emprego nem ferramenta. CDA, com sua solicitude silenciosa, arranjou-me dois empregos e emprestou-me uma máquina de escrever. Fui morar num quarto de um apartamento da avenida Copacabana. A empregada era uma adolescente mulata, uma capetinha chamada Jandira. Um dia, d. Zilda, a senhoria, procurou-me, escandalizada: Jandira estava copiando num caderno barato os poemas de Drummond, veja só o senhor se tem cabimento. Um dia a capetinha foi despedida e eu verifiquei, com alegria, que surripiara o meu exemplar de A rosa do povo. Ganhei um novo exemplar com uma dedicatória: "Por amor a Jandira".

Minha geração — Otto Lara Resende, Fernando Sabino, Hélio Pellegrino, J. Etienne Filho, Wilson Figueiredo, Carlos Castelo Branco, Murilo Rubião — falava fluentemente um idioma oarístico, colhido nos versos de Drummond. Era a maneira mais econômica, secreta e eloquente de nos entendermos.

Conhecemos o poeta numa tarde memorável, na avenida Afonso Pena, em BH. CDA não se lembra mais dos alinhadíssimos sapatos de camurça que usava, mas nós, os mineirinhos da época, salvamos do olvido a elegância sóbria do escritor. Este, por sua vez, espantou-se da intimidade com que tratamos duas ou três moças encontradas no caminho. Era um tremendo barato, um progresso de Minas.

Costumava procurá-lo no oitavo andar do Ministério da Educação, onde funcionava a diretoria do Patrimônio Histórico e Artístico Nacional. CDA trabalhava numa saleta exígua ao lado de um homem caladão, que me parecia um bom e fiel servente. Uma tarde Di Cavalcanti apresenta-me na rua ao homem caladão. Terei corado de vergonha? Era Lúcio Costa.

Quando CDA se aposentou do serviço público em 1962, escrevi uma página mostrando o funcionário exemplar que ele foi, não apenas pontual e eficiente, mas criador, tendo participado de modo decisivo de várias medidas essenciais aos negócios da cultura e da educação. Para minha surpresa, mandou-me uma carta comovida: jamais imaginara que seus serviços públicos fossem lembrados. Confesso agora que a lembrança não foi minha, mas de Justino Martins.

Participamos juntos de um júri de poesia. Contou para Manuel Bandeira, para Fausto Cunha e para mim que estava contente: tendo mudado de apartamento, pela primeira vez possuía um escritório fechado; os outros tinham sido improvisados em cantos de sala. Bandeira compreendeu logo: "Às vezes até a solicitude amorosa cansa".

Havia sido publicado no suplemento do *Correio da Manhã* o poema "A morte no avião". Eu ia para Belo Horizonte. Quando o DC-3 decolou, Otto Lara Resende passou-me o poema, querendo testar minha coragem. Fracassou: eu havia lido o jornal, antes de sair de casa. Ao nosso lado estavam Juscelino Kubitschek e José Maria Alkmim, então deputados. O poema foi passado ao primeiro, que o leu com entusiasmo. Depois JK piscou o olho e estendeu o recorte para Alkmim. Este informou-se do assunto nos primeiros versos, recusando-se a prosseguir com uma exclamação indignada: "Que brincadeira de mau gosto, gente!".

Era um bando de escritores autografando um livro coletivo numa livraria de Copacabana: CDA, Bandeira, Sabino, Braga e eu; Cecília e Dinah não puderam comparecer. De repente há um movimento confuso. Uma senhora queria saber por que Drummond escrevera no seu exemplar: "A d. Fulana, cordialmente, Manuel Bandeira". O poeta também não sabia. Pior: tinha feito a mesma coisa em outros exemplares.

Caíra o Estado Novo. CDA foi nomeado, entre outros, para transformar o DIP em Departamento Nacional de Informações. Entro no seu gabinete pela manhã e encontro o poeta desalinhado, procurando os óculos: embolara-se com um funcionário malcriado que o ofendera. E estava bem feliz com o resultado do round.

Manchete, 11/11/1972

Ari Barroso

Ari Barroso não foi tão assíduo quanto Antônio Maria no Ministério da Noite, mas não chegou a ser um funcionário relapso.

Não era de sentar praça em bar e boate por muito tempo; acabava sumindo, espavorido pelos chatos endêmicos. Dominando as duas áreas populares e polêmicas da aquarela brasileira — futebol e música —, raras confluências astrais permitiam-lhe na rua algumas horas de paz. Dos chatos tinha um pavor napoleônico, tanto os de reação positiva, aderentes, quanto os de reação negativa, agressivos; a melhor defesa é a fuga.

Seu itinerário, quando nos víamos com frequência, era este: Vilariño, na Esplanada, Recreio, na praça José de Alencar, e, noite alta, do Posto 3 ao Leme.

Num meio de semana, um colega de imprensa, desses de orla do gramado, falou para mim: "O Ari mandou dizer que depois do Maracanã vai jantar naquele restaurantezinho perto do túnel". "Qual?" "Um que tem nome de índio." "Nome de índio?"

Não sabia; o único bar e restaurante Arariboia que eu conhecia era naturalmente em Niterói; mas, de repente, conhecendo os meus índios, tive um estalo de Caramuru: o Ari só podia ter dito *Cervantes*, um porta dupla que havia ali na Prado Júnior, com duas especialidades da casa: ficar aberto a noite toda e oferecer, de súbito, à clientela um faroeste à brasileira. Naquela noite, por sinal, a briga foi espetacular, reunindo no salão um distinto cavalheiro careca, com uma compleição atarracada de ex-remador do Vasco, e o saudoso Bicudo. Este, fisicamente mais fraco, valeu-se de todos os recursos instrumentais, inclusive liquidificador, e até hoje não sei dizer quem ganhou por pontos no Miguel Couto.

Mas o franguinho do *Chavantes* era autêntico, e Ari considerava-se nesse particular uma reencarnação, reduzida, de d. João VI, pai astral portanto do governador Ademar de Barros, que se achava uma reedição, nada melhorada por certo, do primeiro Pedro. Ari executava muito bem um primo canto; só que não havia *da capo,* como no caso do filho de d. Maria. Suas mãos graciosas de artista dedilhavam as partituras da ave com um sentimento sincero de carregador de piano.

Sua boa companheira, desde as noitadas com o ferroviário Chico Bomba, em Ubá, era a cervejinha gelada; uísque foi capricho, uma aventura americana, um mau passo que se prolongaria até o fim; não tinha embocadura de uísque; nunca se deram bem ou se deram bem demais.

Contam que, no leito do hospital, ao emergir dos abismos noturnos do coma, cantarolava debilmente: *O sole mio.*

Nada mais lírico e pungente. Talvez se lembrasse das manhãs esfuziantes da praia do Leme; Mariozinho de Oliveira dava dois silvos no apito, e o empregado vinha apressadinho lá da cobertura com um balde de gelo; três silvos, gim e tônica; quatro silvos, uma bandeja de frios.

Ou talvez não fosse esta a luz que lhe doía no túnel agônico, mas uma luminosidade menos extravasada, mais íntima, o sol das manhãs verdes da zona da mata. Era um menino o Ari

Evangelista, moleque e enternecido, como convém a todos os meninos deste país ao mesmo tempo cômico e sentimental.

O extrovertido das multidões e do palco, o homem dos estrilos famosos, era um sentimental. Disse-me certa vez que era um tímido; não era preciso dizê-lo. Mas percebi em seguida até onde ia sua capacidade de construir-se, de traçar para si mesmo um esquema de comportamento. Era uma festa de aniversário num apartamento sofisticado do morro da Viúva.

Chegou atrasado e espaventado como sempre; parado perto da porta, sem ter cumprimentado ninguém, foi descrevendo uma espetacular batida de automóveis a que acabara de assistir na praia de Botafogo. Gesticulava como salgueiro na ventania. "Que coisa mais horrorosa, minha Nossa Senhora da Penha!" Terminado o relato, pegou um copo e veio sentar-se a meu lado. Aí me disse: "Sou um tímido. Tenho de chegar chamando a atenção, contando uma novidade mirabolante; só depois disso é que volto ao meu natural e posso ficar tranquilo no meu canto". "E quando não acontece nada?", perguntei-lhe. Deu uma gargalhada: "Eu invento, uai! Não houve batida nenhuma na praia de Botafogo!".

Fomos juntos a Belo Horizonte, ele ia participar da inauguração da TV Itacolomi. Seu nome numa lista de passageiros aéreos era sinal certo de perturbações na rota. Nas suas próprias palavras: "Controlo tudo: a afinação dos motores, o teto, a temperatura, a altitude de segurança, o estado do tempo, tudo! Não quero conversa com ninguém. Não como. Fico vendo os minutos. Fico descobrindo os *campos* emergenciais de pouso".

Mal o DC-3 decolou, naquela viagem para Minas, Ari pediu para ir à cabine de comando; era um expediente para reassegurar--se com as palavras técnicas do piloto. Apareceu à porta do corredor uns vinte minutos depois e gritou para mim, que me encontrava numa das últimas poltronas: "Imagine você que o motor da direita está dando muito mais rotações que o motor da esquerda. Isto é perigosíssimo!". Não chegou a haver chilique, mas os passageiros apertaram mais o cinto e começaram, pálidos, a adejar de leve as asas do nariz.

Em Belo Horizonte houve o compadre Clóvis, funcionário de banco, boêmio, pai de 16 (dezesseis) filhas. A convivência dos dois era um barato: um mínimo de palavras, e vinha logo um emboléu de gargalhadas, lágrimas de riso, tosses de riso, curvaturas de riso, saracoteios de riso. Poucas pessoas estiveram tão próximas de morrer de rir como esses dois compadres. Jamais pude saber até o fim que lembranças tão engraçadas os faziam retorcer de rir, engatinhar de rir, desmilinguir-se de rir. Começavam a recordar um caso e explodiam. Acabava eu mesmo, como um boboca, escorregando naquele sabão de gargalhadas alheias, e éramos três patetas que se esvaíam em riso pela avenida Afonso Pena.

Sérgio Porto, Antônio Maria, Ari Barroso. Três criaturas inventivas. Três homens inclinados às graças e aos sabores da existência. Três boêmios.

Três trabalhadores furiosos. Sérgio sonhava com o paraíso: um mês sem fazer nada num quarto de hotel; Maria falava demais no seu cansaço; Ari tinha inveja dos que subiam a serra no fim de semana, não podendo ir para o sítio de Araras, o seu *Madrigal*: "Meu domingo é segunda-feira. Domingo morto".

Usando as imagens dos sonetos solenes do princípio do século, costumava dizer que sua vida fora sempre um mar encapelado.

Nasceu nos verdes mares de Minas, no município politicamente encapelado de Ubá, no dia 7 de novembro de 1903. A mãe casara com treze anos e morreu com menos de vinte e dois. O pai também morreu cedo e o menino franzino foi recolhido por avó e tias sem recursos. Criaram-no para padre, mas não passou de sacristão. Tinha horror às aulas de piano da tia Rita, uma tortura comparada à leitura do *Tico-Tico* ou caçada de tatu. Cedo ajudava a tia no piano do cinema Ideal. Cedo começaram as serenatas, as cervejadas, os assustados carnavalescos. Uma noite, o sino da igreja mal-assombrada começou a tanger e as famílias ubaenses começaram a rezar: Ari Barroso (ou Ary Barrozo) amarrara o rabo dum cavalo numa corda e a corda no badalo do sino. Tudo vale para exorcizar o tédio das paróquias.

Estudos intermitentes, relutantes, punições, expulsões, ei-lo finalmente bacharel em ciências e letras pelo ginásio de Cataguases. E ei-lo no Rio, ainda rapazola *mocorongo*, com os quarenta contos que lhe deixou de herança o ilustre tio Sabino Barroso. Boa bolada para quem tem juízo; um momento de folga para quem pôs o juízo em outros assuntos. Querem fazer dele um homem do foro, como o pai; o jovem Ari quer defender ou atacar a música; a conciliação é penosa, mas dá-se um jeito. À tarde entretém a clientela do cinema Íris; à noite batuca no piano do cinema Odeon; de manhã vai à faculdade.

Duas músicas suas são aceitas para a revista *Laranja da China*, criação de Olegário Mariano e Luís Peixoto. Este, que seria dos amigos do peito, exige-lhe de início dura provação: compor seis foxtrotes de um dia para o outro.

Apesar de ter febre e uma furunculose dolorosa, o moço passa pelo carro de fogo. Já então mora na rua André Cavalcanti e quer casar de qualquer jeito com Ivone, filha da dona da pensão. Haja verba. A conselho de Eduardo Souto, entra no concurso de músicas para o Carnaval de 1930. O prêmio é de cinco contos de réis. Se na época do craque praticamente o mundo todo está precisando de cinco contos, que se dirá de Ari Barroso? Concorrendo com Donga, Sinhô, Pixinguinha, ganhou o primeiro prêmio com "Dá nela". Não deu outra coisa no Carnaval.

Vem o casamento com Ivone, um filho, uma filha, as chamadas responsabilidades. Mais cedo morrerá de fome um bacharel com ojeriza pelas varas do que um pianista obcecado pelos acordes. Toca em algumas orquestras, inclusive a mais pomposa, a de Romeu Silva, mas continua o jogo orçamentário das contas de chegar. Entra para o rádio, onde tenta também o humorismo, contando piadas nos intervalos dos programas.

O locutor esportivo nasce por acaso, quando Afonso Scola adoeceu na véspera dum Fla-Flu, jogado e sofrido há quarenta anos. Levou para o esporte as bossas de uma personalidade profissionalmente disciplinada mas criativamente desenquadrada. Em pouco tempo era o locutor mais popular do Brasil, capaz de irradiar de cima dum telhado ou (quando a sua rádio não teve acesso a um sul-americano em Montevidéu) pilhando e reformulando a transmissão que Oduvaldo Cozzi fazia para a estação concorrente. Foi um dos mais exasperados torcedores do Flamengo em todos os tempos. Quando o rubro-negro foi tricampeão carioca, largou o microfone seis minutos antes de terminar a partida para chorar dentro do campo. Chegou a brigar com bons amigos por causa do Flamengo; implicou impiedosamente com Pirilo por causa de sua admiração por Leônidas. Quando Flávio Costa assinou contrato com o Vasco, transformou-se para ele no último dos calabares.

Pelo Flamengo chegou a perder seus velhos bigodes numa aposta de Fla-Flu; fugiu da raia, escondeu-se na casa de Dircinha Batista, mas acabou de bigodes publicamente escanhoados.

Quem ganhou a aposta? O sambista e humorista Haroldo Barbosa. Pois saibam todos desta praça que Haroldo Barbosa, antes de ser Fluminense, era Flamengo doente; e que Ari Barroso, antes de ser Flamengo, era Fluminense doente. Se Ari não tivesse mais tarde um aborrecimento com a diretoria do Flu, e se Haroldo não tivesse um aborrecimento com a diretoria do Fla, Haroldo teria perdido os bigodes e Ari teria tomado um lindo pileque de champanha em Álvaro Chaves. São coisas da vida!, como diria o Ari uma escala acima.

Brigamos bastante e saudavelmente por causa de futebol. Muito implicava ele com o Garrincha, quando este apareceu no Botafogo. Caí-lhe em cima do pelo quando, ao transmitir um jogo pela televisão, ele ia narrando de má vontade: "Garrincha dribla um. Está querendo driblar outro. Solta essa bola, rapaz! Driblou. Vai querer driblar mais um. Assim não é possível, Santo Deus! Vai perder a bola, é claro. Gol de Garrincha". Chocha, chocha, a conclusão do locutor.

Quando o Brasil venceu na Suécia a Copa do Mundo de 1958, Calipso, em Ipanema, era um torvelinho. De repente, perfurando vozerio do bar, ouviu-se uma voz esganiçada mas vibrante, voz de peixe à escabeche, como Ari Barroso classificou o próprio timbre. Era ele. Bradava meu nome e sobrenome antes de me ver: "Vim aqui para penitenciar-me de joelhos! O Garrincha é o maior jogador de futebol do mundo!".

Fiquei cheio de mim, gratificado, como dizem agora, como se eu fosse o próprio Garrincha. E o Ari, que na puberdade fora um duvidoso goleiro de óculos, me dava abraços de campeão do mundo.

Quando o entrevistei para o primeiro número da *Revista da Música Popular*, formou para os leitores o escrete brasileiro atemporal: Amado, Domingos e Nílton Santos; Zezé Procópio, Fausto e Fortes; Julinho, Zizinho, Leônidas, Ademir e Vevé.

Foi, como se vê, antes de Pelé e Garrincha. O maior de todos os tempos, disse, era Domingos da Guia, e que ele comparava a Carmen Miranda; esta não tinha grande voz, não era muito bonita, nem de corpo nem de rosto, mas era a maior; Domingos não sabia chutar, cabeceava mal e, apesar de ser até meio corcunda, era também o maior. *São coisas que acontecem, e daí!*

Se não tivesse caído um temporal numa noite de 1939, "Aquarela do Brasil" talvez não existisse. Ari ficou em casa, inquieto, e foi para o piano dizendo que ia compor uma coisa diferente. "No princípio eu sofria a influência do Sinhô. Seguida pela fase que eu chamo de Eduardo Souto. Depois consegui me libertar e criei um estilo todo pessoal."

Muitos de seus maiores admiradores não acham a fase iniciada com "Aquarela" o melhor do Ari. Este pessoalmente considerava "Terra seca" sua obra-prima. Não nos interessa aqui. Foi a demarragem para o sucesso depois da gravação de Chico Alves. Walt Disney ouviu a música, mal tocada por uma orquestra dum hotel de Belém do Pará, e era a que estava procurando para seu filme. Pouco a pouco os brasileiros viajados retornavam à pátria para contar, deslumbrados, que tinham ouvido "Aquarela do Brasil" nas Filipinas ou na Turquia.

Há trinta anos ele foi aos Estados Unidos duas vezes e todos os brasileiros, ainda muito mal curados da inferioridade colonial, sentiram o choque do reconhecimento, o desafogo da glória. Ari era tratado com respeito; era aplaudido nas casas noturnas de Los Angeles; tinha um estúdio para compor; uma secretária; dólares. Mil dólares por semana era de estontear nossa imaginação.

Foi o primeiro a abrir as portas da América de cima. O mais interessante e louvável é que ele, que tinha até certo ponto o direito de se contaminar pelos ritmos americanos, foi até o fim da vida o veemente legitimista da nossa música popular, enquanto os mais novos acotovelavam-se na fila para transformar o ouro do Brasil em ouro da Califórnia. Quando lhe disse que, para Jayme Ovalle, samba tem de ter telecoteco, caiu em transe e adotou o achado. Admirava sinceramente Tom Jobim e Vinicius de Moraes, mas não foi com a bossa nova; a seu ver, de bossa não tinha nada, e de nova muito menos. Os sambas abolerados o irritavam e os pobres calouros acabavam pagando o pato.

Os dez anos finais da vida de Ari Barroso foram de briga: briga pela pureza da música nacional, briga contra os que compravam popularidade, briga em favor dos sagrados direitos de autor (a

Ordem dos Músicos chegou a proibir que tocassem suas músicas). Foi o mártir do direito autoral. Do páreo carnavalesco saiu definitivamente, resmungando mais que o Zé Carioca: "Quando me falam em concurso de Carnaval é como se dissessem que o Flamengo foi comprado pelo Vasco. Fico irritadíssimo".

Em 1946 foi eleito vereador pelo Distrito Federal. Fez-se campeão do projeto da construção do Maracanã, muito combatido por Carlos Lacerda. Foi vereador eficiente e afinado com as aspirações do povo, mas não conseguiu se reeleger, magoando-se. Sua sensibilidade ampliava as incompreensões. Entrou mais fundo pelos caminhos da noite. A Ordem do Mérito, o busto em Ubá, as homenagens gerais pouco lhe falaram.

Andava mordido e exaltado quando adoeceu, declarando que possuía os seguintes amigos: os médicos Aleixo de Brito e Darei Monteiro, Luís Aranha, o compadre Clóvis Prates Paulino, Pedro Bloch, Ernani Filho, Isaac Zukemann, José Maria Scassa, Luís Peixoto e Artur Morais. Os outros eram participantes de arquibancada.

Dois anos antes de morrer, declarava: "Quero viver mais dez anos. Quero morrer senhor dos meus sentidos, capaz de reconhecer os que me cercam. Não como aquele fazendeiro de Minas, que, aos noventa e nove anos, confundia chá com feijoada".

Planejamos juntos escrever uma ópera, que não passou do nome provisório (*Da senzala à favela*), o que da parte dele foi prejuízo para o público, mas da minha parte foi a sorte grande.

Da casa de saúde telefonou para Davi Nasser dizendo que ia morrer, e a razão era esta: "Estão tocando as minhas músicas". Quando anunciaram erradamente sua morte, o comentário foi este: "Isso dá samba". E fez um samba.

José Maria Scassa o encontrou sobre o leito cantando; Ari explicou:

"O silêncio da morte é fogo, Scassa!"

Morreu de cirrose na noite de domingo de Carnaval de 1964, quando a escola de samba Império Serrano, tendo por enredo a "Aquarela do Brasil", preparava-se para desfilar na avenida.

Se vivesse até hoje, seríamos vizinhos de sítio e morreríamos juntos. Às vezes fico bobo, pensando que seria um doce milagre se Ari fosse entrando por aquela porteira, a declamar, como sempre: "Eu sou aquele que saí do bosque e vim tocando a minha flauta amena…".

Manchete, 14/12/1974

Antônio Maria

Que ele mesmo se apresente: "Com vocês, por mais incrível que pareça, Antônio Maria, brasileiro, cansado, quarenta e três anos, cardisplicente (isto é: homem que desdenha o próprio coração). Profissão: esperança".

Hoje teria cinquenta e três anos. Morreu como viveu, na rua, na noite, há dez anos, na madrugada de 15 de outubro.

Que ele mesmo conte:

Em março nascia Antônio, e, após o momento dramático em que lhe foi cortado o cordão umbilical, precisou adquirir oxigênio por seu próprio esforço (a respiração), e seu alimento pelo ato da lactação. Coitado! Como sabeis, a lactação não é simplesmente o prazeroso processo de sugar leite, e sim um período transitório entre a total dependência e a separação entre o filho e a mãe. E que fazia Antônio? Agarrava-se amorosamente à sua confortável *mater*, vivendo, em desespero, os últimos dias do contato geral com o ser materno.

Esta sede aflita jamais o deixou, mesmo depois que os médicos lhe prescreveram as medidas da parcimônia. Era um desmedido.

Era um gordo, mas um gordo que tinha a inesperada agilidade dos elefantes, a mental e a física. Sempre disse com muito orgulho que só sabia fazer bem uma coisa: dirigir automóvel. De fato dirigia magnificamente bem seu vasto Cadillac, com muita cadência e segurança.

Uma vez, no antigo Vogue, em plena madrugada boêmia, foi um custo dissuadi-lo a desistir de disputar uma corrida do Rio a Petrópolis com Fernando Chateaubriand. Ninguém segurava Antônio Maria, a não ser o senso humorístico, e foi para este setor que tive de apelar.

O automóvel lhe dava uma mobilidade surpreendente, uma espécie de ubiquidade que todos aceitavam; ninguém se espantava de vê-lo no Sacha's e, poucas horas depois, de sabê-lo ainda pegando um fim de noite numa boate de São Paulo.

Algumas vezes levou-me, em horas mais estapafúrdias, a um restaurante do início da subida de Petrópolis, onde eu poderia (ou deveria) comer um filé assim assim ou um frango assim ou assado.

Não era então apenas a disponibilidade do motorista que se manifestava: era o guloso que se agarrava ao pretexto de levar alguém para jantar a fim de não resistir, de dar uma provada e encomendar pela segunda vez um prato caprichado.

Costumava chegar tarde à casa de Stella e Dorival Caymmi e ir entrando sem mais aquela até a copa, abrir a geladeira, tomar um ou dois litros de água e devorar um prato glacial de feijão. Retornava à sala e suspirava com santa gratidão: "Que coisa divina!".

Uma madrugada entrou na casa dos Autuori: Leônidas, o conhecido maestro; Sílvia dava aulas matinais de culinária na televisão. Dessa vez, o gordo não entrou diretamente para a copa, mas conversou na sala algum tempo; assim, quando foi lá dentro não chamou atenção. Demorou uns poucos minutos. Daí a pouco era Leônidas Autuori que voltava lá de dentro e, de braços caídos, anunciava para a mulher: "Imbecil foi na geladeira e comeu o programa de amanhã!". Imbecil era carinho, mas a ausência de artigo dispensava nomear o autor do crime.

Uma noite, um avião especial pousou no Recife com destino a Paris. Foi uma festa no aeroporto de Guararapes: d. Diva, com filhas e outros parentes, lá estava para receber o querido filho Antônio Maria. Quando este retornou ao avião, vinha às gargalhadas, derramando lágrimas, carregando um enorme balaio repleto de garrafinhas de refrigerantes, frangos, sanduíches de várias qualidades e frutas nordestinas. Antônio Maria parou à entrada do corredor e exibiu o balaio: "Olhe só, pessoal! Minha mãezinha está pensando que Paris é como no sertão de Pernambuco!".

Os companheiros de viagem divertiram-se com os zelos de d. Diva, mas alguém gritou-lhe: "Sei lá, Maria, coração de mãe não se engana".

Uns três dias depois, eu o visitei ao meio-dia no seu quarto do hotel Vernet, em pleno Champs Elysées. Disse-me: "Minha mãe é que conhece Paris. Se não fosse ela, eu ia passar sede e fome aqui de madrugada; nem dólar comove disciplina de hotel francês". Olhei para o balaio: não continha uma só garrafinha cheia, uma fruta, um frango, um sanduíche. Mãe de Antônio Maria não podia se enganar.

Já no fim, colocado em dieta rigorosa, convidava os amigos para a feijoada e ficava de fora, bancando apenas um experimentado locutor de futebol: "Vai naquela costeleta, Lobinho! Acredita no molho à sua frente, Paulo Cabral! Não fique parado aí na área, Reinaldo!". Um dos grandes garfos do Brasil, (páreo para o pintor Raimundo Nogueira, para o cantor Túlio de Lemos, para o humorista Sérgio Porto), havia pendurado na parede seu instrumento de trabalho. O curioso é que seu amigo mais fraterno e inseparável — o saudoso locutor Reinaldo Dias Leme — era incapaz de comer até o fim uma coxa de passarinho.

Foi homem de muitos amigos e de alguns poucos amargos inimigos. Merecia uns e outros, certo. Um jovem português que andou por aqui, muito trêfego e simpático, o Carlos Maria, costumava dizer: "O Antônio é um santo". Não era, mas possuía um dom que neutralizava seus defeitos ou impulsos maldosos: era o primeiro a confessá-los e gozá-los.

Vinicius de Moraes, o Poetinha, era do peito, e Dorival Caymmi, Jorge Amado, Paulo Soledade, Ismael Neto, Araci de Almeida, Dolores Duran, Fernando Ferreira. Com Fernando Lobo, amigo de adolescência, a constante troca de picuinhas às vezes azedava; acabavam sempre fazendo as pazes e voltando à adolescência.

Com Ari Barroso as picuinhas também existiam, embora nunca se azedassem. Um dia, Ari perguntou a Maria se este sabia cantar "Aquarela do Brasil". Perfeitamente. E cantou. Retornou Ari: "Agora me pergunta se eu sei cantar 'Ninguém me ama'". "Você sabe cantar 'Ninguém me ama'?" "Não sei, Antônio Maria, não sei!"

A vida não era levada a sério por essa geração de boêmios brilhantes. Deliberadamente, preferiam todos conservar a mesma gratuidade dos tempos de estudante e da luta de foice pela sobrevivência. O sucesso e o dinheiro não empavonavam os meninos. Só as crises sentimentais e as mágoas de perder amigo tisnavam de alguma passageira dramaticidade os alegres rapazes da música e da literatura.

Maria veio do Recife, o Recife de Haroldo Matias, Cebola, Colasso, dos maracatus que voltavam cansados com seus estandartes pro ar. Teve avô rico, teve pai de situação financeira estável. Depois, numa das reviravoltas do açúcar, a família ficou pobre:

Quando comungávamos, tínhamos direito a várias xícaras de café, meio pão e manteiga. Depois, vínhamos andando ao longo da rua Formosa para tomar conta do domingo, que nos oferecia os seguintes prazeres: das nove às onze, jogo de botão, em disputa de um campeonato que nunca terminou. Ao meio-dia, violento almoço de feijoada, com porco assado. Às duas, pegar o bonde avenida Malaquias e assistir a mais um encontro entre Náutico e Sport, acontecimento da maior importância na plana existência do Recife. Depois voltávamos cansados, íamos ao Politeama — se sobrasse um dinheirinho — e dormíamos de consciência tranquila o longo sono dos que ainda não foram ao Vogue, ao vento do Capibaribe, fresco, sem umidade, macio, sem cheiro de Botafogo e Leblon.

Depois do curso ginasial e do curso do cabaré Imperial, o primeiro emprego na rádio. Em 1940, no Rio, acabou arranjando emprego na rádio Ipanema como locutor esportivo bossa-nova: Antônio Maria Araújo de Morais inventava coisas que não estavam na gramática do futebol — *bola no fotógrafo*, por exemplo, que era tão carlitiano —, mas não agradou aos convencionais; perdeu o emprego e começou a peregrinação de um apartamento para outro, ao aboio de proprietários e vizinhos escandalizados.

Resultado: Recife novamente, rádio, jornal, publicidade, quebra-galhos. Veio o casamento, uma temporada no Ceará, outra na Bahia, dois filhos e o Rio outra vez em 1948, na rádio Tupi e em *O Jornal*.

Também esse boêmio, que jamais dormia sem o sol ter nascido e esquentado, era uma locomotiva, capaz de puxar toda uma composição de atividades fatigantes, programas radiofônicos, imprensa, jingles, shows, televisão, produção e gravação de músicas.

Chegava suado à casa de um amigo e tomava uma chuveirada; bebia um ou dois litros de água e ficava na sala, sem camisa, suando; tomava outro banho, servia-se de uísque, contava casos engraçados e sumia na direção de outro trabalho, para repetir na casa de outra pessoa a mesma coisa, e assim por diante. À noite descansava no Sacha's, fazendo graças íntimas, onde era obrigado a usar gravata, mas não abria mão do conforto dos pés, usando sapatos feitos de pano e corda.

Em 1952, com grande contrato na rádio Mayrink Veiga, produzia programas de sucesso, como *Alegria da Rua, Regra de Três,* e *Musical Antarctica.*

Aos domingos, o vascaíno Antônio Maria, fã de Ademir Meneses, suava nas irradiações do Maracanã. As músicas vieram um pouco tarde, mas em torrente: "Menino grande", "Ninguém me ama", "Quando tu passas por mim" (com Vinicius), "Não fiz nada" (com Zé da Zilda), "Valsa de uma cidade" (com Ismael Neto), "Madrugada três e cinco" (com o mesmo e mais o amigo Reinaldo Dias Leme), "Suas mãos" (com Pernambuco), "Manhã de Carnaval" e "Samba do Orfeu" (com Luís Bonfá) etc.

Morreu de repente, em Copacabana, às *três e cinco.* Foi um gordo vivo, esfuziante, transbordante. Encheu de vida o Rio de Janeiro, e frequentemente São Paulo, no espaço de uma noite que durou pouco mais de quinze anos.

Manchete, 07/12/1974

Meu amigo Sérgio Porto

No Brasil, depois dos sensacionais bilhetinhos, Jânio Quadros cria a confusão com a renúncia. A Copa do Mundo, que Mané Garrincha trouxe do Chile, não pode servir de antídoto contra o esfarelamento do valor do dinheiro. Os militares fazem uma revolução e pouco depois o impossível acontecia: Lacerda e Goulart tentavam uma "frente ampla".

Combates no Oriente Médio, agitações estudantis em todo o mundo, violências policiais, terrorismo, fome.

Foi nessa cultura que floriu o humorismo de Stanislaw Ponte Preta. Ele morreu na primeira hora de 30 de setembro de 1968, no mesmo ano em que eram assassinados Robert Kennedy e Martin Luther King. Ao sentir-se mal, disse para a empregada: "Estou apagando. Vira o rosto pra lá que eu não quero ver mulher chorando perto de mim".

Por que do estrume mortal daquela época deu flor a graça de Sérgio Porto? Possivelmente porque nos perigos históricos mais brutais é que a frivolidade humana mais se assanha, chocando-se sofrimento e besteira. A champanhota do café-society fazia um contraste grotesco com os esqueletos de Biafra; a efervescência erótica tornava mais patética a carne humana incendiada no Vietnã; a arregimentação de milhões de chineses tornava mais ridículos os traseiros que se retorciam no prazer solitário do twist; a minissaia era mais discutida que Marcuse; os desabamentos das encostas do Rio eram esquecidos com a primeira onda musical apalhaçada.

O forte de Stanislaw Ponte Preta era justamente extrair humorismo dos fatos, das notícias da imprensa. Leitores enviavam-lhe recortes de jornais, colaborando mais ou menos com a metade das histórias contadas no *Festival de besteiras que assola o país*. Pouco antes de morrer ele lançava um jornalzinho humorístico, chamado *A Carapuça*: era ele mais uma vez à procura de piadas concretas.

O nome todo era Sérgio Marcos Rangel Porto. Nasceu numa casa de Copacabana, na rua Leopoldo Miguez, e lá continuou morando depois que a casa foi substituída por um edifício. Menino de peladas na praia, pegava no gol e tinha o apelido de Bolão. Por chutar bola dentro da sala de aula, foi expulso do Colégio Mallet Soares, onde fez o primário. Mais taludo, sempre no gol, foi várias vezes campeão da areia, ao lado de Heleno de Freitas, o craque, Sandro Moreira, João Saldanha, três botafoguenses de temperamento. Mas Sérgio sempre foi do Fluminense, onde jogou basquete e voleibol. Nos últimos anos praticamente só comparecia ao Maracanã nos jogos do tricolor. Só durante os noventa minutos do jogo do seu time (ou do selecionado brasileiro) ele perdia totalmente a graça, de rosto afogueado e unha do indicador entre os dentes.

O estudante de arquitetura não passou do terceiro ano, depois do ginásio no Ottati e pré-vestibular no Juruena. Entrou para o Banco do Brasil e começou a beliscar no jornalismo, escrevendo crítica de cinema no *Jornal do Povo*, onde ficava de ouvido atento às piadas do barão de Itararé.

Eu o conheci muito mais bancário do que jornalista, quando ele escrevia crônicas sobre jazz na revista *Sombra*, um mensário grã-fino no qual Lúcio Rangel fazia milagres para injetar inteligência.

Era no tempo da gravata, dos sapatos lustrosos, dos cabelos bem aparados. Sérgio era impecável na sua aparência e só os íntimos o conheciam por dentro, e o por dentro dele era bem simples: uma ágil comicidade de raciocínio e uma pronta sensibilidade diante de todas as coisas que merecem o desgaste do afeto. Anos mais tarde, ele me diria, queixoso: "O diabo é que pensam que eu sou um cínico e ninguém acredita que eu sou um sentimentalão".

Éramos um bando de pedestres, forçados a ficar na cidade sem condução depois do trabalho. Sentávamos praça num bar da Esplanada do Castelo até que o uísque do mesmo de honesto passava a duvidoso e de duvidoso passava a intolerável. Mudávamos de bar. Foi assim que percorremos o Pardellas, o Grande Ponto, o Vilariño, o Serrador e o Juca's Bar. Com o primeiro desafogo do transporte, ainda podíamos chegar, depois de uma passada pelo Recreio velho, aos bares mais cômodos de Copacabana, o Maxim's, o Michel, o Farolito. Ninguém pensava em apartamento próprio e as noites acabavam no Vogue, onde as moças e as jovens senhoras eram lindíssimas, limpíssimas e alienadíssimas.

Esse roteiro foi cursado praticamente por toda uma geração conhecida: Lúcio Rangel, Ari Barroso, Antônio Maria, Araci de Almeida, Sílvio Caldas, Dolores Duran, José Lins do Rego, Rubem Braga, Rosário Fusco, Simeão Leal, João Condé, Vinicius de Moraes, Flávio de Aquino, Santa Rosa, Augusto Rodrigues, Di Cavalcanti...

Não se falava de arte ou de literatura, mas de música popular, principalmente do jazz negro de New Orleans. Jelly Roll

Morton, Bechet e Armstrong exprimiam tudo o que desejávamos. As prodigiosas memórias de Sérgio e Lúcio nos forneciam todos os subsídios históricos de que precisássemos, pois a turma cantava mais do que falava.

Uma vez Vinicius de Moraes chegou depois de longa temporada diplomática nos Estados Unidos. Havia batido um longo papo com Louis Armstrong. No bar Michel, nas primeiras horas da noite, ainda portanto com pouco combustível na cuca, a ilustre orquestra não demorou a formar-se. Instrumentos invisíveis foram sendo distribuídos entre Sérgio, Vinicius, Fernando Sabino, José Sanz, Lúcio Rangel, Sílvio Túlio Cardoso. Eram o saxofone, o piano, o contrabaixo, o trompete, o trombone, a bateria.

Não me deram nada e tive que ficar de espectador. Mas valeu a pena. A orquestra tocou por mais de duas horas, alheada das mulheres bonitas que entravam e até esquecida de renovar os copos. A certa altura Sérgio pediu a Vinicius que trocassem de instrumentos, ele queria o piano, ficasse o poeta com o saxofone. Feito. Só que os dois, compenetrados e desligados, trocaram de lugar efetivamente, como se diante da cadeira de Vinicius estivessem de fato as teclas de um piano. Foi a jam session mais surrealista da história do jazz.

O humorista começou a surgir no *Comício*, um semanário boêmio e descontraído, onde também apareceram as primeiras crônicas de Antônio Maria. Mas foi no *Diário Carioca*, também boêmio e impagável, que nasceu Stanislaw Ponte Preta, que tem raízes no Serafim Ponte Grande, de Oswald Andrade, e em sugestões de Lúcio Rangel e do pintor Santa Rosa. Convidado por Haroldo Barbosa, precisando melhorar o orçamento, Sérgio foi fazer graça no rádio, depois de passar um mês a aprender na cozinha dos programas humorísticos da rádio Mayrink Veiga. Em 1955 Stanislaw Ponte Preta está na *Última Hora*, onde criou suas personagens e ficou famoso de um mês para o outro. Ali instituiu, contracenando com as elegantes mais bem vestidas de Jacinto de Thormes, as dez mais bem despidas do ano. Eram as *certinhas* da *fototeca Lalau*. Teve a ideia quando ouviu de seu pai na rua este comentário: "Olhe ali que moça mais certa!". E quem conhece Américo Porto sabe que um certo tempero do humorismo do filho sempre existiu nas observações espontâneas do pai.

Foi numa prima de sua mãe que ele buscou os primeiros traços de sua mais célebre personagem, a macróbia e sapiente Tia Zulmira, sempre a dizer coisas engraçadas. Sérgio uma vez morreu de rir ao ouvir daquela sua parenta este comentário: "Por uma perereca o mangue não põe luto".

Tia Zulmira é uma dessas criaturas que acontecem: saiu de Vila Isabel, onde nasceu, por não achar nada bonito o monumento a Noel Rosa. Passou anos e anos em Paris, dividindo quase o seu tempo entre o Follies Bergère, onde era vedete, e a Sorbonne, onde era um crânio. Casou-se várias vezes, deslumbrou a Europa, foi correspondente do *Times* na Jamaica, colaborou com madame Curie, brigou nos áureos tempos com Darwin, por causa de um macaco, ensinou dança a Nijinski, relatividade a Einstein, psicanálise a Freud, automobilismo ao argentino Fangio, tourear a Dominguín, cinema a Chaplin, e deu algumas dicas para o dr. Salk. Vivia, já velha mas sempre sapiente, num casarão da Boca do Mato, fazendo pastéis que um sobrinho vendia na estação do Méier. Não tinha papas na língua e, entre muitas outras coisas, detestava mulher gorda em garupa de lambreta.

Primo Altamirando também ficou logo famoso em todo o Brasil. O nefando nasceu num ano tão diferente que nele o São Cristóvão foi campeão carioca (1926). Ainda de fraldas praticou todas as maldades que as crianças costumam fazer dos dez aos quinze anos, como, por exemplo, botar o canarinho-belga no liquidificador. Foi expulso da escola primária ao ser apanhado falando muito mal de são Francisco de Assis. Pioneiro de plantação de maconha do Rio. Vivendo do dinheiro de algumas velhotas, inimigo de todos os códigos, considerava-se um homem realizado. E, ao saber de pesquisas no campo da fecundação em laboratório, dizia: "Por mais eficaz que seja o método novo de fazer criança, a turma jamais abandonará o antigo".

Raras vezes Stanislaw deixava a sátira dos fatos e partia para uma caricatura coletiva:

> O negócio aconteceu num café. Tinha uma porção de sujeitos sentados nesse café. Havia brasileiros, portugueses, franceses, argelinos, alemães, o diabo.
>
> De repente, um alemão, forte pra cachorro, levantou e gritou que não havia homem pra ele ali dentro. Houve a surpresa inicial, motivada pela provocação, e logo um turco, tão forte como o alemão, levantou-se de lá e perguntou: "Isso é comigo?". "Pode ser com você também", respondeu o alemão.
>
> Aí então o turco avançou para o alemão e levou uma traulitada tão segura que caiu no chão. Vai daí o alemão repetiu que não havia homem ali dentro pra ele. Queimou-se então o português, que era maior que o turco. Queimou-se e não conversou. Partiu pra cima do alemão e não teve outra sorte. Levou um murro debaixo dos queixos e caiu sem sentidos.
>
> O alemão limpou as mãos, deu mais um gole no chope e fez ver aos presentes que o que dizia era certo. Não havia homem para ele ali naquele café. Levantou-se também um inglês troncudo pra cachorro e também entrou bem. E depois do inglês foi a vez de um francês, depois um norueguês etc. etc. Até que, lá do canto do café, levantou-se um brasileiro magrinho, cheio de picardia para perguntar, como os outros: "Isso é comigo?".
>
> O alemão voltou a dizer que podia ser. Então o brasileiro deu um sorriso cheio de bossa e veio gingando assim pro lado do alemão. Parou perto, balançou o corpo e... PIMBA! O alemão deu-lhe

uma pancada na cabeça com tanta força que quase desmonta o brasileiro.

Como, minha senhora? Qual é o final da história? Pois a história termina aí, madama. Termina aí que é pros brasileiros perderem essa mania de pisar macio e pensar que são mais malandros do que os outros.

De que morreu Sérgio Porto? Todos os seus amigos dizem a mesma coisa: do coração e do trabalho.

Era um monstro para trabalhar esse homem de trânsito livre entre todas as coisas gratuitas da vida e que poucos meses antes de morrer gemia de pesar ao ter de deixar um quarto de hotel: gostaria de ficar descansando pelo menos um mês.

Lembro-me dele quando chegamos a Buenos Aires, em 1959, no dia do jogo dramático entre o Brasil e o Uruguai (aquele 3 a 1, que teve briga durante e depois). Vi Sérgio em várias atitudes diferentes naquele mesmo dia: fazendo uma piada para o médico argentino que lhe pediu o atestado de vacina (ele apertou a mão do doutor, muito sério, dizendo: *"Vacunación para usted también"*.); durante o jogo ele deu um empurrão nos peitos dum argentino que chamava os brasileiros de covardes (por causa do jogador Chinesinho, que saiu correndo na hora do pau); chorou quando Paulo Valentim fez o terceiro gol; riu-se às gargalhadas quando Garrincha passou indiferente entre os uruguaios furiosos e entrou no ônibus com um sanduíche enorme na boca e outro na mão; conversou longamente comigo sobre suas aflições sentimentais; e ceou com grande entusiasmo.

Manchete, 30/11/1974

O bom humor de Lamartine

O Nássara me contou que, há muitos anos, estava em um café na companhia de Francisco Alves e Luís Barbosa. O caricaturista era mocinho e queria colocar na praça suas primeiras composições carnavalescas. Os dois outros lhe falaram no talento de um rapaz, fiapo de gente, que deveria chegar. Daí a pouco, Nássara era apresentado a um sujeito magrinho, todo sorriso, mas que não chegava a ter nem mesmo um físico de concorrente. Diga-se de passagem que a música popular andava numa fase transitória, muito pouco brasileira, sofrendo de um pedantismo insuportável nas letras, nas interpretações e na melodia. Chico Alves pede ao moço magro para cantar alguma coisa nova. Lamartine limpou a garganta com satisfação, trauteou a introdução de uma marcha e foi cantando com alegria e sem voz:

Quem foi que inventou o Brasil?
Foi seu Cabral, foi seu Cabral,
No dia 21 de abril,
Dois meses depois do Carnaval.

Nássara deixou esquecidas dentro do bolso as composições que desejava apresentar, e entendeu logo que o moço magro já tinha vencido antes de correr. A música popular estava salva, tinha encontrado o caminho da simplicidade, da jovialidade, do brasileirismo autêntico.

Lamartine Babo foi o sujeito menos triste que conheci. Se alguma vez se queixava da vida era para fazer uma brincadeira. Eu, que sempre me impacientei bastante comigo mesmo e outras pessoas puxadas a triste, explorava descaradamente seu bom humor. Em nossos encontros fortuitos, fosse a que hora fosse, em qualquer lugar, antes de falar qualquer coisa, eu o agarrava pelo braço e pedia: "Mete lá o 'Rancho das flores'". Às vezes, ele alegava pressa ou a impropriedade do local, mas jamais conseguiu (ou quis de fato) escapar. Que havia eu de fazer? Ele dispunha em quantidade generosa do que me escasseava: alegria. Eu, desempregado da alegria, tinha que lhe dar essas "facadas" de bom humor.

Só uma vez o vi preocupado. Lamartine me telefonou e marcou um encontro comigo. Contou-me que na véspera tinha tomado uns uísques com Rubem Braga e uma linda moça americana chamada Maureen. A uma certa altura, buscando "musicar" o nome da americana, inventou ali na hora, para seu próprio espanto, um foxtrote de grande bossa. A jovem, é claro, entusiasmou-se com a composição que inspirara e lhe pediu que trouxesse o fox escrito no dia seguinte. Além do valor da própria homenagem, ela queria fazer fosquinhas com a música em um ex-namorado. Lamartine anotou o telefone dela e prometeu tudo de pedra e cal. Pois o problema, me dizia ele consternado, era apenas o seguinte: ao acordar, lembrou-se logo do episódio e teve medo de não se lembrar da melodia. Tentou assoviá-la e conseguiu, mas — que vergonha — o fox que pensava ter composto era, de cabo a rabo, uma música americana que fizera grande sucesso em 1928, por aí. E agora? Que iria Maureen pensar dele? Quanto mais ele dramatizava, mais eu me ria. Pensando que eu não estava entendendo a gravidade do caso, começou a trautear o fox, a fim de que eu avaliasse melhor a identidade de seu crime. De repente, parou, bateu a mão na testa e exclamou: "Meu Deus, este fox também é um plágio descarado, isto é de uma sinfonia de Tchaikóvski". E passou alegremente a cantarolar a sinfonia.

Mais um exemplo de seu bom humor. Uma vez, foi a uma repartição dos telégrafos tratar de um assunto qualquer. Enquanto esperava diante do balcão, viu que um funcionário da casa tirava um lápis do bolso e transmitia em pancadas de morse, para um companheiro ao lado, a seguinte mensagem: "Feio e magro". Lamartine, que já fora telegrafista, puxou também um lápis e transmitiu sobre o balcão a resposta: "Feio, magro e telegrafista".

E ele mesmo me contou animadamente esta história: alguém que se dava o nome de Vera, e dizia ter dezoito anos, começou a enviar-lhe cartas bem escritas e sérias, datadas de Boa Esperança. Impressionado com a inteligência de Vera, com seus argutos pensamentos sobre a vida, Lamartine foi ficando sensibilizado, a imaginação trabalhando, passando da curiosidade vaga a uma atenção quase obsessiva. Respondia às cartas, instigava a moça à discussão dos assuntos mais graves a fim de prová-la. As respostas vinham em estilo caprichado e anunciavam um espírito extremamente perspicaz e profundo para uma pessoa tão jovem.

Apesar de a missivista sempre dizer que o encontro pessoal era impossível, um dia ele não resistiu mais, meteu-se em um trem e foi a Boa Esperança. Recebido com todas as homenagens no clube recreativo local, tratou logo de tentar descobrir a identidade da moça. Nada, ninguém queria dizer nada. Riam estranhamente e não diziam coisa nenhuma. Disposto a não sair dali sem desvendar o segredo, pôs-se a namorar a mais balzaquiana e menos sedutora das moças presentes, dançou com ela, passou-lhe uma conversa em grande estilo, até que a jovem, compadecida e lisonjeada, confessou quem era Vera, a inteligente autora das cartas: o irmão dela.

Antes cair das nuvens que de um terceiro andar, dizia o Machado. Era a pura verdade, o puro anticlímax: o irmão da moça, professor de latim no ginásio, era o autor das bem traçadas. O pior é que toda a cidade, sem exceção, sabia do acontecido e se divertia à custa dele; o professor chegava a ler em público no clube as cartas enternecidas de Lamartine, como também lia, para a gozação geral, as respostas que ia enviando ao enamorado.

Qualquer outro, se não chegasse a dizer uns bons palavrões, pelo menos ficaria arrasado com a grotesca frustração. Mas Lamartine Babo foi um mestre do bom humor. "No trem, quando voltei", me disse, "não me dei por achado e fiz aquele 'Serra da Boa Esperança que uma esperança encerra...'" E, rindo-se de si mesmo, repetia em voz alta: "Bem feito, Lamartine, quem te mandou ser romântico?".

Esse era mesmo um bom sujeito.

Manchete, 13/07/1963

Djanira

Djanira fez sessenta anos em junho.

A pintura é um trabalho sem fim. Para o pintor, a arte é um trabalho da mais rigorosa solidão.

A solidão de Djanira fica hoje a meio caminho do topo de um morro no bairro petropolitano da Samambaia. Pelas informações de um colega, solícitas mas baratinadas, jamais teria chegado lá. Parei de estalo na primeira encruzilhada, irritando um pouco o ônibus que vinha atrás. Depois dele chegou um carro e estacou à esquerda. A voz cordial do motorista perguntou se eu estava procurando alguém; reconheci o industrial Jorge Bouças, com o pressentimento de que dava sorte naquele dia:

— Estou atrás da casa da Djanira — berrei.

— A Djanira está aqui ao meu lado — murmurou ele.

Vinha Djanira do enterro do marchand Barcinzky. Estava toda cansada. Mas essa mulher, que hoje costuma ajudar-se com uma bengala, incorporou a fadiga à sua imensa vitalidade; o repórter, e velho amigo, não teve jeito de adiar a visita para o dia seguinte.

Queria comprar um cachorro e acabei comprando uma casa.
Chegou à Samambaia, há dois anos e pico, atrás de um anúncio sobre um cachorro de uma raça rara do Tibete. *Vende-se esta casa.* Djanira viu a tabuleta e, incorrigível curiosidade visual, resolveu dar a sua olhada. Era de tardinha. À noite, o negócio estava fechado. Olhou como criança para o marido: "E agora?". Era preciso dar utilização à propriedade. Fê-lo, como dizia Jânio Quadros; já há mais de dois anos ela contempla de sua janela da Samambaia a pedra da Maria Comprida (onde batem aviões tresloucados); e desde dezembro do ano passado não respira o ar, ou coisa parecida, da baixada Fluminense, recurvada com misterioso vigor sobre o cavalete, confinada à liberdade da criação, em seu trabalho sem fim.

Passei por muitas dificuldades, mas a gente sempre encontra alguém que nos ajuda.

Nunca houve quem se referisse a lamúrias de Djanira; a não ser breves reflexões sobre o *mau-caratismo* de pessoas que prejudicaram, não a ela, a terceiros.

As contradições ou incidências — que visitam com tanta frequência as origens artísticas — vêm de longe: Djanira descende de índios guaranis pelo pai; e a mãe tem raízes em Trieste.

Se minha avó tivesse vivido, meu caminho teria sido mais fácil.

A avó, austríaca, era Maria Elizabeth Pliger Job ("Ela tem complexo de avó", ri-se o marido); da avó se pode ver, no quarto, entre deuses lares, um desenho de Elizabeth, uma cabeça concisamente perfilada. Além da Europa, são o mato e a lavoura.

Djanira passou a meninice entre cafezais, na pequena cidade paulista de Avaré. Acompanhou o pai dentista em viagens profissionais:

As duas pessoas que mais gostaram de mim foram a minha avó materna e Lídia Matoso, minha mãe de criação.

Isso já se passa em Porto União, Santa Catarina, onde a rica menina pobre vai, interna, para a escola, aos dois anos de idade. Território contestado (que Brasil Gérson historiou num panfleto), Porto União alcançaria a menina Djanira pela violência dos tiroteios. Viu passar a Coluna Prestes. Soneto: um de seus parentes adotivos era revolucionário e se escondera no sótão do cinema; cantando e brincando, como as crianças sabem representar nas horas adultas, Djanira subiu as escadas do sótão com uma boneca; dentro das entranhas da boneca havia comida para o homem acuado; lá embaixo os soldados do governo ouviam, inocentemente, suas musiquinhas.

Eu pegava qualquer serviço.

São Paulo, avenida São João, quarto de moça pobre. Pobre corretora: vende mercadorias humildes. Pobre quebra-galho: limpa máquinas ou o que aparecer.

No fim do dia caía na cama, estourada; nem dava para pensar em comer qualquer coisa.

A gente sempre encontra alguém para dar a mão: a vizinha de quarto, portuguesa, levava à cama o mingau à menina, que decerto consumia mais calorias que as disponíveis no mercado a tantos mil-réis a dúzia de ovos. Foi a boa portuguesa que a induziu a consultar o médico.

O doutor, coitado, que jamais pôde aprender na escola como fazer da medicina o sacerdócio, receitou *repouso*; a não ser que fosse o derradeiro *descanse em paz*.

Além das duras tarefas do salve-se quem puder, Djanira rebentava então de solidariedade: era a Revolução de 1932, e ela começou a fazer camisas para os soldados de São Paulo. Foi quando conheceu Bartolomeu Gomes Pereira, primeiro marido, que viria a morrer na guerra, chefe de máquinas, quando os nazistas torpedearam o navio *Apaloide*. (Bartolomeu fica na história lapidar pelo nome inscrito no monumento dos combatentes de guerra.)

Achei que podia pintar um Cristo melhor do que aquele!

Avaré! Orfandade! Porto União! Avenida São João! O resultado foi positivo: tuberculose pulmonar. Idade: vinte e três anos. Caso: perdido. Sanatório: Rui Dória, cidade paulista de São José dos Campos.

O tango argentino (v. poeta Manuel Bandeira) esteve por um fio, mas o pneumotórax ("faca de dois gumes") afiou do lado certo.

Foi aí, no Gólgota cercado de lancetas, que Djanira viu o Cristo. Um Cristo feio. Uma gravura pendurada na parede. Possivelmente um crucificado de maneira subsubacadêmica. A moça doente deu de achar que podia desenhar um Cristo mais Cristo, e pegou do lápis. Não por distração: era a primeira concentração; era a doce coroa de espinhos que lhe assentava; era o começo da via-sacra de uma alma que marchava triunfantemente para o calvário; e só quem marchar direito terá o privilégio de ser crucificado.

Não posso deixar de viajar, de aprender com o povo; não posso deixar de ir anotando os exemplos do povo.

Santa Teresa fica pertinho do céu. Os pulmonários ricos iam para a Suíça; os remediados, para Campos do Jordão ou Belo Horizonte (antes da hidrazida e da poluição); os pobres de nossas bandas, quando não baixavam para o Caju, costumavam subir o morro carioca de Santa Teresa.

Foi mais uma ladeira valentemente enfrentada por Djanira. Quem tem competência se estabelece: Djanira, competente, adquiriu uma máquina de costura. Desta saíam roupinhas e cores. Cores e formas entusiasticamente misturadas sobre o papelão e até sobre o papel.

O engraçado é que, mesmo achando malfeito, eu adorava comprar uma folhinha, qualquer gravura. Eu precisava ver as coisas.

Um dia apareceu na pensão-ateliê (já era agora dona de pensão e traça até hoje, muito bem, o riscado culinário) uma bailarina, ex-bailarina, que não era russa, mas era estrangeira, uma fada estrangeira:

— Gosto muito daquele quadro ali! — disse, com sotaque, a bailarina. — Quem pintou isso é um artista. Quem?

— Esse aí fui eu — respondeu Djanira, olhos arregalados e coração confrangido.

— Estou falando *daquele*!

— Mas aquele fui eu.

— Verdade? Pois então você é uma artista!

Pela primeira vez Djanira era tachada numa faixa ("eu achava que qualquer pintor era inatingível") que nunca lhe passara pelas ambições.

Mas o morro de Santa Teresa dá santos e, portanto, milagres. Por lá andaram o poeta católico Paul Claudel e o compositor Darius Milhaud. Lá Nijinski dançou a lua de mel. Lá pairou, na rua do Curvelo, Manuel Bandeira; lá sobrepairou o músico e "muso" ortodoxo Jayme Ovalle. E foi ainda lá que, através da bailarina estrangeira, possivelmente suíça, Djanira entrou em contato com um romeno, outro homem dado a santos e milagres, mas felizmente pintor, amigo de Steinberg, Emeric Marcier. Hoje famoso e senhor de sua arte, Marcier era então um jovem ("um jovem muito bonito", historia Djanira).

Ele foi fabuloso comigo.

Jovem embora, Marcier trazia da Europa artesanato profissional e sofrido menosprezo pelas artimanhas acadêmicas. Negócio seguinte: Djanira quis tomar aulas de pintura com Marcier; Marcier precisa de três contos de réis para dar aulas a Djanira a fim de pagar o quarto em que morava; Djanira, olho vivo de dona de pensão, dá uma "geral" no quartinho de Marcier; trocaria as aulas por um quarto bem melhor na pensão dela; não se mexe em dinheiro, que é quase nenhum. Negócio feito.

Durante cinco ou seis meses, diz Djanira, "aprendi com ele a cozinha da pintura, aquela que não se aprende na escola".

Escola teve à noite, no Liceu de Artes e Ofícios, do qual nada aproveitou, mas conserva uma ternurinha por um professor, Adalberto Matos, que lhe achava graça, permitindo que, em vez de copiar uma esfera (tema do primeiro ano), ela reproduzisse uma escultura clássica (tema do quarto ano). "A gente não gostava da mesma coisa. Para ele o que era bonito eu não achava bom; o que eu achava bom não era bonito para ele. Mas deixava eu fazer o que queria, e sempre me lembro dele com gosto por causa disso. Foi importante em minha vida."

Sempre tive amigos carinhosos. O crítico Rubem Navarra foi outro fabuloso. Portinari mostrava meus quadros. Segall um dia disse pra mim: "Você não pode passar necessidade; se precisar de qualquer coisa, fale comigo, dinheiro ou material de pintura".

É um desfilar de amigos desde o princípio: Henrique Pongetti, Murilo Mendes, Mário Pedrosa, Gabriela Mistral, Roberto Alvim Correia, Maria Martins, Jayme Ovalle, Lélio Landucei, José Valadares, José Gómez Sicri, Ruffini, Jean Cassou, Jane Watson Crane...

Quiseram me arranjar um emprego público. Não aceitei. Não ia ficar levando um papelzinho duma mesa pra outra. Acabaria sendo má funcionária e má pintora.

Queria era viver ou morrer de pintura. Até que um belo dia o primeiro comprador apareceu, um escultor e poeta espanhol que perambulou por aí, Boadella de nome. Foi por volta de 1941.

— Dou cem mil-réis por aquele quadro.

— Mas fui eu que pintei aquele quadro!

— Sei disso. Aqui está o dinheiro.

— Mas você está completamente louco!

Djanira, de pura euforia, começou a jogar as duas notas de cinquenta para o alto.

Minha pintura não é ingênua, eu é que sou.

Foi o que ela disse uma vez para o crítico Flávio de Aquino. A síntese é perfeita. É através de uma técnica muito disciplinada que Djanira nos comunica a ingenuidade brasileira, os primeiros espantos afetivos que existem em nós. Ela sabe que "o assunto sozinho não faz a pintura", mas, como observou há tempos Rodrigo M. F. de Andrade, é a única pintora moderna que se documenta seriamente, com o rigor de um escritor da escola naturalista, para urdir suas composições.

Djanira repudia com razão o rótulo de primitiva. A arte é que talvez seja um gesto primitivo e a pintura contemporânea tem perfeito esclarecimento disso: a arte sempre foi primitivismo (curtição de si mesmo) mais cultura (entrosamento no grupo social e no conteúdo histórico).

Mas foi longo e penoso o aprendizado da autodidata desde a primeira exposição da qual participou, em 1942. No ano seguinte, um quadro seu exposto na Inglaterra em beligerância era adquirido pela duquesa de Kent. Finda a guerra, passou dois anos nos Estados Unidos. Conhece Chagall, Miró, Léger, recebe elogios ilustres (inclusive uma crônica da sra. Roosevelt), e principalmente pela primeira vez experimenta em plenitude uma vida de artista.

Queriam que eu ficasse nos Estados Unidos, mas estava sentindo saudades do Brasil. Quando cheguei aqui, vi que tinha dois caminhos a escolher: ou ser uma surrealista romântica ou entrar na terra.

Entrou na terra, e isso se deu na zona baiana do cacau em 1950.

Temos que olhar e ver tudo que é nosso.

"Ela leva o Brasil em suas mãos", falou Jorge Amado, testemunha ocular de um santo que baixou num pretinho da Bahia, quando Djanira pintava uma cena de candomblé no apartamento carioca do romancista.

Não lamento meus quadros que pegaram fogo.

Foram mais de trinta quadros: o caminhão vinha de volta da Bahia com todos os trabalhos de uma fase e pegou fogo.

Quando contei para o Rodrigo, lá no Patrimônio Histórico, o coitado chegou a chorar. O Drummond ficou também muito triste. E eu disse: "Não chore, gente, que eu estou viva".

Eu sempre fui doente, mas sempre fui um espírito são.

Mais que isso: seu espírito vive na fronteira da santidade e sua própria vida é o seu primeiro grande milagre: tuberculosa, cardíaca, diabética, complicações de coluna, com duas operações de coração e mais catorze (isso mesmo) intervenções cirúrgicas.

Antonio Callado não fez uma frase, apenas acertou na mosca quando escreveu que "Djanira fiou-se a si própria como o bicho-da-seda". E Callado acertou ainda ao anotar com finura: "Do muito que tenho conversado com ela, sei, de ciência muito certa, que Djanira é uma pintora sacra. Falo da sua obra inteira, dos caboclos, moinhos de sal, paisagens amazônicas, crianças, músicos, vendedores, feirantes. A atmosfera, nas criações de Djanira, é religiosa".

Exato. Francisco de Assis no Brasil nasceu mulher — e não vai nesta afirmativa nenhuma falta de respeito à religião, pois nada tão franciscano que o amor de Djanira pelos seres, nada tão franciscano que seu destemor, nada tão franciscano que a deliberada e deslumbrante singeleza de seus quadros. Reparem nas suas figuras humanas: as mais humildes transpiram a dignidade essencial do homem, pois é religiosamente que Djanira as contempla. Jamais foi irônica em seus retratos, jamais foi sarcástica ou cruel.

Eu não posso ser enterrada calçada.

A religiosidade a conduziu, há dois anos e meio, à Ordem Terceira das Carmelitas Descalças. Escolheu o nome de Teresa do Amor Divino. Teresa é de santa Teresa de Ávila, a luminosa passionária. E um dia Djanira perguntou para Mota e Silva, marido e melhor amigo: "Como era mesmo o nome daquele padre que foi fuzilado?". Frei Caneca do Amor Divino. Ela não quis ser Teresa Angélica, como lhe sugeriu o prior, lembrando-se de Fra Angelico; queria ser do Amor Divino como Frei Caneca.

Manchete, 02/11/1974

Presidente Prudente

O velho *Diário Carioca* ficava na praça Tiradentes, ali por onde funcionam hoje instalações do Detran. A guerra e o Estado Novo tinham acabado. Limitado a colaborações de suplemento, levava minhas matérias no fim de semana, mas ia com frequência no fim do expediente visitar os amigos.

Subia-se uma cansada escadaria de madeira e chegava-se ao salão. No fundo ficava o redator-chefe, Pompeu de Sousa. Era com uma gilete dentro da boca que ele dava portentosas gargalhadas, às quais afluíam portentosos acessos de tosse. Nelson Rodrigues suspirava: "Ah, se eu pudesse tossir com essa sinceridade!".

Ao meio da sala sentava-se Prudente de Moraes Neto; seus gestos solenes e suas roupas austeras contrastavam com seus pequenos olhos de uma irrequieta expressão infantil. Pelas outras mesas, Otávio Tirso, Luís Paulistano, Maneco Miller, Agnaldo de Freitas, que jamais podia publicar os segredos que lhe confiavam os próceres políticos, Timbaúba, que sempre declamava para toda a redação a sua crônica policial.

Éramos bons vizinhos de uma gafieira, a Estudantina, onde costumávamos ser recebidos em boa mesa de jirau, a cavaleiro do salão, com uma dúzia de garrafas de cerveja. O presidente parecia um rei negro, e éramos amigos do rei; a sensualidade coreográfica dos dançarinos era ritualística e jamais exorbitava para as licenças orgíacas. Prudente presidia nossa mesa com mansa solenidade.

Frequentávamos também o boteco ao lado. Foi lá que conheci, terno amigo de Prudente, o sambista Ismael Silva. E aí fui apresentado a um famoso capoeira dos velhos tempos, recém-saído da penitenciária. Também este pertencia à complexa órbita presidida e harmonizada pelo nosso Prudente. Outro era o Manso de Paiva, que assassinou Pinheiro Machado. Uma tarde, quando lhe aproveitei a companhia até o largo da Carioca, ele me mostrou, ali mesmo na praça Tiradentes, o local onde teria comprado a faca do crime. Não cheguei a uma conclusão sobre esta discutida figura, não sei se era um pateta que se pretendia esperto ou se era mesmo um esperto que se fazia de pateta.

Costumávamos cear no restaurante Colombo, o da rua Sete de Setembro, que ficava aberto de madrugada. Dercy Gonçalves com sua gente tinha mesa cativa logo à entrada, dela fazendo parte a Morena das Barbadas. Era esta uma mocetona simpática, que usava dos conhecimentos turfísticos do nosso Prudente para acertar nos cavalinhos. O próprio, frequentador do Jóquei desde criança, cronista especializado, criador de animais, não jogava nunca.

Osório Borba, solitário residente do cerne urbano, era nosso companheiro no Colombo. Sempre de dentes afiados para a canalhice política, dava um pouco de trabalho desarmá-lo de seus ódios sagrados a fim de trazê-lo ao nosso ar descontraído. Aí o velho Borba, agradecido pelo nosso exorcismo, desfazia-se em sátiras e anedotas. Otto Lara Resende, colega de Borba no *Diário de Notícias*, às vezes vinha para divertir-nos com os desastres de seu dia a dia, saindo logo em torvelinho para algum encontro tardio em Copacabana. E Prudente, servindo-se devagar da sua omelete de ervilhas, sereno e solene, presidia a mesa.

Durante algum tempo, aos sábados, almoçávamos com Augusto Frederico Schmidt, indo apanhá-lo no escritório da rua da Quitanda, Prudente, Pompeu, Nelson e eu. O poeta, que não cedia a presidência a ninguém, e aliás pagava o banquete, sempre trazia um convidado extra, o dr. Chico Campos, o Lulu Aranha, o Cyro dos Anjos, o Santiago Dantas. Lembro-me deste último, naco de filé espetado, a recitar com exemplar proficiência o soneto de Baudelaire sobre o tempo em que a natureza concebia crianças monstruosas. Mas a surpresa veio depois. Fiz com Santiago Dantas longa reportagem sobre a crise do espírito. Deu-me tudo escrito e bem-feito, mas fazia questão de rever as provas tipográficas. Sentado no único e surrado sofá da redação, na madrugada de sábado, enquanto esperávamos as tiras da oficina, Santiago cantou para nós (Prudente, Pompeu e eu) todas as possíveis serestas brasileiras. Sabia indubitavelmente todas, verso por verso, nota por nota. Prudente, que também entende do riscado, presidia o espetáculo, puxando o estribilho das valsinhas langorosas.

Uma vez morreu um homem que, na Justiça do Trabalho, nunca dera um voto em favor de empregado. Os gráficos imprimiram avisos fúnebres que foram colocados em muros e portas da praça Tiradentes: tinham o prazer de comunicar que havia falecido o maior inimigo da classe. Subiram depois à redação; vinham pedir licença para uma festa na oficina depois de encerrado o trabalho. Pompeu passou a decisão a Prudente. O carnaval foi feito nas oficinas, com muita cerveja e alguma cachaça, dele participando, sob a presidência de Prudente, os redatores noturnos.

É assim este homem que agora faz setenta anos: moralmente bravo; intelectualmente primoroso; humanamente elegante.

Manchete, 15/06/1974

Antônio Houaiss,
o homem-enciclopédia

Algumas tarefas intelectuais gigantescas do Brasil costumam ser propostas a um homem frágil e pequenino. Antônio Houaiss sempre pede vinte e quatro horas para pensar, passa a noite em claro e diz *sim* na última volta do ponteiro. Foi assim que, entre outras empreitadas, já projetou e levou a cabo, em tempo habilíssimo, duas enciclopédias. E é assim, já arregaçando as mangas para outras empresas de porte, que ele se aproxima dos sessenta anos de idade, que se cumprem no dia 15 de outubro deste ano. Pois apesar dessa vocação para construir pontes Rio-Niterói, nada nele, a não ser a intensidade do raciocínio, corresponde à imagem habitual do homem dinâmico: curte um bate-papo, transa com prazer e ponderação na área dos vinhos e requintes culinários, dá-se ainda ao luxo de namorar paisagens e sonha com a ociosidade clássica de uma casa de campo.

Nasceu e cresceu no paraíso perdido que se chamava Copacabana. Foi numa vila da praia, perto da antiga rua Barroso, hoje Siqueira Campos, que se fixou o casal de libaneses, que teria sete filhos. Antônio Houaiss é o quinto.

Era o paraíso terrestre, hoje morto pelos homens, oferecido às pessoas de todas as condições sociais. As nossas eram muito modestas, mas os filhos das famílias mais abastadas não tinham uma vida melhor do que a minha. Havia cajus, poucos, pitangas, muitas, frutos silvestres diversos e frutos do mar. Colhíamos sardinhas abrindo os calções.

Num dos agostos famosos de Copacabana, o menino tem o seu primeiro pânico deslumbrado, assistindo a uma ressaca que invade os quintais da avenida Atlântica.

O pai, comerciante de armarinho, próspero em princípio, sofre as crises do tempo, sem que se ressinta o empenho familiar na educação dos filhos. A escola era risonha, franca e gratuita, com turmas de apenas doze ou quinze crianças e professoras apaixonadas pela profissão. Não sei se o estudioso Houaiss via com outros olhos escolas e mestres, o fato é que se refere sempre a todos os seus anos de aprendizado com ternura e entusiasmo, como se as salas de aula fossem outras dependências do paraíso e o corpo docente uma corte de anjos. Jamais vi aluno tão reconhecido e saudoso quanto esse professor. Sem condições para entrar no Colégio Pedro II, mito de uma época, presta exames na Escola de Comércio Amaro Cavalcanti e pula dois anos de propedêutica, abreviando sua diplomação como perito-contador.

Aproveitei extremamente a Escola de Comércio, da qual Anísio Teixeira, Pascoal Leme e Maria Junqueira Schmidt faziam um laboratório, no bom sentido, uma experiência pioneira de autonomia escolar: podíamos modificar o currículo, administrávamos a disciplina, fazíamos todas as reivindicações e éramos os próprios censores das irregularidades. O sistema funcionou espantosamente bem. A sensatez era tanta que, por sensatez, chegávamos a fazer restrições à nossa liberdade.

Com toda a sua ciência, o menino precoce tem de começar a vida no bom estilo árabe, pela rua da Alfândega, como balconista; transforma-se logo, no bom estilo carioca, em faz-tudo e quebra--galho de uma empresa cinematográfica. É quando um ex-professor descobre que o ex-aluno nasceu para lecionar: datilografia e mecanografia são suas primeiras matérias.

Obtendo do pai maioridade jurídica, conquista aos dezenove anos o segundo lugar num concurso para professores de português do ensino secundário da Prefeitura do Distrito Federal.

Era ganhar status e tempo para continuar estudando. Cursaria letras clássicas na Faculdade de Filosofia. Pode casar e casa bem, tendo hoje trinta e três anos de vida com Rute e dando-se carinhosamente com sogro e sogra. Mas o começo foi difícil: "Eu era tido por extremista, sifilítico, muçulmano, feio, e meu padrinho de casamento era mulato".

Numa reunião de família, com mais dois amigos, lê-se o profeta Habacuc. Conversa-se depois; diz-se que a vida de professor é boa, mas não propicia a beleza que era viajar; pois Antenor Nascentes, comenta seu filho Olavo, presente à reunião, conhecia o mundo inteiro; sim, é verdade, arremata Rute Houaiss, mas a senhora do professor Nascentes nunca tinha saído do Andaraí. Às onze horas da noite o telefone toca: era uma ex-aluna de Houaiss a convidá-lo, em nome do chefe da Divisão Cultural do Itamaraty, para ser professor em Montevidéu. E foi no Uruguai, preparando alunos para o Itamaraty, que Antônio Houaiss decidiu também fazer o concurso para a carreira diplomática. Coisa talvez do Habacuc.

Apesar de toda a sua eficiência na Divisão de Pessoal, da sua solicitude humana, das suas qualidades de inteligência e caráter, a vida diplomática não lhe é fácil. De saída, não pode ir para Washington:

Meu socialismo era impeditivo. Esse meu socialismo deriva de uma convicção que tenho desde os onze anos. A minha compreensão da vida era de tipo socializante. Não acredito numa solução para a humanidade que não seja nessa direção, e essa afirmação eu me reservo o direito de tê-la até morrer, ou ser morto por causa dela.

Vai para Genebra, tenta obter posto em Florença e acaba na República Dominicana, onde tem o privilégio de privar com Rafael Trujillo Molina:

> Conheci essa figura de ditador, capaz de mandar numa palavra matar uma, duas, dez ou vinte pessoas e, ao mesmo tempo, ter requintes de amabilidades quase femininas com outras pessoas. Era o tipo dele, uma verdadeira anomalia da natureza, e que ele praticava com extrema autenticidade. Tenho a impressão de que uma bela monografia da República Dominicana, desde suas origens a Trujillo, podia ser encontrada nos relatórios oficiais que enviei naquele então.

De 1951 a 1953, serve como segundo-secretário na Embaixada do Brasil em Atenas. Em viagem de férias pelo Mediterrâneo, sabe em Roma que havia sido posto em disponibilidade sem remuneração. Trata-se da história de uma carta interceptada que leva Houaiss a ser objeto de inquérito administrativo. Este, entretanto, conclui que não há nada a inquirir: "O pecado máximo que teria havido seria o de opinião. Contudo, eu e mais quatro companheiros fomos postos em disponibilidade e só reconduzidos ao Itamaraty por decisão unânime do Supremo Tribunal".

No intervalo, transforma-se em jornalista e escriba:

> Estou associado a muito mais livros do que se poderia supor, como ghost-writer e por aí afora. Ajudei ainda a obter postos para meus

quatro companheiros, sem poder resolver o meu caso. O *New York Times* sobretudo esteve muito ativo: coube-me o privilégio de ter tido três colunas à direita da primeira página contra mim.

Em 1956, por sugestão do pintor e crítico Santa Rosa, de Carlos Drummond de Andrade e Cecília Meireles, é secretário-geral do Primeiro Congresso Brasileiro de Língua Falada no Teatro, realizado em Salvador: "O congresso transbordou um pouco de sua finalidade, porque foi de fato o segundo congresso nacional de língua padrão brasileira".

O professor Houaiss dá grande importância ao trabalho a que se dedica em seguida, *Elementos de bibliologia*: "Esta obra, em dois volumes, é fundamental, modéstia à parte".

É convidado pelo presidente Juscelino Kubitschek a dar parecer sobre a seguinte matéria: "Os arquivos brasileiros deterioram-se; que se pode fazer?". Resposta: Pode-se fazer um Conselho Nacional de Pesquisas Histórico-Sociais, que seria exatamente a contrapartida do Conselho Nacional de Pesquisas de Ciências Exatas. "Na semana seguinte, apresentei o projeto de lei, mas caí na ingenuidade de sugerir ao presidente que fossem consultados os órgãos competentes. Hoje lamento. Se aprovado, o projeto teria beneficiado o Brasil, quaisquer que fossem suas imperfeições no momento." O presidente Kubitschek faz Antônio Houaiss seu assessor no Serviço de Documentação da Presidência da República e o resultado são oitenta e quatro volumes de documentação não laudatória, objetiva. "O mais fácil governo a ser estudado na história da República, no depoimento de historiadores altamente capazes, é o do presidente Juscelino Kubitschek. A indexação é tal que se pode recapitular qualquer assunto em questão de momentos."

Com Jânio Quadros já eleito, é nomeado para as Nações Unidas, posto que recebe com júbilo, e o motivo principal é este:

apesar de falar cinco ou seis línguas, tinha o domínio do inglês puramente escrito, faltando-lhe fluência oral no idioma. Mas o incorrigível mestre-estudante encontra no seu cargo de Nova York outros motivos gratificantes ao ser designado para a comissão que trata de descolonização.

Tive uma atuação séria e honesta; informei ao Itamarary, com a objetividade possível, mostrando a situação má em que o Brasil estava. Teoricamente, éramos absolutamente anticolonialistas, mas, na prática, contemporizávamos com uma série de coisas. Afonso Arinos foi um chefe de delegação de dimensão muito maior do que esperava. Onde eu botava panos quentes, ele explicitava. Era fundamental à diplomacia brasileira manter uma posição coerente em relação ao terceiro mundo e ao mundo dependente.

Em 1964, Houaiss é afastado do Itamaraty e tem seus direitos políticos cassados. Recebe convites de universidades da França, dos Estados Unidos, da Tchecoslováquia, da Iugoslávia e de vários países da África (os africanos da ONU chamavam-lhe, discriminatoriamente, *mon frère* e *my brother*). Prefere ficar no Brasil e pede ao editor Ênio Silveira vinte e quatro horas para pensar se traduziria ou não o oceânico *Ulysses*, de James Joyce. Sai-se bem desta odisseia em onze meses.

Um dia recebo um telefonema do editor Abraão Koogan, que eu não conhecia e hoje é meu amigo de coração. Por insistência de pessoas consultadas, meu nome estava sendo indicado para ser o coordenador do que veio a ser a enciclopédia *Delta-Larousse*, na qual trabalhei cinco anos. Daí, quase naturalmente, engatilhou-se a segunda tarefa. A diretora-presidenta da Enciclopédia Britânica do Brasil me convidava para fazer uma nova enciclopédia. Respondi que não estava em condições físicas, psíquicas e morais para enfrentar um páreo como esse. Mas aceitei. Fiz então um projeto ambicioso. "Isso é o que eu quero", ela me respondeu, me autorizando a sonhar um pouco mais, mas me pedindo para reduzir o prazo de um ano e meio. Pedi vinte e quatro horas para pensar. Esse ano e meio eu reservaria para fazer o índice da enciclopédia! Noite insone. Na vigília, alguém me disse: "Houaiss, seu cretino, por que não faz o índice orgânico que você próprio preconiza nos *Elementos de bibliologia?*". No dia seguinte cheguei lá: "Minha senhora, eu aceito". O índice nasceu paralelo com a enciclopédia; quando terminava o verbete, podia fazer o índice do mesmo.

Durante a execução da enciclopédia, que levou quatro anos e pouco (o atraso foi tipográfico), disseram-me especialistas em Amsterdam que a minha ideia do índice valia um milhão de dólares... A minha equipe foi a nata do creme do que o Brasil podia oferecer. Tive dificuldades: no início fui até impiedoso, mas fiz das tripas coração ao rejeitar alguns colaboradores. Em nosso trabalho colegiado fui uma peça que não saberia dizer se foi mais ou menos importante. Talvez tenha sido o elemento estimulante. Tive mil colaboradores brasileiros dos mais qualificados em todos os setores do conhecimento. A *Enciclopédia Mirador Internacional* representa um momento de balanceamento do estado de espírito e da cultura brasileira. Teve impedimentos, como se pode imaginar. Tive de fazer também algumas concessões, e as fiz com toda a consciência. Foi um dos momentos mais fecundos de minha vida.

Há uma questão: até que ponto uma enciclopédia é importante? É claro que uma enciclopédia, por princípio, decepciona todo especialista. Mas o especialista fala por um em mil; nessa base, rejeito *in limine* a objeção que ele faz. O homem que pega a pulga do elefante para julgar o elefante não está à altura de compreender o elefante. As imperfeições da nossa enciclopédia representam o estado de imperfeição cultural de nosso país. No conjunto, é o balanceamento dos nossos problemas e dos nossos interesses. Todo especialista que desejar ter uma visão harmônica dos outros assuntos, como tem de sua especialidade, poderá encontrá-la na enciclopédia. Objetivo maior não posso ter. Em resumo: a enciclopédia tem um nível altíssimo; uma capacidade de informação em todos os verbetes, que pega desde a criança de onze anos, pois fizemos uma graduação de maneira que o crescimento da informação vai sendo na própria enciclopédia. Tem um equilíbrio muito grande, e é fundamentalmente uma visão brasileira do mundo e do Brasil. Iniciada a 1º de janeiro de 1971, terminou a 23 de maio de 1975, com vinte volumes e um atlas que vale por dois volumes. A tiragem inicial foi de vinte e cinco mil exemplares. No momento, está sendo vendida ao preço de cinco mil e oitocentos cruzeiros, com esquemas para vendas a prazo.

O editor Antônio Houaiss não quer mais falar de si. Faz elogios à fundadora, à mulher de visão que o convidou para a empreitada: Dorita Barret de Sá Putch, aos diretores Waldemiro Putch e João Batista Pereira de Almeida; ao conselho consultivo, composto de Waldemiro Putch, Lanny Passaro, Geraldo Vilaça, Boris Kohanevic, R. E. MacDonnell, Naum Rotemberg; aos coeditores Alberto Passos Guimarães, Antônio Geraldo da Cunha, Francisco de Assis Barbosa, Otto Maria Carpeaux e Carlos Francisco de Freitas Casanavos; ao coordenador editorial Paulo Geiger; ao assistente editorial José Guilherme Mendes; ao iconógrafo-chefe Mauro de Sales Vilar, ao diretor de arte Mário Paulo Valentim Monteiro.

A reportagem está pronta, só falta um depoimento sobre Antônio Houaiss por um de seus colaboradores. Esbarramos na rua São José com José Guilherme Mendes, jornalista, escritor (*Moscou, Varsóvia, Berlim: o povo nas ruas*) e tradutor (*O degelo*, de Ilia Ehrenburg, diretamente do russo, e, com outros, *Furacão sobre Cuba*, de Jean-Paul Sartre), e que ficou encarregado da coordenação geral das biografias da enciclopédia. Desde o início até o fim trabalhou com Antônio Houaiss, de quem dá o seguinte testemunho:

> Ele chega ao trabalho à hora de qualquer outro, com uma diferença: sempre tem mais disposição do que qualquer outro. Otto Maria Carpeaux, o indestrutível austro-mineiro, muitas vezes se queixou: "Esse homem quer nos matar". A queixa, como se vê, nunca era pessoal: envolvia o próprio Houaiss. Na primeira reunião do grupo que, em regime de tempo integral, com ele trabalhou desde o começo, Houaiss confessou: "Considero o trabalho o terceiro prazer da vida, vindo logo em seguida aos prazeres da mesa". Gosta, às vezes, de ser picantemente sutil. Não gosta tanto, mas se reconhece "um barroco", no falar como no escrever. Já no vestir pode variar do careta ao cafona — o que seria outra manifestação de barroquismo. Como chefe, companheiro, homem, Houaiss deposita confiança nos que com ele trabalham, aos quais delega inteira autonomia. Não é de regras fixas, preferindo o juízo ante atos e fatos concretos: um dialético, na melhor acepção. Sabe que a contradição é inerente a tudo que vive, por isso não a teme; aliás, não parece temer coisa alguma, vive desafiando a morte, embora tenha pavor de viajar de avião. Sua máxima predileta é do poeta latino Terêncio — *Homo sum: humani nihil a me alienum puto* —, em latim, naturalmente, para dar um tempero na degustação linguística, como ele próprio poderia confessar.

Mas o enciclopedista Antônio Houaiss me confessa apenas, depois de um chope rápido, que ia para casa: está terminando o *Dicionário ortográfico da Academia Brasileira de Letras.*

Manchete, 23/08/1975

O encontro marcado

Fernando (Tavares) Sabino nasceu a 12 de outubro de 1923 em Belo Horizonte, estudou no Grupo Escolar Afonso Pena, Ginásio Mineiro, formou-se em Direito (Minas e Rio).

Foi menino quase prodígio: locutor de um programa infantil, vencedor de concursos de português, começou a escrever para jornais e revistas desde os doze anos de idade, ganhando prêmios semanais com crônicas sobre rádio nas revistas *Vamos Ler!* e *Carioca*.

Foi escoteiro convicto e nadador, com vários recordes, do Atlético e do Minas Tênis Clube.

Ainda meninão, ensinou taquigrafia.

Fez o curso de cavalaria do CPOR, não tem medo de cair de cavalo mas encara com pânico a possibilidade de morrer afogado.

Transferiu-se para o Rio em 1944, onde é atualmente escrivão da Terceira Vara de Órfãos e Sucessões.

Seu primeiro livro, de contos: *Os grilos não cantam mais*. Quando Mário de Andrade soube que seu autor tinha apenas dezessete anos tomou-se de entusiasmo, mantendo com F. S. uma correspondência constante que se prolongou até a morte do escritor paulista. Seguiram-se a novela *A marca*, as crônicas de *A cidade vazia* e as novelas enfeixadas em *A vida real*. Considera, no entanto, o romance ora publicado o seu ponto de partida na literatura.

Morou dois anos nos Estados Unidos, onde pareceu inglês.

Uma das excentricidades de seu inconsciente: sonhar quase todas as noites com natação e Marlene Dietrich.

Sentiu grande medo quando o navio em que regressava dos Estados Unidos incendiou-se em meio de uma tempestade e houve ordem de abandoná-lo. Que não chegou a efetivar-se.

Em literatura, admira Henry James, Lawrence, Hemingway, a brasileira Clarice Lispector, tendo, recentemente, se entusiasmado igualmente pelo romance *Grande sertão: veredas* de João Guimarães Rosa. Considera, além disso, de real importância as obras de Machado de Assis e Otávio de Faria.

Seus heróis da vida real são Scott Fitzgerald, Chaplin, Lindbergh, Dempsey, Weissmuller, Apollinaire, Ezra Pound, Louis Armstrong (F. S. toca bateria), Saint-Exupéry e o general Juarez Távora. Embora de pálido interesse político, acompanhou este último em quase todas as viagens de sua campanha para a presidência da República (cem dias, através de cento e cinquenta e cinco cidades).

O homem mais extraordinário que conheceu: o compositor e poeta sem livro Jayme Ovalle.

É católico praticante mas não gosta muito de falar no assunto.

Diz-se botafoguense mas nada entende de futebol.

É definitivamente indeciso, dorme tarde, acorda tarde, bebe uísque moderadamente, afila o nariz quando mente, procura consertar (sem entender) instalações e ligações elétricas, sabe morse, semáfora, sabe orientar-se, gosta de pequenas máquinas e descobriu que a melhor maneira de descascar abacaxis é usando a faca de cortar pão.

Telefona dezenas de vezes por dia. Estando na iminência de decidir alguma coisa, depois de uma longa conversa telefônica, diz habitualmente: "Daqui a pouco eu te ligo de novo".

É pai de três meninas e um menino, a grande alegria de sua vida.

Colabora em *Manchete* desde o primeiro número, aqui assinando a seção "Sala de Espera", interrompida quando escrevia *O encontro marcado*.

Seus amigos mais antigos são Hélio Pellegrino e Otto Lara Resende.

Manchete, 12/01/1957

Ovalliana

Não é a jitanjafora de Afonso Reyes, nem a gregueria de Ramón Gomez de la Senra. É uma situação exemplar, cheia de lirismo, de humanidade, às vezes temperada de um humor pungente.

Chama-se "ovalliana" porque ninguém compreendeu melhor essas situações do que Jayme Ovalle. E ninguém, igualmente, as criou com maior riqueza. Os exemplos dizem mais:

1. O escritor argentino Ricardo Güiraldes, autor do famoso *Dom Segundo Sombra*, estava para morrer. Sentindo o fim próximo, pediu um pouco de uísque. E explicou aos que lhe cercavam o leito: *"Ahora hay que hablar com Dios!"*.

Isto é uma situação ovalliana.

2. Um bêbado sem dinheiro se encontra com o amigo. Entram em um botequim. O garçom pergunta ao freguês bem vestido: "O que o senhor deseja?". "Duas cachaças." Antes que o garçom se retirasse, grita-lhe o ébrio sem dinheiro: "Duas para mim também".

Anedota tipicamente ovalliana.

3. Conta um escritor sul-americano, cujo nome não me lembro, que visitou García Lorca, e este lhe falou sobre os lugares da Espanha que deviam ser vistos. À saída, o poeta recomendou-lhe: "*No deje de visitar Carmona, que es pueblo blanco, blanco…*".

Há muitos anos li este episódio ovalliano e nunca me esqueci dele.

4. No momento em que se fechava para sempre o caixão com o corpo de James Joyce, sua mulher debruçou-se sobre o cadáver exclamando esta coisa fortemente ovalliana: "*Jim! How beautiful you are!*".

5. E o próprio James Joyce foi fértil em situações ovallianas. A uma senhora suíça que lhe dizia não suportar Paris, uma cidade muito suja, disse Joyce: "*How marvellous dirty is!*".

6. Vinicius de Moraes vinha, uma vez, de madrugada, pela rua Visconde de Pirajá e, passando defronte de um mercadinho, viu um galo dentro de um caixote pequeno demais para o seu porte. Como rompesse a aurora, o galo tentava cantar, saindo de sua garganta um som rouco e feio. Isso por si já era uma situação ovalliana. Vinicius completou a cena, recitando ao galo uma ode improvisada.

7. Aquele coronel do exército belga do poema de Manuel Bandeira produziu uma situação ovalliana (o fato é verdadeiro): um violinista tocava um concerto de Schumann. O coronel, emocionado, sentiu a necessidade de fazer alguma coisa; escorregou pelo corrimão da escada, exclamando: "*Je vois des anges! Je vois des anges!*".

Puramente ovalliano.

Manchete, 15/10/1955

O próprio Ovalle

Pediram-me que encerrasse as ovallianas com algumas situações e histórias criadas ou contadas pelo próprio fabuloso Jayme Ovalle. São tantas e de tal maneira fecundas que me sinto um tanto culpado de narrá-las sem um levantamento correto da personalidade do poeta. Sentado diante da máquina, tentando lembrar, sinto-me traído pela memória. Mas fiquem os poucos casos, e talvez não os mais típicos, contidos no meu espaço, como um lembrete a um futuro trabalho. Augusto Frederico Schmidt prometeu organizar um *In memoriam* a Jayme Ovalle. Se me fosse dada a honra de colaborar no volume, não gostaria de fazer outra coisa senão recolher com os amigos do poeta a dádiva maravilhosa que foram as ovallianas.

1. No quarto de seu hotel, em Nova York, onde uma vez acordou rodeado de nuvens, Ovalle, cercado de alguns amigos, improvisava ao violão. Tocou durante muito tempo. Súbito, parou de tocar, e disse, como se fizesse uma reflexão para si mesmo: "O silêncio das coisas tem um sentido. Quem não entende isso

não entende mais coisa nenhuma". E virando-se, peremptório, para Fernando Sabino: "Não é, João?".

2. Ovalle gostava de José Auto mas este costumava pregar-lhe peças que algumas vezes o irritavam. Um dia, vingou-se de todas as brincadeiras de José Auto com um achado que os conhecidos deste consideram genial: "O Zé Auto", disse Ovalle, "faz muito calor...".

3. Para ele, batismo pega ou não pega. Quando a criança abre o berreiro no batistério é bom sinal — batismo pegou. Então, o diabinho do recém-nascido sai correndo pela porta da igreja.

4. Conta Bandeira que Ovalle costumava acordar durante a noite para esbofetear-se diante do crucifixo, clamando: "Apanha, judeu! Apanha, judeu!". E o pranto lhe corria abundante pelo rosto.

5. Uma vez, em Nova York, sentiu-se muito mal, caindo sobre a cama, certo de que iria morrer. Virou-se para o crucifixo e disse: "De surpresa, hein? Sem avisar nada...".

6. Telefonou outra vez para Fernando Sabino: "Obrigado, muito obrigado. Descobri que viver é de graça. Como não tenho ninguém para agradecer, agradeço a você".

7. Andando às vezes pela Lapa, de madrugada, costumava-se agarrar a um poste, transtornado com a beleza da aurora: "Meu Deus, eu morro...".

8. No seu quarto da Lapa tinha um órgão. Uma vez, a dona de uma pensão de mulheres, gorda polonesa sua vizinha, bateu-lhe à porta: "*Senhorr* podia tocar coisa mais alegre? Música triste espanta meus freguês".

Manchete, 05/11/1955

Assim canta o sabiá

Afinal numa livraria Saraiva do Morumbi foi merecidamente emplacado, como padrinho, Rubem Braga. Ele costuma dizer que sou eu a coisa mais antiga que conhece; deixa isso pra lá.

Moramos juntos em Copacabana, e nossa esquina vivia cheia de jornalistas que iam entrevistar diariamente o general Góis Monteiro. Nesses tempos, em que bicicleteávamos fagueiros pelos bairros, fomos alunos de um professor de inglês que ignorava a existência de Bernard Shaw, ainda vivo, e muito vivo. O mestre depois caiu na risada ao traduzir, a nosso pedido, um poema de Ezra Pound, no qual o poeta se dizia uma árvore na mata. (Dispensamos seus serviços e contratamos um professor de russo, o Oleg; era mesmo um *gelo* de trás pra diante.) Às vezes o Rubem me pedia para dizer ao professor inglês que ele tinha saído; o gringo me empurrava com certo vigor disciplinar, subia os degraus da escada e comandava: "Desce, preguiçazinha, não acreditar em mentira de vagabundo". Mr. Braga descia a esfregar os olhos e começava sonolentamente a dar sua lição de verbos irregulares.

Deitado na rede, armada no *gabinete de trabalho,* falava de mulheres, da raridade de um cotovelo bonito, de paixões, arrasadoras ou frívolas, mas a conversa acabava quase sempre no mato, onde ele gostaria de viver, caçando, pescando, bestando e dormindo. Uma vez, entrando numa loja pra comprar gravata, sentiu súbita vergonha de estar escolhendo um pano colorido para amarrar no pescoço; nenhuma boate lhe deu prazer parecido ao que sentiu na choupana de um velho caboclo do Acre, onde compartilhou da cachaça e do peixe moqueado do seringueiro, entre vozes distantes de bichos noturnos.

Já antecipadamente cheio das obrigações urbanas, ele suspirava um evasivo verso colombiano: *"Trabajar era bueno en el Sur!".* Fechava os olhos e dormia com facilidade, embora às vezes saltasse da rede em transe sonambúlico e começasse a "matar" com os pés as "saúvas" da sala. Nunca deu inteiramente certo seu casamento com a cidade grande.

Nasceu, modéstia à parte, em Cachoeiro do Itapemirim, um ano antes de estourar a Primeira Guerra; cinco anos depois, estava no caramanchão quando alguém falou que o Brasil tinha ganho a guerra contra a Alemanha. No ano do Centenário da Independência assiste a um desfile de archotes e conhece a glória literária, com uma composição sobre a lágrima, publicada no jornalzinho do colégio. Termina o ginásio no Rio, onde inicia o curso de direito, recebendo o diploma de bacharel em Belo Horizonte. É aí que se revela o jornalista, transformando um assunto sem repercussão — um desfile de cães — numa página graciosa, até hoje relembrada por velhos colegas. Faz a cobertura da Revolução de 1932 pelo *Diário da Tarde,* e chega a ser preso, suspeito de espionagem, na região do túnel da Mantiqueira.

Daí por diante, a profissão de jornalista encarrega-se de tanger a vocação cigana de RB: "Como Quincas Cigano [seu tio], eu também só tenho caçado brisas e tristezas. Mas tenho outros pesos na massa do meu sangue".

Foi como jornalista que chegou a São Paulo com vinte anos e trinta mil-réis; como jornalista fundou a *Folha do Povo* em Recife; como jornalista assistiu à rendição de uma divisão alemã na Itália, acompanhou a queda de Vargas em 1945 dentro do Ministério da Guerra, fez a cobertura da primeira eleição de Perón e da segunda de Eisenhower; como jornalista entrevistou Picasso e outros grandes, ou transfigurou acontecimentos humildes por todos os cantos do mundo, Brasil, Argentina, Chile, Paraguai, Colômbia, Cuba, México, Estados Unidos, Inglaterra, Índia. Quincas Cigano!

A eventualidade do Escritório Comercial do Brasil em Santiago do Chile não apagou o homem de jornal, e ainda como embaixador no Marrocos continuou a mandar crônicas, confessando: "Toda a minha vida enfrentei mais ou menos bem as tarefas que me tocaram, das mais humildes às mais honrosas. Sem brilho e sem fulgor, como diz um velho samba — mas razoavelmente". Até hoje só não se acostumou com uma coisa: cadeia.

Vinicius de Moraes esboçou seus traços num poema: "Terno em seus olhos de pescador de fundo/ Feroz em seu focinho de lobo solitário/ Delicado em suas mãos e no seu modo de falar ao telefone".

Manuel Bandeira, seguramente o mais fervoroso de seus fãs, falava muito sobre "a inefável poesia que é só do Braga, sempre bom e, quando não tem assunto, então, é ótimo".

Sempre o vi leitor da Bíblia, do padre Antônio Vieira, de Diogo do Couto, do excelente Francisco Manuel de Melo, de livros esquisitos sobre emas, elefantes, colibris, da lista telefônica e sobretudo de jornais e revistas. Não muito mais do que isso, mas José Lins do Rego, entusiasmado com uma crônica do Braga sobre um pé de milho, uma vez me pegou pelo braço e exclamou bem à paraibana: "Esse homem diz que não lê quase nada mas sabe de tudo!".

Muito releu também *Os sertões*, *A pesca na Amazônia*, de José Veríssimo, e *Caçando e pescando por todo o Brasil*, de Francisco de Barros Júnior.

Em matéria de poemas, o que mais o tocou foi o "Cântico dos cânticos", cujos versículos costuma recitar com ênfase entre os íntimos. Não é bom leitor de romances, e o que mais o impressionou foi *As aventuras de Júlio Jurenito*, de Ilia Ehrenburg, tendo se decepcionado, para indignação de Joel Silveira, com *O vermelho e o negro*, de Stendhal. Não é de teatro, por horror aos entreatos, e contribui pouco para a bilheteria do cinema, lembrando-se com emoção de *Bali*, *A ilha das virgens nuas*, *Luzes da cidade*, *O encouraçado Potemkin*...

Não fosse cronista ou poeta-cronista, creio que o velho Braga seria desenhista, uma espécie talvez de Tiepolo de Cachoeira do Itapemirim, de traços apenas sugestivos e líricos. Mas não quis fazer parte da recente exposição de escritores que pintam o sete, na Casa de Rui Barbosa.

Falando num grupo de estranhos, é uma lástima, quase ininteligível, e já fui seu intérprete num bar do Pina, em Recife, até o quinto uísque, quando ele passou a ser entendido somente por Deus.

Mas é uma flor, precisamente uma orquídea que atende pelo nome de *Physosiphon Bragae Ruschi*, classificada e nomeada pelo naturalista Augusto Ruschi.

Grande escritor. Capaz de transmitir até o lirismo do paladar, um sentido sem maior prestígio poético: "O lombo era o essencial, e a sua essência era sublime. A faca penetrava nele tão docemente como a alma de uma virgem pura entra no céu. A polpa se abria levemente enfibrada, muito branquinha, desse branco leitoso e doce que têm certas nuvens às quatro e meia da tarde na primavera".

Ao inimitável sabiá da crônica, agora em bronze, envio deste galho seco o meu saudoso e invejoso pio de coruja por este seu novo livro.

As boas coisas da vida, 1988

Posfácio
O cronista da solidão

Sérgio Augusto

Paulo Mendes Campos era o mais velho dos legendários "vintanistas" mineiros. Três meses mais velho que Otto Lara Resende, quase dois anos mais que Fernando Sabino e Hélio Pellegrino; todos nascidos no início da década de 1920, na aurora do Modernismo; todos na faixa dos vinte quando Mário de Andrade, autor do epíteto, com eles fez amizade em Belo Horizonte. Era o poeta do grupo, um inseparável quarteto apelidado por Otto de "os quatro cavaleiros de um íntimo apocalipse", que nem a diáspora para o Rio de Janeiro, quando a Segunda Guerra Mundial chegou ao fim, conseguiu dispersar. Ao contrário, na então capital do país a amizade entre os quatro ficou ainda mais sólida, com o acréscimo ao grupo de mais um cavaleiro, o capixaba Rubem Braga, de quem Fernando e Paulo se tornariam sócios na pioneira Editora do Autor, em 1960.

Hélio cometia seus versos, mas de vate bissexto e amador nunca passou. Fernando e Otto, concorrentes diretos de Paulo no jornalismo, estabeleceram parâmetros próprios no gênero em que melhor se distinguiram, a crônica. Fernando com a desenvoltura de um jogral, Otto com a astúcia de uma raposa, Paulo com um misto de lirismo e erudição, tão equidistante do imbatível mestre do gênero, Rubem Braga, quanto do ensaísmo de língua inglesa, que conhecia como poucos no Brasil.

Dos três cronistas, foi o mais injustiçado pela posteridade. Não porque tenha deixado obra de qualidade inferior, mais rápida e facilmente perecível ou cerebral além da conta. Nada do que é essencial à boa crônica lhe era alheio. "Tinha todas as virtudes dos melhores comentaristas do cotidiano", ressaltou Flávio Pinheiro, dedicado leitor (e organizador) da prosa de Paulo, para em seguida enumerá-las: "o olhar perspicaz para descobrir o sabor oculto nas miudezas e circunstâncias da vida, humor e ironia refinados e uma destreza para lidar com as palavras decantada em invenção poética." Mesmo em vida usufruiu bem menos fama que o (comparativamente mercurial) Fernando e o badalado Otto (*causeur* sem igual, centro das atenções em qualquer salão, fixação e até personagem de Nelson Rodrigues), mais por culpa de seu temperamento que da têmpera de seus escritos, de resto tão prodigamente distribuídos na imprensa quanto os de seus companheiros.

Apesar de boêmio juramentado, habitué dos bares de Ipanema e Leblon, fazia mais o tipo retraído, e, porque nutria pela notoriedade o mesmo horror que Machado tinha à controvérsia, evitou sempre os refletores e o picadeiro literário. Via a crônica como um ganha-pão, não mais que isso. Não menosprezava o gênero, como outros praticantes, a começar por Olavo Bilac, que se autodepreciava como "um profanador da arte e ganhador das letras", mas, se pudesse, viveria só de poesia.

Por aquela excêntrica classificação de pessoas inventada por Jayme Ovalle, popularizada por Manuel Bandeira e Vinicius de Moraes, com o nome de gnomonia, Paulo era um dantas autêntico, com elementos quernianos. Ou seja, um sujeito pouco ou nada ligado ao sucesso material, que tentava viver em estado de pureza, buscando um equilíbrio perfeito entre as forças da inteligência e da sensibilidade, mas ao mesmo tempo quernianamente impulsivo, desabrido e impetuoso — sobretudo quando não estava mais sóbrio.

Bebia bem, no mau e bom sentido. "Para disfarçar a humilhação terrestre", explicava. Quem só o conhecia de leitura poderia imaginá-lo não só abstêmio mas também um evangelista da temperança. "Álcool é um veneno mortal, que consola e degrada o homem", pontificou numa crônica, discordando, *en passant*, de G. K. Chesterton, para quem o homem, sim, degrada o álcool, e de Humphrey Bogart, para quem a humanidade está sempre três doses abaixo do normal. Outras vezes exorcizou nesse tom o seu conflituoso fascínio pela bebida. Começou a entornar ainda na puberdade e perdeu a conta de quantos botecos visitou nas cidades brasileiras e estrangeiras, inclusive na Rússia e na China, por onde andou. Nunca, porém, entendeu como alguém podia escrever em bares ou beber para escrever.

Cético precoce, mal passara dos vinte quando, em entrevista a uma fugaz revista cultural belorizontina editada por Wilson Figueiredo e modernisticamente chamada *Edifício*, definiu sua turma como "uma geração perdida numa selva escura", fadada ao fracasso no campo estético — augúrio precipitado e, felizmente, furado. A vinda para o Rio e o passar do tempo não o tornaram mais otimista e fagueiro. "Robinson de uma ilha crepuscular esperando o segundo naufrágio, todos os dias", em tal estado de abandono que se sentia neste mundo, segundo ele, "afortunadamente nada divertido". Via nossa cultura como "uma empreitada de demolições", uma reutilização sem fim de material arruinado, daí sua impressão de que não havíamos dado certo. Ele deu.

Quando, na adolescência, resolveu fazer-se escritor, comprou três cadernos. Num deles copiou poemas sobre a morte;

noutro anotou todos os trechos que lhe pareciam pertinentes ao problema do tempo; no terceiro, verso e prosa que se referissem à solidão. Já estava encaminhado. Contrabalançando sua índole plúmbea, um senso de humor espontâneo e matreiro. "Quem não tem senso de humor não pode ser um poeta; quem não tem sentido lírico não pode ser humorista", disse ou escreveu, e o humorista Jaguar anotou para usar na abertura de uma entrevista de Paulo ao *Pasquim*, o semanário humorístico do qual foi esporádico colaborador. Outra prova de sua intimidade com a matéria é uma antologia do humor brasileiro que organizou na década de 1960. Mais ou menos na mesma época, inventou um colunista social dos morros cariocas, Teodoro Enguiço, uma espécie de Ibrahim Sued da favela empenhado em promover as proezas de Rosinha Boca de Fogo, Marlene Fofoca, Santinha Turcão e outras VIPs da classe C.

Carnavalesco só de berço, Paulo nasceu no meio da Terça-feira Gorda de 1922, em Belo Horizonte. Dividiu com nove irmãos as atenções e os mimos paternos, a princípio em Saúde (hoje Dom Silvério), na Zona da Mata, onde o pai, médico, fora trabalhar. Teve uma infância ferroviária, os pés descalços no calor dos trilhos que lhe prometiam convivência, exaltação, aromas, cidades, canções, "e alguma solidão admirável". Aos seis anos, voltou à cidade natal e disputou suas primeiras peladas bucólicas à beira do rio. Aos onze, fugiu de casa, com dois amigos e a intenção de viver entre os índios em Goiás. Disposto a trabalhar, foi parar atrás do balcão da loja de um tio, o mesmo para o qual voltaria a dar duro após concluir o primeiro grau (antigo ginásio) num internato de São João del-Rei. Já era outro o negócio do tio (um escritório de construção civil), diariamente visitado por Otto, Fernando e Hélio, que sempre arrumavam um jeito de tirar Paulo do batente para conversar sobre poesia e literatura no Parque Municipal.

À noite, conforme está contado em *Encontro marcado*, o romance *à clef* de Fernando Sabino, e detalhado em *O desatino da rapaziada*, o indispensável inventário biográfico que Humberto Werneck fez da intelectualidade mineira entre os anos 1920 e 1970, os quatro cavaleiros do íntimo apocalipse iam "puxar angústia" na praça da Liberdade. "Descer ao fundo escuro do poço, onde se acham as máscaras abomináveis da solidão, do amor e da morte", na versão de Paulo. Belo Horizonte era uma província, com apenas dois ou três quarteirões na rua Bahia com aparência de cidade grande, por onde o tédio bovarista desfilava em busca de consolo nos enclaves da jovem boemia local.

A tal ponto indisciplinado que seus pais cogitaram encaminhá-lo ao clero, Paulo custou a decidir-se sobre a profissão que mais lhe apetecia. Quase foi dentista, quase foi piloto, advogado e veterinário, flertou com a sociologia e a estatística, mas só tirou um diploma: de datilografia. Era o que lhe bastava para, com sua imensa cultura e proporcional sensibilidade, aprumar-se na vida, dirigindo biblioteca, trabalhando em jornal, escrevendo anúncios, roteiros e narrações de documentários, traduzindo clássicos da literatura mundial, além das reportagens, crônicas e poesias que o celebrizaram. Graças ao mentor de toda a desatinada rapaziada mineira, João Etienne Filho, dirigiu o "Suplemento Literário" da *Folha de Minas*, espalhando seu talento por duas outras folhas do estado.

Na primeira oportunidade, Fernando, já casado, tomou coragem de se desligar da província e partir para a Paris mais próxima e acessível, o Rio de Janeiro. Paulo foi o segundo a se mandar. Em agosto de 1945, na flor dos 23 anos e ainda solteiro, entre aceitar o lugar de assessor da diretoria de um banco e ir para o Rio conhecer pessoalmente o poeta chileno Pablo Neruda, de visita à cidade, cravou firme na coluna da direita e tomou o primeiro noturno rumo à estação da Leopoldina, onde desembarcou "sem profissão, sem emprego, sem ciência." Penou, passou fome, puxou novas angústias, dissipou as ondas de tristeza com "chope, samba, anedota, beijo na esquina e cartas", em geral endereçadas ao Otto, mas afinal conheceu Neruda.

Hospedado e alimentado provisoriamente pelo casal Sabino e por Vinicius e Tati de Moraes, arrumou dois fugazes empregos na área editorial, providenciados por Carlos Drummond de Andrade, que ainda lhe emprestou uma máquina de escrever. Sempre ajudado por poetas, teve o dedo de Augusto Frederico Schmidt a vaga que em seguida arrumou no jornal *Correio da Manhã*, acumulando com o cargo de fiscal de obras do IPASE (Instituto de Pensões de Assistência aos Servidores do Estado), que Cyro dos Anjos lhe conseguiu.

Superada a pindaíba, pôde enfim morar sozinho. Primeiro, num hotel furreca nos arredores da Lapa, depois numa pensão de nome cafona (Palacete Mon Rêve) no Leme, ascendendo até Copacabana, Ipanema e Leblon depois que sua carreira de jornalista se consolidou e outros afazeres em publicidade, cinema e no serviço público foram aparecendo. Deixou sua marca em alguns dos veículos mais importantes do seu tempo, do *Correio da Manhã* ao *Jornal do Brasil*, passando pelo *Diário Carioca* e culminando com a revista *Manchete*, em cujas páginas mais tempo brilhou como cronista, ao lado de Fernando, Otto e o velho Braga. Conviveu com as melhores cabeças do país e algumas das melhores almas da segunda metade do século. Com o Rio e seus bares e suas praias manteve um indissolúvel caso de amor.

A maioria das crônicas publicadas neste volume, escritas entre as décadas de 40 e 80, foi publicada em *Manchete*. A mais antiga, "Soneto a quatro mãos", datada de 1945, saiu no *Correio da Manhã*; a mais recente, "Casa do Leblon", que brotou da máquina de escrever do autor com o título de "Vinicius não tem fim", foi publicada no "Caderno B" do *Jornal do Brasil*, em 30 de abril de 1989. "Carta a Pero Vaz de Caminha" ganhou primeiro as páginas da revista *Quatro Rodas*, em 1976.

Ao longo de 33 anos Paulo publicou quinze livros, boa parte deles compilações de crônicas, com títulos tão sedutores como *O cego de Ipanema*, *Hora do recreio*, *Homenzinho na ventania*, *O anjo bêbado* e *Cisne de feltro*. Debutou com uma coletânea de poemas, *A palavra escrita*, em 1951, e encerrou a carreira em 1984 com *Trinca de copas*, recheada de traduções de poemas de T.S. Eliot, James Joyce, Paul Verlaine, García Lorca e outras de suas admirações. Paulinho (não era só Vinicius que assim, carinhosamente no diminutivo, o chamava) morreu em 10 de junho de 1991. Muitos anos antes havia pedido, numa crônica, que o "engavetassem com a máxima simplicidade e do lado da sombra". Ficamos lhe devendo uma rosa sobre o túmulo, como a que ele depositou no de Baudelaire. E pelos mesmos motivos: "a fulgurância do raciocínio e a elegância corrosiva de seu sentimento trágico".

Evocação biográfica
Enfim a grota[*]

Otto Lara Resende

O talento custa muito caro, ai de quem o tem.

João Antônio

Paulo Mendes Campos e eu chegamos juntos ao mundo, a Minas Gerais. Ele viu a luz no último dia de fevereiro, o que talvez explique o teimoso ar de bissexto que lhe emprestam uns poucos que o desconheçam e ignoram que ele é fecundo e operoso. Dois meses depois, cheguei eu. Corria o ano que impunha a criação de um espírito novo e exigia a reverificação e mesmo a remodelação da Inteligência nacional (são palavras de Mário de Andrade). Dezesseis anos depois, Paulo e eu concluíamos em São João del-Rei o que então se chamava, e era, o curso de humanidades. De lá fomos para Belo Horizonte. Eu me encaminhei para a Escola de Direito. Paulo inventou de ir para Porto Alegre, de onde nos revelou Mário Quintana. Foi matricular-se

[*] Texto originalmente publicado no jornal O *Globo* (08/05/1981) e mais tarde recolhido no volume O *príncipe e o sabiá* (São Paulo: Companhia das Letras, 1994).

na Escola de Cadetes da Aeronáutica. Mas logo estava de volta a Minas. Estudou veterinária, direito, farmácia, letras, o diabo.

Com amigos mais velhos ou mais moços, formávamos um bando peripatético de poetas e prosadores profundamente sérios, que achávamos graça na vida, no amor e na morte. Cidade amável, Belo Horizonte era palmilhável passo a passo, antes de ter sido atacada peça inchação cancerosa que a sufoca. Como andávamos! E como conversávamos! Paulo morava na avenida Paraúna, eu, na rua Alagoas. A Paraúna hoje é Getúlio Vargas, nessa mania que temos de trocar tudo quanto é nome pelo primeiro oportunismo que nos venha à cabeça. A bela toponímia indígena em breve estará submersa nesse mar de lisonjas ou de bobagens, como são os neologismos derivados de nomes de figurões. A cidadezinha em que nasceu minha avó hoje chama-se Ritápolis; é de amargar, mas há piores.

Eu acompanhava Paulo até a porta de sua casa e ele me acompanhava até a porta de minha casa. E a noite anoitecendo, madrugando. Exercíamos o direito de ir e vir, dentro dos limites possíveis. Vivíamos sob uma ditadura e o mundo se engalfinhava na guerra. Mas a mocidade tem tanta força que não há apocalipse, verdadeiro ou falso, que apague a sua luz. A nós nos tocava o quinhão dos rapazes e, como rapazes, tínhamos direito de participar do espetáculo à nossa volta. Não era preciso sair de casa para conhecer o amor dos livros. Paulo se iniciava nos poetas por sua própria mãe. Seu pai, Mário Mendes Campos, médico e letrado, pertencia à Academia Mineira. Conhecia e adivinhava a literatura hispano-americana. Quem, senão o pai do Paulo, podia nos dar a notícia de um poeta chamado Vicente Huidobro? A família Mendes Campos respirava a liberdade da poesia. Paulo lia tudo e não ficava triste. A veia boêmia consegue o milagre de conviver em harmonia com a mais obstinada capacidade de trabalho. São numerosos os exemplos que ilustram essa convivência.

Sacrificávamos com gosto o sono à leitura. Nós mesmos nos incumbíamos de dizer que a insônia era uma atitude literária. Emílio Moura desconfiava que o Paulo lia Jacob Burckhardt no alemão, às escondidas. Queríamos decifrar todas as línguas, mas o alemão, como o russo, era território do Marco Aurélio Matos e de uns poucos mais. De manhã Paulo e eu frequentávamos uma aula de inglês perto da praça da Liberdade. Tinha um diálogo do retardatário que até hoje não me sai da memória: "*I accept your apology, but please don't make a habit of it*". Com muita estática, à noite ouvíamos a BBC. De minha parte, espreitava o locutor francês falando de Londres: "*Quatre de nos appareils ne sont pas rentrés*". Eu era um ardoroso soldado de De Gaulle. Meu colega de turma e meu compadre Abílio dos Santos Novaes era tão inglês que não sei como resistiu ao peso dos bombardeios de Hitler, mesmo vivendo em Belo Horizonte. Aproveito para dizer que acaba de sair a segunda edição do *Guia prático de tradução inglesa*, Cultrix-USP, de Agenor Soares dos Santos. Agenor é primo de Abílio, como é primo do Galba, ambos diplomatas. Galba morreu moço, embaixador. O tio de Agenor, também Agenor, será sempre lembrado por todos os que se interessam pelo ofício de tradutor. Como se vê, é uma família de poliglotas e em particular de anglófonos.

Muito cedo Paulo e eu iniciamos a nossa vidinha de funcionários, ele na Secretaria da Saúde, eu na Secretaria das Finanças. Simultaneamente mergulhamos no jornalismo. Ainda em Minas, ambos fomos sucessivamente diretores do "Suplemento Literário" da *Folha de Minas*. Ambos escrevemos n' *O Diário*, pela mão de João Etienne Filho e de Edgar de Godoi da Mata Machado. Vocação de escritor perturba muito a vida do rapaz, mas é espantoso como tínhamos tempo para tudo. E ainda inventávamos pseudônimos transparentes como Otto Mendes e Paulo Lara, pequenos monstros de duas cabeças e quatro mãos.

Quando morreu Paul Valéry, em 1945, ficamos de luto, mas o Paulo escreveu com mão sensível e equilibrada o elogio do poeta. No mesmo ano conhecemos no Rio Pablo Neruda, que do Alcazar, na avenida Atlântica, subiu o apartamento do Schmidt e, com a nossa ajuda, devastou a adega schmidtiana. No Rio, continuamos a mágica de servir a dois e a três senhores. A vida era ler e escrever. Mas ninguém podia viver de ler e escrever. Era ainda pior do que hoje. O jornal nos segurava até tarde. Eu começava cedo aqui no *Globo* e entrava pela noite no *Diário de Notícias*. Saía voando da rua da Constituição para ir pegar uma carona do Costa Rego, junto com o Paulo, no *Correio da Manhã*. Levamos um tempão para descobrir que era possível chegar à avenida Gomes Freire sem dar a volta pelo largo da Carioca...

Na tentativa de fugir do atoleiro do jornalismo de banca, em que mergulhei, Paulo despertou para a crônica. E foi traçando tudo que aparecia. Multiplicava-se ubíquo e raro. Chegou a imaginar um escritório de fazeção de textos. Assim mesmo: fazeção de textos. Trabalhou no Instituto Nacional do Livro, na Biblioteca Nacional, na Rádio MEC, na Agência Nacional. Escreveu abundantemente para o cinema. Onde há precisão de um redator, aí está Paulo Mendes Campos. Na televisão, fez obra do nível do *Poema barroco*, velho sonho para o qual Ziembinski tentou em vão me atrair. O homem certo era mesmo o Paulo, que acaba de se aposentar como servidor público. O ministro Ibrahim Abi--Ackel convidou um grupo de velhos amigos para festejar a longa trajetória do redator Paulo Mendes Campos. A cerimônia foi simples, mas teve discurso e emoção. Me lembrei de um texto do Paulo sobre Machado de Assis funcionário público. Nem o maior de nossos escritores escapou à fatalidade da burocracia. O Estado supre uma deficiência e exerce uma forma de mecenato, que é todavia bastante oneroso para o escritor. No turbilhão de reminiscências, me lembro do Paulo me arrastando no sábado para pagar os operários de uma firma construtora de seu tio, em Belo Horizonte. Depois no Rio Cyro dos Anjos nomeou-o fiscal de obra do IPASE. São mais de quatro decênios de batente, de fazeção de texto. E de preservada vida intelectual, como prosador, como poeta, como tradutor. A aposentadoria no serviço público, no caso do Paulo, encontra a luz acesa e o mesmo ardente coração de poeta. Paga-se um preço pela fidelidade a esse chamado que vem de longe, da mocidade, da infância. O fardo do escritor pesa. Paulo Mendes Campos quer recolher-se à sua Grota do Jacob (Burckhardt?) na serra, dali dar umas escapadas até São João del-Rei. Para trabalhar em paz. Merece, mas será que a inflação deixa?

1ª EDIÇÃO [2013] 1 reimpressão

ESTA OBRA FOI COMPOSTA PELA SPRESS EM ELECTRA E IMPRESSA EM OFSETE
PELA GEOGRÁFICA SOBRE PAPEL PÓLEN SOFT DA SUZANO PAPEL E CELULOSE
PARA A EDITORA SCHWARCZ EM JUNHO DE 2013